U0533314

人生新章

当五个女孩成为妈妈

姚佳黛 著

北京联合出版公司

爱自己，才是人生的开始。
谢谢我的妈妈和我的女儿。

目 录
CONTENTS

序言

第 1 章 成为妈妈
月子会所是花冤枉钱吗? *003*

意想不到的哺乳之痛 *008*

初遇 00 后葛云佳 *017*

藏在名字里的心思 *023*

惊鸿一瞥的美人儿 *032*

当伴侣成为父母,他们变了吗? *039*

第 2 章 妈妈是道锁
葛云佳的两道杠 *044*

母爱不是天生的,父爱更不是 *050*

神兵天降的卢安娜 *060*

第 3 章 缘是因与果

  舒知秋的秘密外出　*069*

  神秘之客的脚步　*074*

  职场不相信宝妈　*079*

  四脚吞金兽引来的争吵　*088*

  孩子绑住的，似乎只有妈妈　*094*

第 4 章 人人都有她的坎

  爱情万岁　*104*

  不当妈妈的半小时　*110*

  别处盛开的山茶花　*116*

  惊与喜的三十岁　*124*

第 5 章 当个爸爸，很容易

  玫瑰骑士与玫瑰太太　*131*

  采访的彩蛋　*140*

  她的婚姻，是初秋的开衫　*145*

  一封噩梦里的来信　*155*

第 6 章 她们的战场

    卓芳的满月聚会　*169*

    没喊安可，婆婆也返场　*174*

    不管怎样，我都记得她　*179*

    暴雨前的黑云压城　*186*

第 7 章 一地鸡毛捡起来，可以做鸡毛掸子

    虽迟但到的一地鸡毛　*195*

    平行的灯塔　*201*

    爸爸是上帝，他甚至不需要出现　*214*

    卢安娜的另一面　*221*

    婚姻真是奇怪的一道门　*228*

第 8 章 是谁在水晶球里梦着

    林冉的回神　*236*

    一叶知秋　*243*

    白月光与白米粒　*252*

    意外的求婚　*259*

第 9 章 恨是因为爱

姜还是老的辣 *267*

妈妈们的乌托邦 *272*

老叶的新工作 *278*

卢安娜决定离婚之前 *285*

恋人在前,父母在后 *293*

第 10 章 是尾声也是开端

月子会所的最后一堂课 *298*

新手妈妈毕业 *309*

一年后的故事 *312*

序言

这大概是一本看起来有些"恐婚恐育"的小说吧，但我的目的并不如此。

在生育之前，或许其实我们从来没有真正了解过它到底意味着什么，它更多的则是顺水推舟、随波逐流的"人生必需项"。

我们似乎从来没有开诚布公地客观谈论过"生育"带给一个女孩的重大改变。总说十月怀胎，生完就轻松了，至于产后的那些生理上、心理上的窘迫与困顿，大家默契地避而不谈。一些需要客观看待、面对、解决的寻常事，成了难以启齿的禁忌，出于各种心态，连同女孩子的自我，一同被压抑在"妈妈"的身份之下，强行掩埋了起来。

生育，有时候会被爱情滤镜美化，被母性光环神化，又被现实故事妖魔化。其实它的好与坏都没有那么极端，它掺杂着人生五味，的确是一种全新的人生体验，是一条没有退路，需勇往直前、越挫越勇的孤独又漫长的旅程。

我写这个故事,不是为了吓退你,而是想将"生育"的真实模样原原本本地告诉你。我想告诉你,生育之事,真的要三思慎行。千万不要被爱情的滤镜和母性的光辉冲昏头脑,抑或被人云亦云的"到时候了"与那些相对轻松顺利的"幸存者偏差"言论误导迷惑。生产与养育,并不是件甜蜜的事情,它孤独、折磨、无法回头甚至没有回报。没有充分的认知理解和身心准备,不要轻易一拍脑袋就做个轻巧的决定。

它应该是一种选择,而不是人生必须的经历。无论我们如何选择,都值得到支持与尊重。最重要的是,无论女孩是什么角色,女儿、妻子还是必须伟大完美的妈妈,我们都应终生忠于自己,拒绝任何年龄羞辱、身材羞辱、孕育羞辱和婚姻学业工作羞辱。我们永远属于我们自己。

爱自己,才是人生的开始。

写于二〇二一年三月八日,故事开篇。

第 1 章 成为妈妈

月子会所是花冤枉钱吗？

初秋的晨光从朝南的窗户照进来，蕾丝窗帘的碎影落在床边小小的婴儿床上，正在酣睡的婴儿发出一声奶气十足的嘤咛。林冉连忙撑着半个身子凑过去看，动作间牵扯到了下体撕裂缝针的伤口，她低低吸了一口冷气，又很快噤声，怕吵醒已经闹腾了半宿好不容易才睡着的女儿。

才来到人间不久的小婴儿身上带着淡淡的奶香，像刚出炉的奶油面包；她柔软的胎发毛茸茸的，像春日里的嫩芽；她软软的小小身体，像是晴天最洁白的那抹云；她长长的手指捏成拳头托着腮，在梦里还轻轻皱着眉头打着若有所思的哈欠。

林冉就这样默默地望着她的女儿，心口涨满了温柔。这种感情很微妙，又仍旧有点陌生和恍惚，还带着些忐忑，一时难以表述。

或许她还没从三天前那持续了整日整夜的宫缩生产之痛里回

过神来。彼时她的预产期已经过了六天，上午孕检时还在纠结到底是等着顺产还是剖宫产算了，到了这天半夜终于有了动静。起夜时，内裤上见红了，大摊的鲜血让她害怕起来，扶着肚子唤着在书房备课的丈夫钟明辉。

钟明辉闻声，即刻从台灯下的光圈里跳起来，急急忙忙捞起早就准备妥当的待产包，搀着林冉就往门口奔，连鞋都忘记了换。

产程比想象中还要漫长，从这天夜里到天亮，又从天亮到深夜，阵痛逐渐加剧，终于如惊涛骇浪般袭来，那种痛感像有山峰似的，攀过一座山峰之后又迎来更高的山峰。林冉只觉自己像是被绑在了无限循环的过山车上，除了跟随它失重与失速，别无他法。这人间至痛一点点摧毁了林冉的心理防线，将她的矜持和理智瓦解，怀胎十月里她学习的所有生产理论和"减缓阵痛的呼吸法"全部抛诸脑后，她紧紧拽着钟明辉的手发出痛苦的呜咽，她的神情淹没在泪水之下。

又到夜里，那饱满的、惊吓的第一声啼哭，将林冉从剧痛中解脱出来。助产士把婴儿托得高高的，语调上扬地报喜："恭喜你啊，是个漂亮的小妹妹。"

林冉双眼蒙眬地望过去，细长的脐带在无影灯的照射下闪耀着圣洁的光晕，无声且震撼地留在了她的脑海里。她意识到，她和这个孩子的生命就此联结，如同天赐的羁绊，再也无法解开了。

钟明辉泛青的下巴抵着她被汗水浸湿的额头，刚长出不久的胡楂儿剐蹭时又扎又痒，他柔声问："我们的女儿，叫什么名字好？"

"叫晚晚吧。"林冉如是回答。

那一刻开始，她从女孩变成了母亲。

值得吗？林冉问二十九岁的自己，她还没法回答。

晃神的时候，钟明辉走进房间，轻手轻脚地在林冉床沿坐下来，噙着微笑倾着身子凝望着晚晚好一阵，又在林冉脸颊印上浅浅一枚吻，他刚想说些什么，月嫂赵阿姨探进头来问："产科医生来查房了，现在方便进来帮宝妈检查吗？"

赵阿姨四十岁出头，身材瘦小，笑时眼角细长的鱼尾纹便飞起来。说来有缘，初次见面聊过几句得知，她与钟明辉是同乡，林冉爱屋及乌，与她也多生出几分亲近感。

听见赵阿姨的话，钟明辉赶紧站起来，避嫌似的往外走，赵阿姨揶揄笑着："你们小夫妻感情真好啊。"

林冉微微脸红，不置可否地勾起了嘴角，心里却是喜欢极了这样的寒暄话。

很快产科医生和几个小护士鱼贯走进卧室，七嘴八舌间，赵阿姨识眼色地将晚晚的婴儿床推了出去。林冉坐在床上，被团团围住，又是要求脱下裤子扒开腿来检查下体，又是要求解开衣领上手摸她的乳房捏她的乳头。经过产房一役，这些已经变得不足为羞了。

林冉看了眼查房医生胸口的名牌，是位姓许的主任医师。许医生细细问了许多，侧头与护士低声交代着，又将赵阿姨喊进来吩咐了不少话。跟赵阿姨一起进来的是位身穿西装制服的年轻女子，她扎着高高的马尾，淡妆亲和，她满脸堆着笑对林冉细语着："林女士，我是你的管家文文，我和赵阿姨会配合医生护士们好好照顾你的，身体上、生活上有任何问题，随时与我沟通。在这里你什么都不要操心，吃好睡好休息好，把月子坐好。"

这是林冉住进月子会所的第一天，她认为自己做了一个非常明智的决定。

早早之前，在知道怀孕后不久，林冉便向钟明辉提出生产完想去月子会所的心意，钟明辉有点不理解，下意识回了句："在家里不行吗？叫我妈和你妈一起来伺候你，不比在外面坐月子舒坦，花那冤枉钱。"

林冉为那一句"冤枉钱"闷闷不乐了大半天，她心想就是怕你妈来照顾我坐月子把我气出月子病，才要逃到外面去。

他们恋爱结婚的四年里，虽然和钟明辉妈妈见面次数不多，但足以让她明白保持距离的重要性。

她想起结婚不久，他妈妈一声招呼也没打就搬着行李从几百公里外的县城过来，摁了房门密码直接坐进了他们的婚房里，耀武扬威地开着视频给老家的亲友到处展示"儿子在大城市里买的房子"。又想起第一次去钟明辉老家见家长的时候，他妈妈专门留下一桌碗筷等着她来收洗，林冉那时青涩懵懂，乖顺地洗完碗，还为了争一个好印象仔仔细细洗了两遍，又把灶台擦得发亮，走出厨房后发现婆婆正坐在客厅有说有笑地给钟明辉剥着橘子，一幅母慈子孝的场面。又想起第一次双方家长见面谈论婚嫁的饭局上，婆婆又讲起了老家镇长家的女儿对钟明辉的爱慕和等待，言语里总是流露出"你们女儿能找到我家儿子，真是她的福气"的意味……

林冉越想越气，钟明辉还不知自己说错了话，闷头在书房准备着高一历史的月考试题。二月的冬夜，林冉抓起手机套了件厚厚的羽绒服，就打车回了娘家。

家中的林老师和戴老师早已睡下，见她深夜归宁吓了一跳，连忙询问发生何事，钟明辉后知后觉地赶过来时，两位同校的退休前辈已经将林冉安抚好，并全力支持她去月子会所好好休养，让小两口不要担心钱的事，一切由他们承担。

钟明辉看着得胜归来的林冉，幽幽叹气："你还像个没长大的孩子似的。"

不管如何，他们就这样找起了月子会所。看得越多，钟明辉越不理解为什么"月子"还分四周、六周、八周；那些宝宝和孕妇的护理名目五花八门，到底有没有用……客服一面带着他们参观套房和宝宝护理室，一面积极建议着林冉早点定下来，她说林冉生产的日期是黄金时期，是宝宝们的出生高峰期，再犹豫几天后面就抢不到了。

他看着小腹已经隆起的林冉，她昨晚不断起夜，早上又孕吐了好几回，强打着精神来参观，难掩的面色憔悴。"智商税""营销套路"几个词在他舌尖滚了一圈，识时务地咽回肚子。

只要她开心健康就好。这个钱也不能让丈人丈母娘出,我周末多去上些课。钟明辉如是想。

林冉很喜欢这家月子会所,闹中取静的临街整栋,还带有不小的庭院,矮篱凉亭、水塘花圃,寸土寸金的地皮上,已是格外难得。她参观的套房属于这家会所的中档水平——已是他们预算的天花板了。一室一厅一卫的格局,装修雅致清爽,宽敞的客厅和有着飘窗阳台的卧室,窗边小小的、透明的婴儿床像极了一个时光胶囊,格外精致可爱,她能想到她的孩子躺在这里呼呼大睡的画面。

陪同参观的客服滔滔不绝地背书,介绍着专业医护保障和五星酒店级月子餐,以及周到全面的产后护理项目和五花八门的兴趣课程,林冉囫囵听着,站在窗边观赏了一阵街景,初春的梧桐树枝芽含翠,几只雀儿立在上面叽喳叫着,一派欣欣向荣,她轻轻抚摸着肚子,心中一阵温暖。

林冉爽快地付了定金签下合同,订了六周的月子疗养,满心期待着九月底梧桐叶黄的时候和孩子一起住进来。她那时候根本没有预料到,会是如今的模样。

意想不到的哺乳之痛

这夜对林冉来说很难熬,她的乳房像两块硬石般鼓胀疼痛。

她辗转反侧难以入眠，钟明辉的鼾声更让她心烦意乱，索性翻身起来走出卧室。

晚晚跟着赵阿姨睡在客厅，借着夜灯的柔光，林冉弯下身盯着她的脸使劲地瞧，她细嫩的皮肤红彤彤的，眉眼长长的像极了钟明辉，再细看又有些像林冉。林冉摸向她的小手，睡梦中的晚晚牢牢抓住了她的指尖，电流撞击心口，酥麻了一片。

赵阿姨听见动静从简易床上弹坐起来，她瞧见面色戚戚的林冉捂着胸口，了然地问："是不是涨奶了？"

林冉点头，表情是迷茫和焦灼的。

赵阿姨上手摸了摸，轻声安慰："产后几天会经历这个阶段的，你在分泌乳汁呢，让宝宝多吸几次奶，熬过这几个小时就好啦。你等等，我去拿点东西。"

很快赵阿姨拿着几片生土豆片回来，说道："你拿这个敷一敷，会缓解很多。"

林冉对此将信将疑，但也别无他法，依言做了。

已是凌晨五点，天色微亮，隐约可见窗外景色的灰蓝轮廓。鸟儿聚在窗边叫闹，又不知是哪间房的婴儿止不住地哭号着，赵阿姨发出低低的嘘声安抚着睡不踏实的晚晚。在这些声响里，林冉沉默地半躺在沙发上，袒露着敷满土豆片的硬邦邦的胸，她身体虚乏，两耳嗡鸣，脑壳沉闷，不知所想。

钟明辉清早醒来，见到林冉的这副造型，顿感莫名与滑稽，忍不住笑了几声。林冉一宿未合眼，混混沌沌间刚有睡意，又被他那几声笑惊醒。钟明辉笑问她这是在做什么，语气揶揄轻巧，她又气又委屈，一句话也不愿与他说。

钟明辉并不是粗枝大叶的人，他很快察觉到林冉情绪上的不对劲以及自己的失言。他看了看表，眼下他要赶去火车站接从老家来看望孙女的妈妈，这会儿已经有些迟了，他可以预想那位的喋喋不休。他求助地看向赵阿姨，赵阿姨给他回了个眼神叫他放心，钟明辉这才匆匆离开。

"别往心里去，男人没有经历过，不懂的，没法强求的。你老公已经属于很贴心、很周到的老公了，你看每天围着你和宝宝转着，小事情不要计较啦，计较伤身体。五楼有个和你差不了几天住进来的宝妈，生孩子到现在，老公都没有出现过。"赵阿姨如是说。

赵阿姨说的八卦林冉没有听进去，她望着钟明辉的背影陷进新的焦灼和忧虑里。

十点左右产科医生查房过后，请了通乳师来为林冉疏通。她敞开衣衫躺在床上，通乳师对她的乳房一通夸赞，"形状真好""饱满挺拔""乳头条件非常好""很适合喂奶"诸如此类，直面评价，林冉到底还是感到有些冒犯不适。那种感觉，仿佛自己只是个负责喂奶的机器，没有羞赧与廉耻。

她别过头望向窗外，梧桐枝梢渐黄，些许萧条。

房间内很安静，通乳师手上没停歇，与林冉主动聊起天来："你家的宝宝好乖好安静，我来这么久了，也没听她哭闹。你隔壁那家的宝宝，特别能哭。我刚从隔壁过来，那个宝妈也是涨奶，比你这个严重多了，涨得胸上都长了好几条又红又粗的妊娠纹。她家男娃吃奶力气大，乳头都被嘬破了，但是涨奶还是要继续喂呀……"

应是那彻夜哭声的人家。

"宝妈岁数很大了，高龄生下个儿子宝贝得不行。她哺乳条件不好，想喂奶粉，她老公满脸的不乐意，直骂她自私。我在边上听着也尴尬。真是家家有本难念的经。"通乳师断断续续地讲着，林冉安静地听着。在这样的尴尬无聊时刻，她并不排斥听到这些，只是难免有些自危。

这栋楼里，每一间房都有自己的私密小事。这些不是秘密，它们只是些闲余的故事，透过墙，吹进其他无聊的房里去。

赵阿姨哼着小曲儿推着晚晚的小床去楼上的育儿室给孩子洗澡，会所里的所有新生儿，都会在那儿洗澡，除了五楼的 VIP 客人们，她们的套间里有自己的恒温婴儿洗澡间。林冉有些不放心，披了件羊绒外套跟着去了。她站在走廊上，透过整面的玻璃墙望进去，偌大的育儿室明亮干净，这会儿只有两个宝宝在里面，由各自的月嫂带着洗澡做抚触。林冉的视线紧紧跟着晚晚，她多少有些无谓的担忧，这是初为人母的常情。

晚晚边上的婴儿正号啕大哭，他哭得五官全拧在一处，浑身涨红，月嫂有些匆忙局促地安抚，但并不怎么见效。晚晚安静地看着他，所幸没有被这氛围干扰到。

"那个是你家宝宝吗，真乖啊，也不哭也不闹。"有人忽然向她搭话。

林冉侧头看去，发声的是个同样穿着会所月子服的女人。作为坐月子的产妇，她看起来并不年轻了，约莫四十岁出头的年纪，肤色有些黝黑暗淡。她扎着潦草凌乱的马尾，发梢无力地萎垂着，整个人显得十分疲累。

她的目光没有移开，继续说："不像我们家的小子，像是个讨债来的，不分日夜地号，把嗓子都哭哑了。你们家是男孩还是女孩啊？"

"是女孩。"林冉回答。

"女孩好呀，我家的老大也是个闺女，出生的时候可乖巧了，到底男孩女孩不一样。"她感叹起来。

走廊里只有她们两个人站着，育儿室里依旧忙碌，没有短时间能结束的模样。林冉不得不接住她的话匣子，好让气氛不那么尴尬。

于是林冉寒暄道："子女双全，好福气呀。"

那女子听了，面容焕发起来，细长的眉眼堆叠着笑意。

"我叫卓芳，住在三〇三。看到你就觉得很亲切、很投缘，咱们平时没事可以来串串门聊聊天啊。住在这里轻松悠闲是真，无聊乏味也是真的……"她自报家门的热情，让林冉有些受宠若惊。

三〇二号房的林冉不禁再将卓芳仔细打量几眼，原来她就是

"隔壁邻居"。林冉想起之前通乳师的谈论,乍见到话题正主,她莫名有些心虚。

"你好,我叫林冉。我就住在你隔壁。"她回答道。

卓芳挑眉,眼里闪过惊喜。

"太巧了,看来我们很有缘。"她笑时唇边绽开一朵浅浅梨涡,竟很好看。

晚晚洗好了澡,林冉随着一同回了房。房门半敞,隐约听见笑语声传来。钟明辉已经回来了,他瞅见林冉,笑盈盈地对着卧室门的方向说道:"妈,林冉和宝宝回来了。"

几乎同时,一抹影子蹿了出来,钟母音调很高又带着些自己很难察觉的尖刺,直直唤着:"呀!我的大孙女!"

林冉很久没有见到婆婆了,上次见面还是怀孕三个多月的时候,钟母从老家过来探望,背了一大筐的鹅蛋,说是孕妇吃这个最好。除此之外,她还带了不少衣物用品,表示可以直接住下照顾林冉。林冉心中还有新婚时钟母不请自来的阴影,让钟明辉开口婉拒了。

大半年后再见,钟母清瘦了不少,脸颊亦有些凹陷,额头纹路渐深。

几个月前钟父病了一场,在医院住了一段时间,出院至今在家静养。钟母原先也是爱去跳广场舞、去打牌的闲散人,现在除了代替钟父经营照看自家开的小超市,还要照顾着他的饮食起居和日常琐碎,整日忙前忙后,的确辛苦。

那时林冉临近孕晚期，手脚水肿，行动不便，耻骨疼痛，彻夜难眠。医生说孕三十七周已是足月，胎儿入盆，随时都有生产的可能。钟明辉寸步不离地守着她，无暇回家看望爸妈，为此钟母电话里埋怨过几次，直说"有了媳妇忘了娘"。钟母音调高扬尖锐，话语总是穿透手机传到林冉的耳朵里，她浑不在意，专心使唤着钟明辉做这做那。

钟母穿着件卡其色的羊绒衫，又搭了大红色的开衫，倒是神采奕奕。林冉喊了声"妈"，她匆匆应了声，俯身探着脑袋盯着洗好澡疲累到睡着的晚晚，左看看右瞧瞧，欢喜得不行，连连感叹："我大孙女长得真俊啊，这眉毛、这鼻子，和明辉小时候简直一模一样。"

眼见钟母要伸手摸晚晚的红彤彤的小脸，赵阿姨很有眼色地拦了下来："哎呀，宝宝在睡觉，我们不要吵她。她奶奶你先坐下来歇歇。"

钟母笑着说："我这哪歇得住。明辉、林冉，你们快过来，我带了不少东西。"

钟母的行李箱放在房间角落里，她拖出来摊开，边把一个个结结实实包装好的东西往外搬，边介绍着："这是你大姑专门买给林冉补身子的燕窝，这是我去乡下收的土鸡蛋，还有明辉你最爱吃的牛肉干……"

"亲家公、亲家母呢，怎么也不见他们？"钟母问。

林冉回答："我爸妈说我需要静养，宝宝又太小，这段时间不来打扰。等我出月子再来看我和宝宝。"

钟母应了声，继续翻着她的行李，她翻到内侧，偷偷把什么揣进怀里，扭头看了眼客厅。赵阿姨推着晚晚的小床去了卧室，并不在这里，她心定地拉着明辉的手，往他手里塞了一个红色塑料袋，低声说："这是老家亲戚们给我大孙女的红包，你收好了。"

钟明辉看也没看，转头把袋子给了林冉。

感受到钟母恨铁不成钢的眼神，林冉温婉笑起来，语气乖巧："妈，代我们谢谢大家的祝福，我们会把账记好的，这些人情啊后面我们慢慢还。"

钟母没再说话，闷头收拾着袋子。

卧室内忽地传来晚晚的哭闹声，赵阿姨很快抱着她走出来，问林冉："宝宝饿了，宝妈喂奶吗？"

晚晚的小舌头抖着，又急又饿地大哭，林冉只觉自己的一双乳房在幼崽的哭声下开始刺痛涨硬，噌噌噌地泌乳。她经历着不受自己控制的生物本能，哺乳动物原来如是。

林冉急急走向卧室准备解衣喂奶，钟母亦步亦趋跟了进来。林冉在临窗的小沙发坐下，赵阿姨给她腰后垫上靠垫，又在她腿上放好哺乳枕，让她舒舒服服地坐好，这才小心翼翼把晚晚放在她的怀里。林冉一抬头，却瞥见钟母正直勾勾地盯着自己，原本手还解着胸前的扣子，这下也停住了。

"妈，我准备喂奶了。"她出声提醒。

"你喂你的，我在边上看看我大孙女喝奶。"钟母浑然不觉林冉面上的尴尬和无措，继续问，"林冉你的奶水够不够呀？"

虽然分娩到产后，她早被各种医生护士看个精光，但到底钟母还是不一样的。她脸颊泛热，张了张嘴想说什么，又不知如何开口。

赵阿姨很有眼色地说："哎呀，她奶奶，你在这里宝妈不好意思喂奶的呀，让宝爸带你在我们会所转转参观参观呗。"她扶着钟母的胳膊往外走，招呼着钟明辉来。

"都是当妈的女人，有啥可害臊的呀，我们那个时候赶集呢，娃饿了不也是领子一拉就喂了……"钟母自言自语地絮叨，被赵阿姨关门挡在了外面。

林冉很快收拾好心情，现在是她和她女儿的独处时间。

不安分的晚晚贴上她温暖的皮肤，一下子安静了，她张大了嘴，像小兽扑食般大口大口地吮吸，喉咙里发出还不满足的吞咽声。总是说"使出吃奶的力气"，大抵是新生儿吃奶的确会耗尽浑身力气，晚晚的呼吸由急促到深缓，逐渐显得困顿，迷迷糊糊闭上了眼睛。林冉轻弹着她的脚心，她这才醒来继续大口大口吃。

林冉发出低低的笑声。

她怀中的女儿像云朵那般轻软，像炉火那般温暖，方才心浮气躁的不悦，转而烟消云散。

初遇00后葛云佳

林冉第一次见到钟明辉,是在妈妈五十岁生日的宴会上。

戴老师教书近三十年,临近退休,又逢生日,亲友同事借此为一向低调的戴老师操办一下,那天寿筵几桌宾朋大多是她的学生与同事,大多是旧相识和睽违多年的学生,推杯换盏,叙旧寒暄,红火火的一团喜气,很是热闹。

大概是因为面生,那个清秀的年轻男生刚入座她就多看了几眼,干净服帖的衬衫,清爽利落的短发,斯文的金丝细框眼镜,待人接物不卑不亢,让人如沐春风。他前来敬酒,声音也温柔好听,戴老师趁势介绍:"这位小钟老师,是我们年级的历史老师,别看小钟老师刚入职不久、年纪轻,但业务能力特别强,课讲得好,和学生们也处得好,同学们都喜欢他,尤其是女同学们。"

碰杯时,林冉与他目光撞上,他的眼眸幽深却又清澈,她不敢深看。她心口没来由地泛起一阵酥痒,似有春柳拂挠过她的脸颊。

那匆匆的一面之缘让她上了心。之后林冉忽然对戴老师的工作逸事感起了兴趣,问起不少关于钟明辉的事情,戴老师看出一些苗头,有意撮合,时而请林冉来学校送东西,时而请钟明辉来家里做客或帮些小忙。

隔年秋天，他们水到渠成地在一起了。

这是林冉第一次恋爱，她热烈兴奋却又难免横冲直撞，亲密关系是面镜子，她这才发现自己那些任性娇纵的小脾气和患得患失的玻璃心。所幸，钟明辉像温暖的棉絮一样包裹住了她，再无破碎的可能。

林冉也真正了解体会了钟明辉和他的故事。他骨子里的温柔和善良，幼时家境贫寒造成的敏感和谨慎，求学生活习得的独立和坚韧，都是钟明辉的模样。

恋爱三年，钟明辉向她求婚了。

他用荧光笔在书里圈出一个字又一个字，贴好了书签，作为生日礼物送给了林冉。

"你、愿、意、做、我、的、妻、子、吗、？"，尾页大大问号下的红绳系着一枚戒指。虽然只是一排碎钻，林冉明白已是他目前能力所及最好的了。

林冉答应了钟明辉俗套却浪漫的求婚，连同接受了他身后的那个全然陌生的小镇家庭。他们没有举办婚礼，她听了不少当地婚俗的恶俗风评，心生排斥与惧怕，她与钟明辉一合计，只是邀请亲近的朋友们吃了顿饭，而后趁着他暑假的一个多月的假期，从黄沙敦煌一路到了滨海青岛。

林冉虽然嘴上不说，内心却很感激钟明辉暗暗帮她挡住了很多婆婆家诸如"怎么能不办婚礼，多丢人啊"的闲言碎语的压力。

但钟明辉有自己的小算盘，他曾独自跑过好几家婚庆公司和婚宴酒店了解行情，市场价格让他瞠目结舌，指望着往来礼金几乎不可能回本，甚至还有一大半的"水漂"。他非常清楚若是举办一场婚礼抑或是两地办上两场，掏空积蓄也给不了林冉满意的排场与效果，更是当着妻子、老丈人的面把挡在老家亲友前的"遮羞布"给掀开了。

林冉更看重实际的东西，领证前，他们在钟明辉的学校附近买了一套两居的小房子。林老师和戴老师帮衬的首付，于是写了林冉自己的名字。余下房贷他们婚后慢慢还，二人世界的开支不算多，钟明辉也是向来对自己分外节俭的人，他们精打细算着生活，每个月还能存下一些钱。

在这之前，林冉从未一个人生活过，诸多事宜都不需要她操心了解。结婚后，生活习惯和日常观念的碰撞与亲力亲为中柴米油盐的琐碎细节，让她一下子顿悟，婚姻不是爱情的完美结局，而仅仅是一种生活的开始罢了。

她和钟明辉经过几次谁也不妥协让步的大吵大闹，在摸索中逐步寻找建立起一种舒适相宜的生活模式。下班之后他们会一起去菜场买菜，林冉做饭，钟明辉洗碗，偶尔下个馆子喊个外卖；夜里钟明辉备课林冉便在一旁加班赶着她的PPT。若是无事，两人便找些电影看，或是一起出门慢跑，或是去三个街口之外的林老师、戴老师家讨口茶喝；入夜窝在温暖的被子里，交颈温存。生活自在平淡，温馨知足。

然而此刻，林冉怀抱着鼻息轻缓的晚晚，听着门外钟明辉与钟母的对谈，她意识到，生活无法避免地改变了，容不得她多做准备。

午后下起了雨，钟明辉陪钟母去住处安置休息。林老师戴老师负责接待钟母，他们早在月子会所周边的酒店为她预付了一个礼拜的住宿费。这会儿接到信息得知钟母已到，便动身去订好的饭店为钟母接风洗尘。

林冉重回宁静。

赵阿姨刚把晚晚哄睡着，这会儿也跟着她的作息睡下补觉了。卧室没有开灯，光线昏暗，林冉躺在床上昏沉欲睡，她左耳耳鸣得厉害，耳道隐约作痛，发热发胀。她心知这段时间的种种劳碌让她的中耳炎发作了，再无心睡觉，就百无聊赖地躺着。

手机振动了一下，是管家文文发的信息，她问半小时后的母乳喂养课林冉是否有兴趣报名参加，信息里特意备注课程很干货实用，非常建议参加。林冉还沉浸在昨夜堵奶的阴影里，她回复了信息便翻身下床准备起来。

听课的地方在二楼的活动室，邻着瑜伽室和理疗室。林冉去得早，活动室里还没几个人，工作人员还在摆着果盘之类，她找了靠窗的角落坐下来。没过多久就听见有人喊她名字，她闻声抬头的工夫，卓芳已经坐到她身边来了。

"你也来啦。"卓芳热络地打招呼，环顾了一圈开始说，"我们是不是来早了。我还怕赶不上，急匆匆地喂好奶就下楼来了。"

卓芳也不管林冉有没有应声，话匣子就打开了："当年生我们家大宝那会儿，我好像就没给她喂饱过，喂了没俩月她受罪我也受罪就给断奶了，天天吃奶粉。现在大宝都上初二了，一有发烧感冒不舒服，她奶奶就说是因为她小时候没有好好喝我的奶，免疫力低体质不好。我真是又烦又没嘴回。这次小宝来了，我想着哪怕苦点累点，尽量还是母乳喂养，起码到小宝一岁半，让他爸爸和奶奶没话说。"

林冉听到这儿，轻叹了口气，强自把想科普解释的话吞回了肚子里。目测与这位邻居年龄差了一轮，观念和想法难以互相理解也是必然，她开口回道："的确应该听听科学育儿的课。"

得到林冉的回应，像受到了鼓舞似的，卓芳继续聊着："我看了这几周的兴趣课和讲座，真的有不少感兴趣的，比在家里一个人待着好。我老公自己开餐馆，早出晚归的根本没空管我，大宝在寄宿学校也不回家，在这儿比在家里和婆婆大眼瞪小眼要好得多……"

这只是林冉见卓芳的第二面，会面时长还不超过半小时，但关于她的基本家庭情况，已自暴得差不多了。

说话间活动室陆续来了不少人，卓芳的注意力被吸引过去，她远远打量着每一个进来的人，侧头问林冉："五楼不是有八套高级套房吗，没记错的话价格是我们三楼房间的两倍，那真是阔太太们啊。我听我的月嫂说之前还有不少小明星、小网红的也在五楼住过。你说进来的这些里，有五楼的吗？"

林冉无心参与卓芳的面相学八卦，她虽不排斥卓芳这样自来熟的人，但也不想加入其中。她低头刷起了朋友圈打发时间，等着课程尽早开始。

"你看那个。"卓芳低低地叫了声，"天哎……好小啊，感觉还是个小孩。"

最后进来的一个女孩，的确用女孩来形容她也并不违和。她长发及肩，走路时佝着背，像是想把自己出众的身高藏起来。她穿着宽大的粉色睡裙，裸露着小腿和脚踝，这简直是坐月子的"规矩"里的大忌之一。

这堂课程感兴趣的人不少，活动室比预想中的人多，座位也是紧俏，她低头匆匆忙忙地找着位子，最后绕到了后排，坐在了林冉与卓芳的边上。

连林冉都忍不住侧目打量她，那女孩仍是一张稚气青涩的脸庞，看起来不到二十岁。她坐下来后显得有些局促，轻轻啃着大拇指的指甲，眼神四处张望，顾盼间的神态还是学生模样。

"现在的女孩子们啊……"卓芳细弱蚊声地感叹着。

她刚感叹完，人便倾斜过去搭讪了："妹妹，你今年多大啦，看着好年轻哦。"

卓芳开门见山的询问让女孩愣了愣，她看过来，目光下意识地在林冉身上也转了个圈。

"二十岁了。"女孩如实回答，她面色坦然，并无不悦。

林冉松了口气。最会"读空气"的她最怕那种诡异尴尬的气氛。

"真年轻呀……我比你大二十来岁，真是阿姨级别的了。我叫卓芳，住三〇三室。这位姐姐叫林冉，住三〇二室。有什么事都可以找姐姐们，咱们可以彼此多照应。"卓芳顺带着把林冉也介绍安排了。

林冉心口一堵。

女孩眨着眼睛看着这两位姐姐，一时没有说话。

大多数人对这样初次见面的热络人都会抱有戒备之心吧。

林冉很明白女孩此刻的心理活动，也同样为此困扰。她只是住在卓芳的隔壁，并不想与她有过多的交往，更不想与她绑定成"姐姐们"的角色。

然而她，最大的毛病就是从不会拒绝任何人。

女孩眉眼弯成月牙，咧嘴笑起来："谢谢姐姐们，我叫葛云佳，我住二〇八。"

藏在名字里的心思

钟明辉自傍晚回来后就面色落寞，吃饭时也一言不发，似乎没什么胃口。吃饭时林冉点评月子餐的口味细节、聊些今日见闻，更多则是吐槽刚认识的隔壁邻居，他也都是心不在焉听着，嗯嗯应声敷衍。林冉觉得无趣，便也不吭声了。她到底还是识趣，想来他遇到什么心事，暂时还不想说，也不去追问，由他兀自畅怀去。

饭后晚晚醒了,他终于有了事做,抱着晚晚在客厅里晃荡。初为人父,总有些生疏和不知分寸,钟明辉胳膊僵硬,抱着晚晚的架势如同端着个随时要炸的炮弹,赵阿姨守在他边上,一面指导他该怎么抱孩子,一边伸着胳膊护着,生怕他把孩子给摔了。

林冉收到戴老师发来的信息,她说,晚上明辉若找你商量事情,不要急,坐月子最不能动怒或伤心,要多为自己着想调整好心态。

高能预警一般的提醒,让林冉心中一凛,她不动声色地望着钟明辉,了然他此刻的各种不自在,原来是憋着什么心事在找时机和我"沟通"呢。

她佯装不知地回了房间。产康部送来了煮好的药浴桶,她在热气蒸腾的淋浴间慢条斯理地擦洗身体。产后没几天,她的肚子就平坦了,相比某个同事生完孩子已近一年,肚子还似怀孕四五个月的模样,林冉实在幸运太多了,她在肚子上的暗红色的花纹上仔细抹好妊娠纹修复霜,涂抹间感受到皮肤曾被拉扯开的凹凸纹理,她的乳房因为涨奶变得浑圆饱满,乳晕颜色也变得深暗,她在乳头上涂上厚厚的羊脂膏,保护脆弱的乳头别被晚晚咬破。

而后,林冉对着镜子审视着自己的脸和身体,经历十月怀胎和分娩时的耻骨分离,她俨然从女孩变成了女人。

林冉沉默了许久,脑袋里充斥着各种思绪,混沌浑然,乱作一团,打开了水龙头,听着水流声,她缓缓地坐在马桶盖上,她眼睛发干，并没有想象中倾泻而出的眼泪，最终胸口那满怀情绪只化作一声长长叹息而已。

哪怕从怀孕开始她就开始做心理建设，学习了解了不少孕产知识，想准备充足地迎接这特殊阶段，但她没有自己预想中那样的平静淡然。

她发现，现实比想象中要更残酷些，她不解为什么从没有人告诉过她生育中无法逃避的屎尿屁，她以为真的跟过来人劝慰的"生完就轻松了"一样，只要熬到孩子降生就好，然而这只是一切的开始。无论是自己的身体还是之后的生活，都遭受了翻天的重击，道阻且长的产后恢复，任重道远的育儿之路，一桩桩一件件，都是火烧眉毛着迎面而来，容不得她无视退缩，她唯一需要无视的就是自己的各种落差而已。

林冉不明白为什么大家都对此三缄其口，哪怕是亲近如斯的母亲，也只会与她歌颂"母亲"的美好与神圣，画饼有了子女以后的幸福生活、人生圆满，甚至还说到"坐月子如同女人的第二次投胎，好好坐月子体质能变好"此类鬼话，都是些骗女孩稀里糊涂生孩子的话术和套路！她忽有一阵被欺骗的难过和被背叛感。

等林冉收拾好心情走出来，钟明辉正倚在门口候着她。他似乎已经打好了圆满的腹稿，神色里有已然隔空演练了几遍的笃定，也正因如此，他没有注意到林冉方才似乎哭过。

林冉端着杯热水在沙发坐下，寻了条盖毯将自己裹好，一切准备就绪，她仰头静静望着他，等着他说些什么。

钟明辉又踌躇了会儿，终于开口说："冉冉，我想和你商量一下关于起名的事情。"

钟明辉的陈述里刻意隐藏了许多情绪和细节，但林冉约莫能脑补出来些。她才知钟母与林老师、戴老师久违的见面并不太愉快，原本和睦热络的氛围从钟母拿出一个列着好些个名字的小本子开始，逐渐冷却。晚晚出生后，钟母隔天清早便去找了相熟的风水师傅，就着八字算出了几个名字，钟父选了一个，钟母也选了一个，让钟明辉来定夺究竟选哪个名字。

钟明辉解释说，钟母不知他们已经起好了名字，也是好意，觉得钟明辉的第一个孩子，爷爷奶奶起名更显得重视。

戴老师看了看那些名字，都说不太适合。林老师说林冉和钟明辉已经起好了名字，这两日准备去填出生证明上户口了。两人的说辞都算是为林冉挡着做委婉的拒绝。

"我妈的意思是，'晚晚'也挺好听的，但感觉有点随意，冉冉晚晚音也像，容易混淆。我们可以把这个当小名，她取的名字你看看，有没有合心意的。"钟明辉说着，林冉内心同时跟着腹诽：林冉和钟晚晚两个名字，一个黎明，一个夜晚，差着十万八千里。是要多蠢的人，才能弄混。

林冉还是耐着性子看了看钟母给的两个名字，扫过一遍，只觉戴老师说话还是委婉，岂止是不适合，简直是太难听了。哪有女孩子叫"莱南"的。钟莱南，终来男，简直是不加掩饰的意欲了。

恶臭。恶心。

林冉的情绪逐渐上来，俨然忘记戴老师的预警和之前在浴室自己做的心理准备。

她气极反笑，仰着头挑眉反问道："钟老师，你好歹也是个高中文科老师，这样的名字，你是怎么好意思放到我面前给我看的？什么年代了，还给我搞封建算命招男重男那一套裹脚布呢？你妈怎么跟你说的我无所谓，但你别原封不动把话甩到我跟前。如果你觉得你妈起的名字挺合心意，你也别当什么老师去教书育人了，你不如直接剃了头发去博物馆当清朝的占人。"

林冉向来伶牙俐齿，嘴上从不饶人。

钟明辉被怼得脸色灰败，也自知理亏过分，不然他也不会踌躇纠结那么久，寻思着怎么开口说这件事。

"就当我没说过这件事，冉冉你别生气，我明天就跟我妈说明白我们的想法。"钟明辉凑过来，想摸摸林冉的脸。

林冉没好气地挥开他，冷声说："别说这些没用的，我不管。我只要你明天去把钟晚晚的出生证明和户口本都搞定，我只看结果。"

钟明辉点头应了。

他们说话的声音有些响，晚晚被吵醒，哼唧几声张嘴便哭，林冉听见她的哭声，起身赶过去哄。

她心底对钟明辉有些怨怼，更多的则是失望。夹在母亲和妻子中间，他行事竟是如此木讷。早些年的表现，他虽不善两边都哄得其乐融融，但也能两边劝说解释几句，还算过得去。这次到底是含了几分顺水推舟的真心表露？林冉不愿再去深想。

隔天清早她喂好奶刚睡下，就听到房间外的对谈声，咋咋呼呼的尖锐女声，哪怕知道她讲的只是些日常的家常话，那语调像是吵架骂人似的，一听便知是谁。林冉心中有气，遂用被子蒙住头不去理会。一觉睡到中午，赵阿姨抱着晚晚来敲门，林冉躺在床上敞开衣服，将晚晚搂在了怀里。晚晚吃吃睡睡，用力地吸吮，疲惫不堪得犯迷糊，又被拍醒继续吃，就这样来回折腾了将近半个小时，林冉已是大汗淋漓，背后衣衫全然湿透。

钟明辉探头进来看了好几回，等赵阿姨将吃饱喝足又昏昏睡去的晚晚抱走后，他这才走进来，从包里掏出户口本和出生证明给她看。

林冉看到晚晚的名字，终是定了心。

她又抬头瞅了眼表情恳切的钟明辉，气消了一大半。她把出生证仔仔细细读了好几遍，有点埋怨地说："原来出生证明只是一张纸吗，没有证书那种的壳子啊，好容易弄皱。"

"我刚才回来路上网购了专门的证件壳，一收到货就装起来收好，冉冉放心。"钟明辉连忙回答。

林冉满意地点点头，眼光往房间外瞟过，问："你妈呢？"

"她有点感冒，我怕她传染给晚晚，让她回酒店休息了。"钟明辉伸手拉她起床，"午餐来了，冉冉出来吃饭吧。"

她喂奶耽误了些时间，菜已经凉了，赵阿姨喊了文文来将餐盘拿去加热。等餐食的这会儿工夫索性开着门透风，林冉瞧见一个穿着校服的女孩子路过了门口，那女孩子高高瘦瘦的，马尾辫随着轻快的步态左右甩着，林冉猜想大概是隔壁卓芳说起过的大女儿。她后面还跟着个老太太，大概是卓芳的婆婆，林冉还没来得及细看，文文端着餐盘回来，顺势将门掩上了。

"林小姐，今天是产后第六天了，可以药浴洗头了，等会儿吃完饭，带您去楼下产康部洗头顺便做个身体护理吧？"文文轻声细语地问。

林冉内心雀跃，终于等到这天。

从产前三四天算起，经历了三天两夜的生产时的暴汗以及产后产褥热的一身大汗，她的头发早已油成绺了。

产康部就在早前上课的活动室边上，穿过珠帘隔开的走廊，拐角处便是产康部小小的前厅，文文请林冉在沙发上坐下，产康部前台的小姑娘随即端上了花茶。刚喝几口，便有人来接待，自我介绍叫瑶瑶，领她往里间去了。

半年前参观月子会所时，因为产康项目私密性高，不接待外客参观，她只是在门口探眼瞧过，这会儿跟在瑶瑶身后左右观望，才发觉这里别有洞天。拐角后长长的走廊，两边都是产康部的房间，房间或大或小，装修布置温馨，窗明几净，熏香怡人，设施从小憩沙发到茶歇处、从泡脚桶到汗蒸间一应俱全。

瑶瑶带林冉在其中一间空房的洗头床躺好，裹好了浴巾，等药包煮沸的热水搁置到合适的温度的间隙，她开始为林冉按摩头皮做放松。

"你的头发真黑真浓密啊。"瑶瑶感叹着。她们总会不遗余力地去夸赞每个客人那些有或没有的优点。

林冉信以为真，带着些小自得地解释："怀孕的时候怕洗头麻烦，剪短了不少，趁机养了养发质。"

瑶瑶又说："不过还是要注意，产后三个月雌激素大幅降低，就要开始脱发了。在这之前要好好补充营养、保健头皮哦。"

她说完，将晾好的药浴水慢慢浸没林冉的头发，她手法轻柔，温软的指腹摩挲过每一寸干痒许久的头皮。

水汽蒸腾中，林冉闭上了眼睛。

久旱逢甘霖啊…林冉发出满足的叹息，这是她产后第一次从身体上得到舒缓和满足。

她忽然想到了钟明辉。怀孕八个月后的身子格外沉重肿胀，肚子一天天肉眼可见地像气球那般鼓起来。她低头连脚都看不见，弯腰也费劲，洗澡时在热气中待久了，便有些缺氧，头晕目眩好久才能缓过来。钟明辉看在眼里，很快买了把躺椅，在淋浴间做成了临时的钟记洗头房，揽下了给林冉洗头的任务。

他们的淋浴间很小，林冉抱着大大的肚子往那儿一躺，便堪堪塞满了整个空间，钟明辉蹬着人字拖穿着四角裤衩，坐在角落里的小马扎上，一手挤着洗发水一手举着莲蓬头。他怕水流四散淋湿林冉，总是将莲蓬头朝着自己，每次给林冉洗完头，自己也是湿漉漉的，像是跟着洗了个澡。

林冉就这样仰着头安静地躺着，感受着他的手在她的耳后游移过的那一阵战栗，她忍不住缩紧了脖子。她似乎能感受到钟明辉凝视的目光，于是她睁开眼，浴室的暖烘烘的灯光下，他的脸逆着光看不真切，却有十足的认真与温柔。她总是看着看着便扑哧笑出声，他问她怎么了，她一面伸手描摹一面回答："这样倒过来看你，像是眼睛长在最底下，嘴巴长在额头上，你说话的时候跟二郎神瞪着人似的，哈哈哈太丑了。"

钟明辉也不生气，由她笑完，俯下身子在她唇上轻轻啄一口。

洗好头后，他扶她在床边坐下来，拿起吹风机，将她的头发一层层一丝一缕地尽数吹干，十足耐心。透过床边的梳妆镜，她能看见钟明辉的脸，他精神集中的时候，眉头会不由自主地轻蹙，一如现在。林冉心里淌过暖流，与他说："明辉，你一定会是个好父亲。"

想到这些，林冉从昨天攒到现在的气早已消散干净，她总要记得些他的好。就像赵阿姨评价的那样，钟明辉已经属于"很贴心、很周到的老公"了。

瑶瑶帮林冉吹好头发，问她是否需要去隔壁房间做个身体按摩放松。林冉犹豫了一会儿并没有马上答应，瑶瑶似乎看出她的踌躇，笑着补了句："林小姐的月子套餐里有六次全身按摩的项目呢，每周做一次正好呀。"

她这才点头应了，瑶瑶离开去准备，几分钟后回来语气里带着些歉意，说是刚临时来了客人，眼下没有单独的小房间了，问她是否介意与别人共用双人间。

林冉说着不介意，但心里祈祷，千万不要是卓芳。

惊鸿一瞥的美人儿

林冉第一次亲眼见到这么好看的女人。

房间里的两张床中间虽然有屏风挡着，但她走进来的视线还是能看见里侧的床上躺着的年轻女人。她的肌肤雪白又透亮，光洁的额头连着高挺的鼻梁，又圆又大的杏眼，她正在与自己的产康师说着什么，说话时浓密纤长的睫毛轻微颤动着。就这么惊鸿一瞥，林冉就挪不开视线了，瑶瑶扶她躺下前，她不禁又看了那美人一眼，美女果然连同脖颈和锁骨的弧度都是纤细好看的。

她觉得那美人像极了某个明星，但又一时想不起来。

瑶瑶拿了浴巾给她换上，双手抹了精油将手心搓热，从肩颈开始揉捏着，温声细语地说着一些产后的身体保养事项。林冉心不在焉地听着，扭头望着屏风的方向，这个角度彼此挡得严实，再看不见什么。

林冉心想，这个时候卓芳若是在场，她的好奇心或许会得到大大满足。

过了一阵，隔壁传来电话的声响。林冉偷偷把耳朵丢了过去。

美人接通了电话，低声嗯嗯了几声。而后她与产康师说，陪同看护宝宝的家人说宝宝突然吐奶很厉害，她要回房间看看，免得担心。

她起身走出屏风去拿衣架上挂着的浴袍。林冉侧眸看去，瞅见她乌亮的长发像海浪一样垂下来，瞅见她裸露的身体纤细又完美的曲线，这哪里是刚生完孩子的模样。然后她感叹着：真正的美人真是老天赏饭吃。

然而林冉还是看见了，她的小腹与腰侧甚至大腿根上密密麻麻地爬了许多条深红色的纹路，像带刺的藤蔓将她缠住，没能幸免。

林冉还来不及唏嘘可惜，美人清冷的目光扫过，她心虚地掉开了眼。

美人离开后，房间只剩下林冉和瑶瑶，林冉忍不住问起："她是……？"

"五楼的宝妈，很漂亮是不是。"瑶瑶补了句，"据说是家住在滨江大平层豪宅的阔太太。果然啊，长得漂亮的女人就是好命。"

林冉没有接茬儿，安静地闭上了眼。

戴老师和林老师在客厅坐着，赵阿姨抱着刚睡醒的晚晚和他俩唠嗑。晚晚伏在赵阿姨的肩上，眼睛瞪得溜圆。林老师远远地逗着她，晚晚忽然笑了几声，林老师很振奋，连夸晚晚聪明有灵性又孝顺长辈，知道与外公亲近。戴老师笑着拆他的台，直说："这只是新生儿的条件反射微笑，没啥意义，你可不要自作多情。"

林冉在餐桌边吃着午后送来的糯米圆子和红枣泥糕，看着他们对谈。林老师爽朗的笑声在房间里绕了几圈都不曾散去。她忽然很怀念，似乎有很久没有听到他这样由衷开怀的笑声了，林冉忍不住细细打量着他，那曾经像山一样的父亲如今也两鬓斑白、肩胛清瘦。

她眼眶发酸，别过眼又看向晚晚，晚晚挥舞着小拳头咯咯笑着，逗得外公外婆大笑。此时此刻，家人闲坐，灯火可亲，林冉从内心深处涌现出一种幸福和安定。父母在，人生便有归路；孩子在，人生尚有希望。她并不是那种会将自己的遗憾寄托在孩子身上的人，也没有想过望子成龙望女成凤，只是觉得生命自有一种延续和伸展的方式。她愿意成为晚晚的土壤，等她长芽、攀枝、开花，一如她的父母曾是她的土壤那样。可是……二十九岁的她正是开花的时候，就这样成了别人的土壤，这样的人生，值得吗？

林冉回答不上来，会有些不甘吧。不过已然如此选择，便这样慢慢走下去吧，也许土壤还能长出大树，和新生的花朵一起慢慢长大呢。林冉如是想着。

"明辉什么时候回来呀？"戴老师问林冉，"我托朋友买了些补品，等他回来让他给亲家母带回家，亲家公得好好补补调理调理身子。"

"他早着呢。"林冉喝了口小厨房送来的煮好的茶水，中草药的苦味在嘴里流窜着。当时她喝了一口，便不愿喝了，赵阿姨语重心长地劝，这是帮助排恶露的，让子宫尽早恢复，对身体好，权当良药苦口了。

钟明辉知道林冉心中有气，对钟母有些不说出来的意见，又知道自己妈妈的那个口舌之快、脾气之直，上回和岳父岳母吃饭眼见着向来和善的两位都忍不住黑下脸来，钟明辉到底长了记性，上午钟母说要来看孩子，他打着岔领着她去市区的商场逛街了。

林冉看了眼戴老师拿出来的补品，都是名贵的党参虫草之类。她知道老两口退休金有限，难免有些心疼，皱着眉头说："不用买这些的，他爸爸不识货，不知道这些是好东西的。"

"乱讲什么呢，可不能这么说长辈，少轻看人家，就算不认识，朋友邻里问一问的，不就清楚了。"戴老师赶紧阻止了林冉的话，叹了口气，语气放柔继续说，"你这孩子就是任性，这些话可不能说，尤其不能当着明辉说。再说了……这些不也是为了给你做面子嘛，明辉爸爸身体好，你们俩也少些负担不是。"

林冉明白戴老师的良苦用心，也知道自己方才说得过分了，她余光瞥了眼赵阿姨，赵阿姨方才抱着晚晚去换尿布了，大概也没听到。她吐了吐舌头，撒娇起来："不是跟你们才这么说嘛，我清楚着呢，放心啦。"

他们没待多久，等晚晚睡下就起身准备走了。林冉送他们下楼，过了前厅，戴老师说："就送到这儿吧，外面风大，你现在不能受风。"

她说着，将林冉耳边的碎发温柔地别到耳后，温柔地注视了很久，像是呢喃地："我的好女儿，好好照顾自己。"

林冉鼻头泛酸，郑重点头。

她目送戴老师挽着林老师慢悠悠走出了会所的前坪，消失在了拐角。正巧钟明辉打电话过来，说是他和钟母还有几分钟便到，钟母要看看孙女再回酒店休息。

林冉应声，却也不愿这会儿回房间与他们撞个正着，跟钟明辉补了句自己要去二楼做产后康复的项目，要好些时间，要他们娘俩不用理会她。

其实她无处可去，想了想转身走向小花园。天阴沉沉的，随时将要落雨的架势，林冉绕着花圃走了几圈，想去凉亭坐一会儿，远远瞧见里面已有人坐着，走近几步，便看见了那曾惊鸿一瞥的美人。

她并没有穿会所里发的定制月子服，而是披着一件缎面的墨绿色睡袍，乌发似瀑卷曲地披散下来，衬着肤色白皙胜雪。

她倚靠在凉亭的石圆柱上，两腿交叠，弧度纤长的脚掌半勾着同色的绒面拖鞋。她的手自然地放在膝上，指间泛着一点猩红。她抬腕，深深地呷了口烟，屏息片刻，鼻翼间四散一阵烟雾，很快又融进空气里，消弭不见。

林冉默默走进凉亭，在她不远不近的地方坐下。

林冉这时才注意到她神色阴恺，眉心蹙在一起，掩不住的淡淡愁绪。

半封闭的空间里,人与人的距离变得暧昧且敏感,感受到林冉不受控制的注意,她清冷的目光朝这边投射而来,将林冉快速地上下打量一遍。还不待林冉有何反应,她先点头微笑,算作问候示好。林冉心头一热,赶紧咧开嘴回了个微笑。

林冉到底不像隔壁的卓芳那样,她就这样一言不发地坐着,看着花圃、看着楼房、看着时间流走,美人同样默默无语地抽着烟,两个人默契无言地共享着这一片"兀自喘息的空间"。

她将手上即将燃尽的烟蒂掐灭,摸了摸口袋掏出烟匣,很快又抽出了一根来,接下来的动作却停住了,似乎在踌躇,最后还是将烟塞了回去。而后她站起身,准备离开。

还没走几步,她脚下轻软,身体往边上一歪,一个踉跄堪堪撑住凉亭边的半墙。

林冉见状连忙跑过去,从另一边搀住了她的胳膊。她额头冒着细汗,本就白皙的脸庞煞白得没有一丝血色,林冉吓了一跳,出声问道:"你还好吗?我去喊医生来看看。"

"不,不用……"她的声音细微不可闻,"低血糖,老毛病了……我缓缓就好。"

林冉将信将疑,又说:"那我扶你回去吧?路上碰到其他人再说。"

她点头应好,勉强挤出一个笑:"我住五〇三,麻烦你了。"

林冉之前去过一次五楼,那还是怀孕时来参观签订意向合同的时候。五楼的套房豪华又宽敞，南北通透的客厅，推开移门便是偌大的露台，除了产妇的卧室，还多了一间客房供家属居住，有独立私人的宝宝护理室，整个五楼还有楼层共享的影音厅和瑜伽室，甚至有另外的小厨房二十四小时供应茶歇室的自助餐点。那时林冉看着心动，心想这简直是五星豪华度假啊，然而问及价格，近乎是三楼四楼套房的两倍，便识趣地再不动这心思了。她嘴上不认输，只是说，坐月子不是要少看屏幕、少看手机，照顾宝宝还来不及，哪有时间和心思看电影或者吃喝玩乐哦。钟明辉连声应着：可不是，冉冉说得是。

这一路没有遇到其他人，电梯里她们为了化解尴尬，互相做了简单的自我介绍。林冉才知道美人的名字，叫舒知秋，她说自己生于秋分，便取了这个名字。人如其名，美好诗意，十几秒的时间，林冉对美人的好感度又上了几个台阶。

电梯上了五楼，开门便是护士台，这会儿竟也不见有人值班，出奇得安静，她扶着脚步依旧虚浮的舒知秋走过长廊，路过几间房门，便到了五〇三的门口。舒知秋拍了拍门，一位年纪约莫四十岁出头的女子开了门，她瞧见林冉，微微发愣，这才留意到面色不对的舒知秋，惊呼了一声，连连后退将两人迎进来，把舒知秋扶到沙发边坐好。

"太太，你这是怎么了？"那女子对舒知秋的称呼让林冉忍不住侧目多看了一眼。

"有些低血糖，歇歇就好，玲姨你帮我找点巧克力之类的。"

舒知秋说完，玲姨点着头匆匆离开。

林冉环顾周遭，宽敞的房间格外安静，除了方才离开的玲姨也再无他人。她走到饮水台边倒了杯茶，茶水颜色深红，果然也是产康部熬的药茶，心理莫名平衡了一瞬。

林冉把水杯递给舒知秋，顺势问起："怎么没见你的宝宝。"

舒知秋双手接过杯子，轻轻道了声谢，喝了几口，这才回答："她黄疸高，月嫂带去医疗部做光照去了。"

"那位是……？"林冉又问。

"她是家里的管家阿姨，我老公在外地出差，我也没公婆父母，就她来陪我住一段时间。"舒知秋顿了顿，笑起来，"我也乐得清闲。"

没说几句，玲姨便回来了，她怀里揣着不少东西，身后还跟着两个医生护士。林冉见状，便和舒知秋说："那你休息，没什么事我就先回去了。"

"谢谢你，林冉。"舒知秋郑重地捏了捏她的手，一双眼睛如秋雨后的池水，沉静澄澈。

林冉被那么一望，心旌荡漾。

当伴侣成为父母，他们变了吗？

林冉回到房间，钟明辉和钟母正坐在客厅里闲谈，林冉低低喊了声"妈",视线在钟母和钟明辉紧紧相握的手上转了圈,若无其事地移开了。

在这儿母子情深呢,林冉心想。

她也不再多说话,径直走到了卧室,晚晚还在婴儿床里酣睡,她似梦见了什么,发出两声小猫似的梦呓。赵阿姨坐在边上,轻声跟林冉说了几句,她刚说完,钟母就进来了。

"林冉你怎么才回来,宝宝饿着肚子等着你呢,刚才哭了好久。让明辉给你打电话也没人接,阿姨只好给宝宝喝奶粉,奶粉哪有妈妈的奶好啊。"她的声线还是一贯的尖刺,话语里是不加掩饰的埋怨。

林冉压着声音连同瞬时蹿上来的火气,一字一句回答:"妈,晚晚在睡觉,麻烦你声音小点。我不在的事情和钟明辉早已经讲过了,现在我累了,需要休息了,还有什么事情你可以和钟明辉说。"

"你……"钟母一时间说不出话,脸上有些挂不住。

赵阿姨连忙起身,搀着钟母有说有笑半劝半拉地走了,这场景在钟母来会所为数不多的几次里高频上演。林冉为此再次庆幸当初自己要来月子会所的决定有多明智,她想象到若是整个月子期间,日夜与钟母在同个屋檐下相对生活的模样,该有多窒息。

她蓦地羡慕起舒知秋来,然而很快这个没有任何意义的想法便被强自打消了。钟明辉给林冉发了信息,说晚些送钟母回酒店后,要去学校开个会,得回来晚些。林冉看完,没有兴致回复,把手机掷到角落的沙发上，它在软绵绵的坐垫上弹跳了几回，屏幕熄灭。

林冉很快睡着了，接着做了个梦，梦里觥筹交错的酒宴热闹喧嚣，影影绰绰间青涩少年温雅一笑，四目相对时世界仿佛静止了，银河从他的眼眸里流泻而出，盛夏的栀子花在耳边绽放，海边的烟花像浪潮一样翻涌聚散。少年的吻笨拙又热烈，她头晕目眩地紧紧拥抱住他，有许多闪烁的星星落在他们身上，直到把他们淹没。

她醒来时已近傍晚，唤唤不在婴儿床里，她听见门外赵阿姨逗弄她时发出咿呀声，便放了心。她在昏暗的房间里沉默地躺着，回想起刚才甜蜜又遥远的梦，恍如隔世，怅然若失。

林冉这几日心里始终憋着一股浊气，不得不承认，许多烦躁伤怀的事，她有意无意地迁怒到钟明辉的头上。尤其是钟母这几遭的激惹，更是"爱屋及乌"，让她对钟明辉满是抵触和意见。她忽然意识到，自己似乎有好几天没有与他心平气和地说过话，没有从妻子的心境注视过他的眼睛了。

那个梦似乎提醒了她，钟明辉始终还是那个让她悸动的少年，不管多了多少人际关系，他们多了多少角色，她仍是他的林冉，他仍是她的钟明辉，这一点未曾改变过，也不能被忽视。

女人说来也的确古怪，积压许久可随时爆发的暗火，因为一场光怪陆离的梦，重新生出了爱情之花。然而从头至尾，男人似乎都愚钝如斯，不知道自己即将大难临头，更不知道自己怎么就化险为夷了。

钟明辉傍晚回来，怀里抱着一大束似火鲜艳的红玫瑰。林冉正在喂奶，他径直走到她们面前，邀功似的将玫瑰花递过来，林冉抱着晚晚侧过身避开，没好气地低骂："花粉！花粉！傻子啊你。"

他连忙退了几步，把花藏到身后去，带着些好心办坏事的懊恼与尴尬，站在原地局促地看着林冉和晚晚。

晚晚吃好奶，赵阿姨把她抱到肩膀上，趴着拍奶嗝，晚晚眯着眼睛，一脸的满足享受，林冉忍不住轻轻捏了捏她肉嘟嘟的小脸。

而后她站起来，伸手接过了钟明辉藏在身后的花，她低头深深地嗅着似有若无的玫瑰花香，轻轻抚摸过柔软的浅色雪梨纸和粉纱——那是她最喜欢的包装款式，一种久违的被满足的心情舒展开来，哪怕花束们都逃不过三四天颓败干枯被丢弃到垃圾桶的命运，但女孩子还是喜欢收到花吧。只要从爱人怀里接到花束的那瞬间，似乎就能想到这之前，他去花店询问挑选，店员问及他送花给谁，他说出了你的身份，想着你的喜好选着花材和包装纸，而后他小心地捧着它就这样穿过城市街道与人潮目光，向你而来，这就足够了。

林冉终于笑了起来，她踮起脚在钟明辉的脸颊吧唧了一口，把花放在了窗台上，目光仍左右端详着、流连着，到底还是举起手机寻找合适的光线和角度拍了好几张照片，难得发了朋友圈，她写：在钟先生眼里，我还是那个喜欢收到鲜花的女孩儿。

点击发布之前，她想了想，屏蔽了钟母。

很快收到了许许多多的赞和"羡慕"的评论，林冉一条条读着，无法回避的小小虚荣心在那几分钟得到充分满足之后，她抬起头望向在房间里的钟明辉，这会儿，他正逗弄着窝在赵阿姨怀里的晚晚，目光温柔而专注，林冉捧着手机陷入一阵不足与外人道的迷茫与心虚。

第 2 章 妈妈是道锁

葛云佳的两道杠

春节前几天,葛云佳发现自己有些不对劲。

一向姨妈准时的她,已经有两个月没有等来老朋友了,她有点担心地与张帆讲了这件事,他也没放在心上,只是照例安慰"多喝热水",然后约她王者峡谷相见,她心不在焉地打了一盘游戏,输得很惨,张帆一通电话打来问她"你好好的貂蝉去打野做什么?",葛云佳怒火上头,吵了几句有的没的,挂掉他的电话。

她到底还是惴惴不安的,细想学期结束前和张帆的那几次过夜,情到浓时有些侥幸犯懒、得过且过了。她下楼去小区的便利店转了一圈,买了不少零食,最后结账前把收银台边的验孕棒一并拿了藏在最下面。她戴着口罩,帽檐压得低低的,扫到验孕棒条码的时候,她划开手机屏幕翻着朋友圈,强装镇定自然的模样。

其实店员根本连看都没有看她一眼。

家里静悄悄黑黢黢的,前几天爷爷犯了老胃病住院去了,奶奶在医院陪他,要到夜里才回来。这会儿只有葛云佳一个人,她走进卫生间,锁上了门。

葛云佳自小就跟爷爷奶奶住一起,父母离婚她跟了爸爸之后,爸爸便离开了家,只有逢年过节才会回来住几天。奶奶说她爸爸跑东跑西做着大生意,很忙很辛苦。

刚上小学那儿年,妈妈每个月都会来看她,给她带很多零食和文具,还有她喜欢的芭比娃娃。妈妈每次来都会哭,笑着哭哭着笑,这让葛云佳疑惑迷茫又感到无形的压力。她并不期待见到妈妈,尤其是每次妈妈走后,奶奶会把妈妈送来的零食全部没收扔掉,说那些垃圾食品只会让她闹肚子;把妈妈送的玩具和书也都全送人,说那些东西只会让她越来越像她那个不三不四的妈妈。那种得到之后又失去产生的巨大失落,倒不如一开始就不曾拥有过。葛云佳很小就体会了。

上初中后,妈妈很少再来了,只是偶尔几通电话,问一些不着痛痒的惯例问题。奶奶说,她妈妈去了法国,嫁给了一个老头子。

"她啊,根本不是什么好妈妈。你看她,根本不管你,现在人跑到国外去,直接不要你了。"奶奶总是这样说。

葛云佳不作声,她守着一个和妈妈的秘密。她有一个自己名字的银行账户,妈妈每个月会转一笔钱到里面,妈妈说,这些钱是留给她的嫁妆,要她好好小心保管。

葛云佳心里门清,她的奶奶是抚养她长大、照顾周到的好奶奶，妈妈是有难处却始终尽力的好妈妈，只是奶奶或许不算是个好婆婆罢了。

上初三那年的春节，奶奶忙活了一整天做了一大桌子的菜，葛云佳很少见她那样洋溢的笑容，心想爸爸上次回来还是前年元宵节，今天爸爸难得回家过除夕，她一定也是期待高兴的吧。

爸爸回来了，还带着一个年轻女人和一个五六岁的男孩。爸爸说，这是你的弟弟，这是你莫阿姨。

葛云佳看向奶奶，奶奶并没有注意到她求助的目光，在饭桌上连连往那个男孩的碗里夹着鸡腿，笑得合不拢嘴，一口一个大孙子真乖。

原来奶奶早就知道了啊。

热气腾腾的年夜饭，每个人都在笑，热热闹闹、喜气洋洋，葛云佳却感到一股寒意顺着脊椎蔓到整片头皮。她望着喜笑颜开的奶奶和模样已然陌生的爸爸，只觉一阵讽刺。

在这一天，她失去了所有的亲人。

十八岁，她葛云佳带着录取通知书和妈妈给的银行卡，跨越了七百多公里来到这个陌生的城市、来到她心心念念的大学，她报的专业是法语，这是件值得细品的决定。不管怎么说，她终于把那个"家"抛得远远的，头也不想回的，向全新的人生跑去。

二十岁，她坐在马桶上，盯着验孕棒显示出的两条杠，屏息沉默了不知道有多久，直到因为缺氧开始眼前发黑，她深深地吸气，逼着自己去思考。卫生间老旧的日光灯管闪烁挣扎了几下，轻微的燃爆声后，葛云佳被淹没进黑暗里，恍然间像是一种人生预兆。

这天半夜，她给张帆打电话，半逼迫半恐吓着让他买了隔天一早的机票飞过来，她心中早做了决定，趁着寒假结束前，把事情解决掉。张帆浑浑噩噩地来了，浑浑噩噩地陪着她去了医院，浑浑噩噩地呆坐在妇产科候诊处的长椅上等着。过了很久，葛云佳从诊室里走出来，她手里攥着B超单，在张帆身边坐下来。他们谁都没有说话，各自忏悔着、踌躇着，不知道该如何开口，也不知道到底能说些什么。

葛云佳说肚子饿了，于是他们去附近找了间快餐店吃汉堡，而后又是长久地、沉默地对面坐着。

"我要把他们生下来。"葛云佳一字一顿地说完，抬头望向张帆，他错愕的眼睛里，映着葛云佳沉静郑重的神色。

扑通扑通扑通扑通……

葛云佳无法去形容在B超室里听到自己平坦的小腹里传来强有力的心跳时那瞬间的心情，整个世界都变得模糊遥远，她忽然好想念妈妈。

医生暗暗惊呼一声，说道："哎呀，有两个胎心，还是个双胞胎呢，恭喜啊。"

葛云佳脑子里嗡鸣起来。

这下轮到张帆脑子嗡鸣了。他半天没明白葛云佳的意思，你要生？他们？怀了俩？我要当爸爸了？我要跟爸妈摊牌了？他们会打死我!

葛云佳决定了的事情便不会再回头,她很快有了计划,并一步步做了起来。首先第一件事:和奶奶摊牌。奶奶震惊又拒绝的反应在她的预料之中,她没有奢求过奶奶能再帮她什么,她告别了奶奶,收拾了行李,便和张帆一起飞回他的城市——也是他们上学的城市。

她喜欢这座城市,当她第一次来到这里,坐进在高楼大厦里飞速穿梭的"火车"里,周遭的一切事物都是如此新奇有趣,那城市的气场与生命力毫不谦逊地扑面而来,说不上来到底哪里来的震撼与魔力,但的确对刚刚成年的葛云佳产生了巨大的心灵撞击。她想留在这里,她想她的孩子们也生在这里、长在这里。

葛云佳就这样贸贸然地跟张帆回了家,拿着检查单见了他的父母。她横冲直撞、天真烂漫,又带着些高傲和逼迫。这一步,对于一个没有依靠的大二女学生来说,似乎是踩雷般的大错特错。但幸运的是,张帆的父母比她想象中好相处很多。

张帆的母亲是大学老师,父亲在国企工作,都是有学识教养的高知,虽然这件事对他们的确也造成了不小的冲击,当着葛云佳的面,他们把张帆骂得眼泪直掉,转头还是温柔宽慰着她,留她暂时住在家里方便照顾。这之后几天,张帆母亲与她聊了很久,感叹他们考上现在的大学不容易,年纪轻轻成为母亲更不容易,尤其是辍学休学的代价实属惨重,言下之意还是劝葛云佳不要把孩子留下来。

"眼下你们太小……我绝不反对你们交往，相处了这些天也明白你是个懂事的好孩子。等你们毕业了，生活步入了正轨，我们就把你和张帆的婚事办了，总要明媒正娶，给你父母一个交代，也好好补偿你。到时候，你们笃笃定定地生孩子，我那时候也退休了，给你们带孩子。"张帆的妈妈如是承诺。

葛云佳没有回答，她自有主意。临近开学，她和张帆申请了学校的单人套间宿舍，一同搬了进去。从寒冬到初夏，她的肚子一天天鼓胀了起来，她也逐渐有了"名气"。在瞩目议论和风言风语里，她坦荡地去教学楼上课、去食堂打饭，按时按点地去医院产检，和张帆在学校里模拟着夫妻的同居生活，时而争吵时而烦恼地度过了大二的最后一个学期。

六月，葛云佳步入孕晚期，怀着双胞胎的葛云佳肚子大到离谱，连弯腰走路都开始费力，脚肿得鞋子也穿不进去。期末考完试后，她递交了休学申请书，在张帆父母的强烈要求下，再次住进了张帆家里，安心待产。

这大半年，妈妈给她打过几次电话，不知是心虚回避还是心怀芥蒂，她从未接听。某天回复辅导员邮件的时候，才顺带看到妈妈两个月前发来的邮件，她在信里说年前她搬家了，搬到了海边去。

"记得你小时候很喜欢灯塔，有一年我生日，你还在贺卡里画了沙滩和灯塔，我们在沙滩上手牵手。我一直收藏着你的画，现在还把它装裱挂在我的卧室里。我的房子就在海边，离沙滩不远，附近便是灯塔，夜里灯塔闪着光，和天上的星星辉映着，每次看到它我就想起你。我想你一定也会喜欢这里的。佳佳，等你毕业了，来我这里看看吧。"

邮件的结尾还有几张照片，只露出边角的蓝天，她便停住了滚动的鼠标，沉默了几秒钟，她利索地删除了邮件。她讨厌妈妈陈腔滥调地回忆童年。只是很多夜里，葛云佳仍会梦见妈妈，她一双漂亮的眼睛饱含着泪水，与年幼的葛云佳挥别。

母爱不是天生的，父爱更不是

在张帆家里临产的夏天，葛云佳逐渐意识到一件事：张帆的父母实在太忙了。虽然初心是要好好照顾葛云佳，但整日家里只有她和张帆两个人。张帆试着下厨，几次火烧厨房的经历吓得肚子里两个小家伙拳打脚踢，最后一日三餐都靠外卖解决。

葛云佳算着预产期，正是九月开学季，心知张帆妈妈照顾她坐月子这件事有些纸上谈兵的意思，又有了新的主意。她捧着可以用"硕大"来形容的肚子，拉着张帆去了月子会所签合同。

她早早看好了这家月子中心，也提前问好了照顾双胞胎新生儿的价格，她不介意甚至欣喜仅有一间的"楼层位置不太好的特惠房"。这些年妈妈给她卡里存的钱，足够支付这个特殊月份的账单了。

虽然葛云佳反复叮嘱张帆,这件事暂时先不要和他父母说,但张帆妈妈还是发现了张帆随手放在床头柜上的宣传册,追问下葛云佳只能说了实情。葛云佳早前顾忌自己不放心张帆妈妈照顾自己坐月子和刚出生的宝宝们的心思会不会伤害到她,而她只是问了花费,过了几天,葛云佳的卡里多了一笔钱。

"你们的决定我和张帆爸爸向来支持理解,只是这个钱本就应该我们出,你付出的已经够多了。家里的钱,直接向我们要就是,不用顾虑。"张帆妈妈如是说。

葛云佳好羡慕张帆,他有个这样好的妈妈,始终在身边陪着他。

现在,葛云佳后悔了,不过为时已晚。

生下两个儿子的第四天,张帆便回学校上课了,只有周末过来。张帆爸爸出差去了外地,妈妈则在葛云佳预料中,非常忙碌,鲜少空闲来看她,多是深夜匆匆来送些东西,而后坐个几分钟便离开。

她在月子会所躺了半个月,剖宫产的伤口还是隐隐作痛,耻骨分离的疼痛让她辗转反侧难以入眠。整个孕期她体重暴增了八十斤,把她的灵魂束缚在像沙袋般沉重的皮囊里。床边的两个儿子整日整夜地哭号,像小怪兽一样,把葛云佳的世界搅得天翻地覆。

她曾以为母爱是天生的,然而让自己不安的是,和儿子们日夜相处了十余天,她终日苦闷地望着他们皱巴巴、红彤彤的脸,仍旧像看着陌生人甚至仇人那样，觉得窒息喘不过气，满心的木然和冷漠。

她不愿意抱他们，更不愿意亲喂母乳，借着奶水少喂不饱两个孩子的理由，生产完不到一个礼拜，在奶水上来之前就断了奶。

葛云佳不明白自己这是怎么了，她为什么不爱孩子呢？除了第一次听到胎心跳动时的震动，她似乎心境再无波澜起伏，她不明白九个月前决心留住他们、生下他们的自己，为何就那样愚蠢得决然。

手术台上她清醒地望着天花板明晃晃的吸顶灯，感受着医生护士在绿色手术无菌布下拉扯开她的肚子，两个孩子被接连提溜出来抱到她眼前要她亲一亲，她看着他们被羊水泡发、满脸白色胎脂的丑脸，下不去嘴。

她心里平静如斯，如一潭死水。

葛云佳也曾努力尝试去当个称职的妈妈，她积极地去听会所里开设的所有育儿课，也试着抱着软绵绵的孩子们像傻子似的跟他们说些话，但似乎帮助不大。

"该怎么做妈妈呢？"葛云佳问来串门聊天的卓芳。

卓芳正在婴儿床边逗弄着老大，闻言连头都没抬，笑着回答："就像你妈妈那样呗。"

葛云佳耸耸肩，嘴角扯出一抹苦笑，没再说话。

她想起几天前路过大厅时遇见了林冉和她的妈妈，林母慈爱地摸着林冉的头，轻声细语地说着一些体己话。匆匆一瞥，却深深扎进葛云佳的心里,她没来由地羡慕林冉。后来再去回味,恍然意识到,那种羡慕,大抵是,即使林冉比她大个十岁,然而她仍旧是那个可以在妈妈面前尽情撒娇的女儿。

卓芳并未察觉到葛云佳的落寞,她侃侃分享起这几天零碎收集起来的八卦消息:"佳佳,你有没有见过五楼一个很漂亮的宝妈。听说原来是国际航班的空姐,后面嫁给了个有钱老板当阔太太去了。那有钱老板和这个月子会所的老板是什么……NBA 的同学,这才住到这里来。我前天去洗头的时候,听产康部的珍珍说的,说她老公从她入会所到现在都半个月了,也没有出现过一次,一直是她和保姆阿姨两个人,自家亲戚也没来看过。哎,阔太太也不好当啊……"

葛云佳想起张帆,心中冷哼,半斤八两。

正聊着,老大忽然大声哭号起来,卓芳还没来得及哄,那响亮的哭声将原本熟睡的弟弟闹醒了,哭声此起彼伏响起来。躲在卫生间里看手机的月嫂阿姨闻声出来,照顾双胞胎让她累得够呛,难得挤出十来分钟的清闲就此结束。她甩干手上的水渍,匆匆把老大抱起来,指挥着葛云佳照着模样抱起小的。

葛云佳身体僵硬、表情凝重,新生儿很神奇地感知到母亲的情绪,于是弟弟哭得更凶了。卓芳站在边上看着,好笑着叹气,感叹到底自己还是个孩子,她小心地将老二从葛云佳怀里抱过来,轻声地哄着。弟弟渐渐哭声平息,卓芳打量了他一阵,眉眼弯弯地说:"你别说,弟弟这会儿这委屈巴巴的模样,跟我家的弟弟好像，真好玩呢。虽然还没见过这两兄弟的爸爸，但我感觉他们还是长得更像你些。"

月嫂抱着老大去冲奶粉，卓芳便带着弟弟跟在后头，她还在碎碎念着："还是冲奶粉方便呀……哎呀过会儿这儿弄完了，我也该回去喂奶了。"

多亏卓芳的串门和帮忙，葛云佳可以稍稍偷会儿懒，她坐在单人沙发上喝着藏在保温杯里的可乐，那是她趁着去上育儿课的空闲跑去会所大门口拿的外卖——两听可乐两听雪碧，也是那会儿碰见了林冉和她妈妈的温馨场面。她脑海里忽然闪现若干年前奶奶无意中的评价："佳佳这孩子，跟她妈妈简直一个模子出来的。"

可乐的气从胃里涌上来，在食管里绽开一枚微型的烟花，灼烧了她。

傍晚，张帆从学校过来过周末，手上还提着肯德基的全家桶，他吃不惯月子会所寡淡无味的家属餐盒。

彼时葛云佳正在睡觉，两个儿子也在睡觉，月嫂也在睡觉，四下安静，连空气都是疲惫的。张帆丢下书包，换好鞋子，蹑手蹑脚地走进了卧室，他也没开灯，在昏暗的房间里缩在沙发上一边啃着汉堡一边看着手机，屏幕的荧光映照着他意味不明的笑脸。

葛云佳睡得浅，从张帆进门，她其实就已经醒了，她微睁着眼睛，打量的目光藏在昏暗中，格外的明目张胆。于是张帆脸上那种暧昧离奇的神情，她看得格外真切。

她忽然想起前几天，原来的室友芊芊给她发信息聊天的时候有提到，新入学的小学妹青春水灵、天真活泼，让大三的老学姐们羡慕不已、感慨万千。芊芊说起张帆在学校的近况，他作为篮球社的社长，成为众多小学妹的"男神学长"，她特意说起有些不了解张帆情况的小学妹，想着法子来套近乎呢。

"正宫娘娘携皇子们在行宫休养身体，可得小心那些小妖精，我瞧着张帆也是个中央空调的主儿，跟那些明眼就能看出来别有用心的小学妹，都谈笑风生呢。天哪，他不会真的觉得那些大腿比我胳膊还细、脸蛋比我屁股蛋还白嫩的小妹妹们爱好打篮球吧！我在学校帮你盯着，有什么情况都跟你说。"芊芊如是说。

葛云佳笑骂她是不是宫斗文看多了，但到底这些话还是往心里去了，联想到张帆"干干净净"的朋友圈，没有一点关于孩子们的痕迹，俨然还是个普通大学生的人设。

此刻她看着张帆藏在手机屏幕后的脸，他脸庞浮现出久违的笑意，那些猜疑和忐忑像细针一样戳着心口，感觉哪里疼痒却又挠不到。

卧室门外传来不知是哥哥还是弟弟的哭声，像号角似的，预示着这个房间里的人们短暂的宁静即将结束了。张帆从沙发上弹起来，手里还没吃完的汉堡胡乱地裹好搁在沙发上，他大步往门外走，走到门口却又顿了顿，折返回来把搁在沙发扶手上的手机拿起来，揣进了裤兜。

葛云佳的心思也跟着揣了进去。

刚吃好晚饭，卓芳又下楼来看她，还带着一提水果礼盒，说是家里亲戚探望带来的，她心里想着这个新结交的小妹妹和她两个需要更多精力体力照顾的儿子们，便跑来了。

葛云佳和卓芳相识不久，却感觉很亲切。卓芳自来熟和多话的性格或许在别人（比如林冉）那里有些烦恼甚至是叨扰，但对葛云佳来说，则成了可遇不可求的加分项，她渴望被亲近、被体贴，也打心底里喜欢有人在身边叽叽喳喳说个不停的热闹劲。卓芳的岁数和她妈妈相仿，有时候葛云佳会忍不住引申遐想，她妈妈是个怎样的中年妇女呢，也会像卓芳这样吗？她们会是怎样的相处呢？这些念头总是一闪而过，随即被自己鄙夷着、唾弃着扔到一边去。

卓芳头一次见到张帆，面对这么个二十出头、看起来比实际年纪还要再青涩些的小男生，忽感拘谨，不少产后的私密话题聊到兴处也戛然而止，偷眼看瘫坐在沙发里表情淡漠刷着手机的张帆，自觉无趣和扰人，没待多久便走了。

卓芳刚走，张帆抬起头来吐槽："那大婶也坐月子？看起来感觉比我妈还大。这么大年纪了还生孩子，好丢脸啊。"

他语气轻佻还带着些不屑，葛云佳听着很不舒服，她有一种感同身受被冒犯的感觉，随即回怼了一句："年纪大怎么了，谁规定四十多岁的女人不能生孩子了？非要这么说，那我们这么小还生孩子，不更丢人。"

葛云佳总是凭着一腔冲动，说话做事在思考之前，话说完，她就后悔了。果然张帆一时语塞,瞪着眼睛微张着嘴,半晌说不出一句话,他摇了摇头低声嘀咕了几句,拿着手机转身走进卫生间,关上了门。

葛云佳面色讪讪地站在原地,月嫂抱着胡乱挥舞着小拳头的弟弟细声哄着,眼观鼻鼻观心,努力降低存在感。

她深知自己今天心浮气躁的主要原因,都是张帆那贴身进出的手机惹的。葛云佳强迫自己要冷静下来,主要得想个法子,看看张帆的手机里到底藏着几个好妹妹。她与月嫂知会了一声,说房间太闷要出门透透气,便"离家出走"了。

夜色渐沉,葛云佳本来想在小花园的凉亭坐会儿,远远就瞅见几个大叔抢占了位置,烟雾缭绕中说着语调尖刺的本地话,发出一阵阵促狭的笑声。她撇了撇嘴,只得转身在大堂的开放式咖啡厅里暂歇,她点了一杯芒果汁,找了个角落的卡座暂歇。

此刻咖啡厅里没什么人,除了她只剩一对母子。他们似乎待了有一阵了,桌上玻璃杯里的饮料已经饮尽,然而男子还是用吸管胡乱搅着杯底的冰块,心事重重的模样,一言不发地听着那个鬓角花白、穿着土气的六十岁上下的老妇人像机关枪似的说着什么。

葛云佳侧耳听着,虽是方言,但七分听三分猜,也听出来个大概。

"男人就是要在外面闯荡事业的,你现在要紧的还是工作,多表现表现。"妇人语气埋怨,"我看你在他们家说话也没什么分量,老婆天天跟使唤仆人一样使唤你,丈人丈母娘也是假客气,没点实质帮助，他们要是真为你着想，就该多帮衬一下你，帮你提点职称之类的。"

"妈，他们都退休好些年了，早不管这些事了。而且我已经受到很多关照了。"男子解释了一句，继而招来下一阵机关枪。

"人脉关系总归在的哇，知识分子就喜欢端着，嘴上说得可好听了，什么年轻人自己多锻炼锻炼，你自己长点心。"

男子闷声应了，看了眼手机的信息，抬头说："妈，不早了，我送你回酒店吧。"

妇人斜睨着他的手机，了然轻笑："是不是你老婆发消息催你了。不是我说，她真是有些娇纵了。就说坐月子这个事，在家里不是挺好的，月子中心什么的，都是骗那些有钱人的。你大半年的工资被她用来在这里坐牢，真是想不通。她啊，一点没有勤俭持家的意思，我还指望她再帮你生个儿子，不知道能不能指望上。"

葛云佳暗暗翻着白眼，再也听不下去。她想起张帆一家，有了比较，心里倒也平衡些，起码他们家不算"刁钻龌龊"，对没有心眼的她来说，已经实属幸运了。

眼下最要紧的事情，无非是断了那些"好妹妹们"的狼子野心，说来也简单，只要亮出他"两个孩子的爸"的身份，但凡有些脑子的小姑娘都不会迎难而上吧。葛云佳如是想着，心定了不少，笃悠悠地喝完果汁，上楼回房。

张帆正在房门外的走廊听电话，见葛云佳走近，佯装镇定地说了结束语便挂了电话。

葛云佳斜眼瞅着他,冷冷问:"谁的电话?"

"辅导员打来的,问我点事。"张帆不假思索地回答。

"这么晚,找你?你又不是什么学生干部,还问你点事,假不假。"葛云佳鼻子哼着气,假装没看见他面上的尴尬,率先进了房间,她径直走进卧室,把门重重地关上了。张帆脸上挂不住,撒气似的把手机掷到沙发上,拎起背包又出门离开了。

月嫂正手忙脚乱地给他们的两个孩子冲奶粉轮流喂着,因为接着这对小情侣的单,月嫂没少和同事们哭诉吐槽:犹如带着四个孩子,太难了。

葛云佳本以为张帆会跟着进房间解释两句,等了半天只听见哥哥弟弟们此起彼伏的哭声。她开门探了个脑袋,只见到叫苦不迭的月嫂,便问:"他人呢?"

"出门去了。"月嫂补了句,"把书包也背走了。"

她听罢,怒火中烧,抄起手机给张帆打电话。

铃声随即从沙发的角落里响起,葛云佳心念一动。她用指纹解锁了手机,直接点开了"最近通话",备注名的确是"辅导员老刘",通话时长将近十分钟。

这让她有些意外。

她顺势打开了微信,对话框列表有些出乎意料的寡淡,起码明眼一看,并未发现小学妹们的撩骚信息。最近的聊天对话框,依旧是"辅导员老刘"。她心想,这不会是张帆为了掩人耳目,给

第 2 章 妈妈是道锁　059

好妹妹改了这样的备注名吧。

她带着"这种小伎俩也敢丢人现眼"的得意与鄙夷,点开对话框,一查究竟。

"年底交换生的名额清单下来了,你的申请通过了。这些表格资料你这几天填完,打印好交给我,护照签证也抓紧早点办起来……"

平地惊雷,葛云佳的脑袋一声炸响,思绪瞬间枯焦。

神兵天降的卢安娜

林冉从噩梦中大汗淋漓地醒来,清梦无痕,喝口水的工夫便忘了到底梦见了什么可怕的东西,依稀记得在被追赶着。她扭头想跟钟明辉说几句,忽然想起来,他还在赶着明天公开课的教案,还未休息。

月光透进来洒在只有她一人的双人床上,有些寂寥。她翻身下床,借着月光赤脚走到隔壁去看晚晚。客厅里,一盏小小的台灯,钟明辉伏在窄小的光圈下,凝神地看着电脑屏幕,并未察觉到林冉的移动。

赵阿姨睡在婴儿床边上的矮床上,方便随时照看,她听见响动,睡眼惺忪地坐起来,瞧见光着脚的林冉,低呼了一声:"哎哟,快去穿鞋,地上寒气这么重,以后要落下月子病脚后跟会疼的。"

林冉耸耸肩，还是乖乖回去穿好鞋，再抬头时，赵阿姨已经抱着晚晚跟过来了。

"正好到宝宝喝奶的点了，宝妈，咱们喂奶吧。"赵阿姨的话让林冉后脖颈一麻。

就在两个小时前，最近的那一次喂奶，晚晚含衔住吸吮的第一口，一阵钻心的刺痛让林冉忍不住痛得惊叫出声，她没有坚持多久，便让赵阿姨把哇哇大哭起来的晚晚抱走，捂着胸口疼得一句话也说不出。再摊开手查看，发现手心染上了血迹，她的乳头在流血。

林冉脑门上的细汗一瞬间便冒了出来。

查房医生来看过林冉的乳房，告诉她的确是乳头皲裂了。大概是晚晚吃奶的姿势不好，时而紧衔牵扯，终于咬破了。"别看新生儿没牙齿，'吃奶的力气'可是很大的。每个人乳房条件不同，尤其是头胎妈妈，刚刚进入哺乳期，乳房脆弱细嫩，一开始不习惯不适应，被摩擦疼痛甚至磨破是可能发生的事情。"医生耐心地解释。

林冉的心思更多的还是在晚晚身上："那我刚才喂奶，流血了……宝宝喝到血水，会不会生病啊。"

医生笑着摇头："没事的。但还是希望宝妈尽可能坚持喂奶，这个阶段让宝宝多刺激刺激乳腺生奶，错过了，后面可能奶水不够想再追奶就有些难了。疼的话只能忍一忍，喂完奶以后涂点羊脂膏修复保护一下。"

林冉连连点头。

这会儿，面对嗷嗷待哺的晚晚，她有种上刑场就义的感觉。临近凌晨，万籁俱静中又听见隔壁传来宝宝嘹亮的哭声。赵阿姨坐在林冉对面，看她怀里抱着婴儿，束发散乱、梨花带雨、咬牙切齿地喂奶，低低叹气一声，像是自怜似的絮叨："做女人不容易，做妈妈更不容易啊。"

二十分钟的喂奶犹如两天两夜漫长，晚晚松开了林冉的乳头，在疲累中昏然睡去，林冉这才从酷刑中解脱出来。她后背已经湿透，衣衫贴着皮肤黏腻难受，赵阿姨看在眼里，小心把孩子抱过来，轻声催她赶紧去用热毛巾擦一擦。

浴室里还有尚热的药浴水，林冉用药浴水浸泡了毛巾，拧干将身上擦洗一遍，顺势拿了羊脂膏在乳头上抹药。

她垂头还未来得及将皲裂的伤口看仔细，忽然灯灭了，她惊叫一声，陷入一片漆黑。

开关就在手边，她来回按了几回均无反应，听见门外钟明辉也叫了几声。她担心晚晚，摸到手机打开了照明，抓起衣服胡乱套上，开门查看。

赵阿姨坐在沙发上，紧紧抱着晚晚，动作有些僵硬，显然在突然的黑暗中不敢动弹。钟明辉站在边上护着，看见林冉出来，忙问："冉冉你没事吧？在浴室没有摔跤吧？你刚才叫了一声就没声音了，把我吓了一跳。"

林冉探头看了眼对外界变化恍然未觉、正张着嘴酣睡的晚晚，这才放松地回答："没事。"

钟明辉确定了母女无事后回到了餐桌边，紧盯着暗淡的电脑屏幕，哀叹着："没电了，没电了，我还没保存。"林冉见此只有摇头叹气，暗骂他活该。钟明辉的老古董电脑从大学毕业用到工作至今已有七八年，开机需要十来分钟，打开个网页需要五分钟，经过几次大修，速度倒是快了些，但电池板已经不行了，连着电源线才能开机，电源一断就关机，与台式机无异。这个型号已经停产，市面上再难找到替换的电池板，林冉几次提出给他换个新电脑，钟明辉还是坚持用着，总说等到期末发奖金再说。

这下，不知道期末的奖金还有多少。

林冉顺着门缝望去，外面也黑漆漆的，走廊里逐渐传来急促的脚步声和隐约的人声，此起彼伏，由远及近，在这深夜并不常见。

"大概是停电了。"林冉自言自语，话音未落，听见有人敲门。

林冉前去应门，卓芳的脸出现在手机的电筒下，苍白憔悴得有些诡异："冉冉，整栋楼都停电了，你们家没啥事吧。咦？钟老师也在呢。"

她朝钟明辉打了个招呼，只是钟明辉还沉浸在存档生死未卜的冲击中，满脸的落寞。

"怎么就忽然停电了，我正在喂奶，忽然眼前一黑，吓我一跳，以为自己瞎了。"卓芳还在絮叨，林冉的手机振动了几下，她收到来自管家的微信信息，先是一长段造成了惊扰很是抱歉的寒暄，而后说电力问题正在查看，预计最早需要明早恢复来电。林冉看完，便将信息给卓芳也瞅了眼。

卓芳一看，就急了："这秋老虎的日子怎么受得了，我房间小冰箱里还存着母乳呢，这等到明早不都全坏了。不行，我得去楼下找他们经理问清楚。"她说着准备走，又扭头看向林冉，"你要跟我一起去看看吗？咱们去问问情况。"

林冉本心是不愿意的，觉得此刻还是安静待着比较稳妥。她余光瞥见端着手机照明在本子上奋笔疾书的钟明辉，又是一声轻叹，就当为了钟老师明天的公开课努力一下。

林冉依言，跟着卓芳沿着消防楼梯一层层下了楼去。这一路遇见不少因为停电而冒出来询问情况的，走到一楼大厅西侧的经理值班室，已会聚了十来号人。

大厅里吵吵闹闹的，每个人手里的手机都亮着灯来回晃着，气氛有些紧张焦虑，闻讯赶来的会所负责人和值班经理赶紧把他们安置在沙发上坐好，满头大汗地解释情况："我们排查断电情况，初步估计是总保险丝老化烧坏了，但这深更半夜的一时联系不到马上能来的电工。明天一早，电工到位，就即刻处理。还请各位忍耐一晚。"

这种官宣让一群人炸了锅，卓芳首当其冲，叉着腰对着经理就嚷嚷起来："这怎么行！空调开不了，冰箱也断电了，我冰箱里还存着母乳呢，这明早全坏了，你们负责吗？这么大个月子会所，我们交了那么多钱，结果停电要停一晚上！你们这个效率也太离谱了吧！"

众人一阵附和，经理继续安抚着："我们会抓紧联系的，尽快让师傅解决。还请各位宝妈、家属少安勿躁，都是来休息调理的，千万别气坏了身体。这位家属阿姨，您的心情我非常理解，这样，您先扶您家宝妈回房间休息，母乳存放问题，我会联系您房间的管家积极为您解决的。"经理说着，目光看向林冉。

林冉愣了愣，卓芳也愣了愣，两人四目相对，卓芳明白过来，这是把她看成林冉的陪护家属了，最起码是长辈级别。或许是光线昏暗，经理没有看到卓芳也穿着会所的月子服，又或许是其他原因。卓芳恼羞成怒，嗓门更高了："你就给个最快解决来电的时间，明早是肯定不行的。"

即使在错乱的光源下，也能看见经理标准的、服务式的微笑，他面对闹哄哄的人声，不断重复着解释着那几句不痛不痒的车轱辘话。

高跟鞋的声音在大堂的瓷砖地面上显得格外清脆，在空旷的空间里，隐约还有回声。林冉循声望去，隐约看见一个身穿暗色修身西装的短发女人款款走来，她没说话，只是站在不远处扫视着闹哄哄的人群。林冉不知为何，总觉得这场面有些违和，且在这样停电的凌晨略显诡异。于是她悄悄扯了扯卓芳的衣角，示意她看。

第 2 章 妈妈是道锁　065

其实不只林冉和卓芳，众人都注意到这个凌晨突然进门来的沉默女人。经理像是认识她，几步小跑过去，一边鞠躬道歉一边解释着，估摸着还是那些话。借着经理手电筒微弱的光圈映照，见她身形纤瘦，面容清冷，眸光淡漠。林冉注意到她手上拎着超大号的名牌包，卓芳则在边上咬耳朵："这女的看着像个大老板。是不是这里的负责人？"

女人显然一样不买账，她抬腕看了看表，而后走到林冉对面的位置坐了下来。

"像你们这样的月子会所，为何没有备用的应急电源或发电装置？也没有值班的水电工吗？崔经理，麻烦你，把你们的停电、失火、地震等意外应急预案流程，拿出来给我们看一看。如果有，则是你们负责人员的失职；如果没有，你们月子会所，问题大了。"女人慢条斯理地说着，她声音微哑，却格外有气场，不至于压迫，但也足够让人如芒在背。所有人都安静地听着，等着她的后文。

崔经理愣了愣，赶紧解释："有的有的，有流程也有值班，只是正巧值班的电工生病请假了一晚，谁想事出突然，正巧就撞上了。"

女人摇头笑了笑："出现这样的问题和巧合，在我看来，不是失望，是不可思议。每个偶然都是由无数个必然导致的。崔经理，这样一个'偶然'不得不让我怀疑，你们的安全保障和专业能力与对外宣传的大打折扣。"

她顿了顿，又说道："据我了解，你们一共六十八间客房，如今满员的情况，就是六十八个家庭里的产妇和新生儿。你确定，你能保证，在这一晚上，哦，距离你的约定时间还有六个半小时，在这个时间段里不会有任何一个客户有特殊的需要？不会因此引发一点意外吗？一个简单的保险丝烧断会给这些客户、给你们会所带来多少不可预估的经济损失和名誉影响？对你们的办事效率和目光短浅的推诿，我很遗憾。"

她以一种准备休息的姿势往沙发上一靠，双腿顺势交叠，优雅且慵懒。她抬头，唇角浅浅上扬，似笑非笑地说："崔经理，我产后伤口还未恢复，不能走楼梯。在你们恢复通电之前，我便在这里歇息，你不介意吧。"

崔经理擦着额前的汗，除了连声应着，再说不出其他的解释，他赶忙吩咐身边的人抓紧去办，然后跑去经理值班室给这位四两拨千斤的西装女人拿水和消夜来。

时间已经很晚，大家见这事儿有了做主说话的人，默契地知道电要不了多久就来了，便各自散去。林冉站起身准备和卓芳回房，她又看了那个女人一眼，这会儿她已经仰头合目，的确是在休息养神。

卓芳挽着林冉爬楼梯回去，卓芳咬着耳朵说："我刚才听到那个经理跟边上的人说起来那个女人的名字，叫她'卢安娜'。那女的真厉害啊，能说会道的，三两句就把那经理震住了。不知道她是个什么来头。"

卓芳没有听说过她,林冉亦不曾听说过她。

但是住在五楼的舒知秋,一听这个名字,便了然了。

第 3 章 缘是因与果

舒知秋的秘密外出

清晨开始下雨，舒知秋戴着黑色的檐帽，裹紧了风衣，坐进在会所门口停了好长时间的轿车。司机金师傅透过后视镜向她问好："冯太太，我们直接出发吗？"

金师傅是冯季尧的司机，冯季尧无公务需要或去外地出差时，便会让金师傅来接送舒知秋日常出行，相识已有一年多了。金师傅年纪三十多岁，虽然梳着背头，言语形态努力往沉稳精干上修饰，但到底年纪不大，她不习惯喊他金师傅，所以总是隐去了称谓。

"先帮我找一家花店。"舒知秋回答。

市区里的街道总是拥挤的，街边遮天蔽日的梧桐树将这阴雨天衬得格外昏暗，在杂乱的人声和吵闹的鸣笛声中，车子龟行着。舒知秋看着车窗上挂的水珠出神。

"太太，右手边有一家花店，我把车停在路边。"金师傅指了指花店的招牌，而后很快先下了车，撑着伞帮舒知秋开了门。她还是有些憔悴，起身显得有些虚浮。金师傅下意识想去扶，但很快以一种不太自然的动作将手收了回来。

舒知秋接过他手里的伞，轻声道了声谢，推门进了花店。

这家花店店面不大，临街的落地窗边，高大的玻璃花桶整整齐齐地摆着，暖色的灯光聚焦落下，枝繁叶茂，色彩缤纷，格外温馨好看。花店老板是个年纪不大的女生，她正戴着防刺手套修剪着花材，看见舒知秋进来，几步迎了上来，笑问她想买什么花。

舒知秋指了指灯光下的绣球花，说道："我想买一株这个。"

女生挑了一株给她检查："你眼光好，这是昨天才进到货的渐变鸳鸯，醒了一晚上，现在开得特别饱满漂亮。要帮你包装一下吗？还需要什么配花吗？送给什么人呀，可以帮你搭配一下。"

"就这一株，简单用透明玻璃纸包装一下就好。"舒知秋顿了顿，又说，"要是有蕾丝的缎带，会更好。"

女生心领神会，动作利索很快包扎好了花，递到舒知秋的手里。舒知秋扫码付款正准备走，女生忍不住抬高音量说："祝你有个愉快的一天。"

女生说完自己有点不好意思，她不知道怎么就下意识说出这样一句，或许是这位客人从进店开始，她就留意到她眉头间掩不住的忧悒。

舒知秋微愣，她唇边终于荡起浅浅的笑痕，温柔地回答："谢谢。"

上了外环高架，车速终于提上去了。窗外的雨水汇成股，在玻璃上画着曲折的斜线，舒知秋望着出神，伸手去描摹着雨线，她忽然想起了很多小时候的事情，大多是一些已经失去情绪的画面，像幻灯片一样在脑海中闪现。她把帽檐压低了一些，挡住了眼睛。

路途比较遥远，近一个小时后，金师傅把车开进了露天停车场，他又从后视镜里看了眼舒知秋，她侧着头，神色藏在阴影里看不真切，一动未动似在沉睡。金师傅犹豫了一会儿，还是开口提醒："冯夫人，我们到了。需要找……"

"不用，我自己去就好。谢谢。"没等他说完，舒知秋已做了回答。

舒知秋轻车熟路地穿行过高高的圆厅建筑，顺着沿路栽种着柏树的石阶小径往山上走去，空气潮湿，还卷着若隐若现的泥土咸腥，偶闻不知名的鸟儿啼叫几声。她走得很慢，饶是如此，到了半山还是停下来喘息了好一阵，她摇头笑笑，心想所以女人要好好坐月子呢，一朝分娩留下的后劲，像是内功散尽的虚疲。

穿过刻着"松鹤居"的半月圆门，翠绿的缓坡林立着一排排墓碑，她的妈妈就沉睡在深处。

慈母舒月容之墓。女知秋泣立。

墓碑上的那张照片还是五六年前，舒月容得知自己确诊了胰腺癌晚期时，自己去照相馆照的，她与舒知秋说，这辈子一直都是身不由己的，选遗照这件事，想自己做一回主。她说要趁着化疗前，留下一张好看的照片，这样就算以后走了，女儿来看她，也不至于见她面色憔悴地戴着不合适的假发在那儿强颜欢笑。于是她烫卷了头发，认真化了妆容，戴着她最喜欢的珍珠项链，温柔地微笑，把这瞬间永恒留了下来。

很遗憾，不到一年，这张照片就用上了。

"妈妈，我来看你了。"舒知秋每次来看她，看到她的笑颜，心里果然都是欣慰的。她觉得妈妈此刻是幸福的，就像舒月容希望的那样。

舒知秋把怀里的绣球花放在墓碑前，俯身的这会儿，才注意到那里已静静放着一株绣球花了，它蓝紫色的花团已经被雨水打湿，却也新鲜。她愣了愣，一时想不到是谁刚来祭拜过，甚至还知道妈妈最喜欢的花。

她有满腹的话要说，并未再多想。

"我今天来，是想给你看看我的女儿圆圆。"舒知秋从手机里翻出宝宝的照片，举到舒月容的照片前面，"她今天刚满十天，长得很漂亮吧。"

她就这样翻着照片和视频，继续说着："她生下来刚好六斤八两，肉肉圆圆的，所以我给她取了小名儿叫圆圆，希望她圆圆满满、团团圆圆。妈妈，生孩子真的好疼啊，我从开始宫缩到生出圆圆，花了两天一夜，最后是打了催产素、打了无痛分娩才顺利分娩的。很多时候，我都想放弃了，于是我就闭上眼睛，想着你在我身边。我相信你那个时候就在我身边，所以我坚持下来了。

我想起你说你生我的时候，还是胎位不正，三天两夜，硬是这样把我生出来了。你那时候说得轻描淡写的……我想象不到，你那时候连无痛麻醉都没有，寒冬腊月的光景，得多疼多难熬啊。你这个人啊，总是把苦痛都说得轻松……"

雨未停，且有愈来愈大的趋势，雨水密集地溅落在伞面上，将舒知秋的呜咽声淹没。缓了好一阵，她吸了吸通红的鼻子，带着浓重的鼻音："我能想象到你会跟我说什么，月子里不能哭啊，会伤眼睛，会落下病根这样的话。妈妈，你不用担心我，我会把自己和我的女儿照顾好的。如果你想她，就化作窗边的小雀来看看我们吧……"

她几欲说不下去，垂头紧抿着唇，半晌收拾好心情，才继续说："等圆圆大一些，我再带她来看你。你到时候一定要看看她的眼睛，别人都说她的眼睛长得很像我，但我知道，她更像你。你如果还在我们身边，肯定会把她宠上天的，她会天天跟在你屁股后面'姥姥''姥姥'地喊，连妈妈都不要。"

舒知秋想象着那个画面，终于笑了起来。

回去的路上，舒知秋睡着了。

她梦见了小时候的夏天，她躺在凉席上翻来覆去地睡午觉，老旧的电风扇咯吱咯吱转着脑袋，不过那声音根本比不过窗外聒噪的蝉鸣。隐约看见穿着浅黄色连衣裙的妈妈走进房间，她轻轻撩开蚊帐坐了进来，把蚊帐的边角仔细地塞到凉席下面去。空气中带着淡淡皂荚粉的味道，有海飞丝洗发水的味道，还有妈妈的体香。然后妈妈在舒知秋的身后躺了下来,她能感受到妈妈轻晃着蒲扇,一边轻拍着她的胳膊一边哼着家乡话的安眠曲。妈妈的呼吸在耳边起伏,世界安静了下来,她闭着眼睛说:"妈妈,下辈子你还要做我的妈妈哦。"

妈妈轻笑:"要是真有下辈子,我要做你的女儿,享受一下被你照顾的幸福。"

舒知秋蓦地睁开眼,她的神思还陷在那不知是甜蜜还是悲伤的梦里,抑或是心障里。她心口抽动,视线所及都在旋转,呼吸也开始不自觉地加深加长。金师傅察觉到异样,等红绿灯的工夫扭头看来,舒知秋已经戴上墨镜,把表情藏在了雨幕的阴影里。

神秘之客的脚步

这一来一回耗费了不少时间,舒知秋回到月子会所已是下午,她走进电梯,按下五楼的按键,电梯门缓缓关上,很快又重新打开了,有人在外面按了按钮,阔步走了进来。

那人正是卢安娜。

她依旧是一身裁剪有致的休闲西装,踩着细跟高跟鞋,手里拎着包。她垂头看了眼电梯楼层按钮,看见五楼的按键亮着,下意识侧头将站在身边的舒知秋打量了一番,大概是职业习惯使然,她的目光对于一个陌生人来说,虽然并无恶意挑衅,但也并不算柔和友善。

舒知秋从与她照面的时候便认出了她，她的视线藏在墨镜后，便可以肆无忌惮地盯着她看。

几年前，帮她老公冯季尧打赢离婚官司免得家财被瓜分的顶尖事务所的金牌律师，便是卢安娜。她们虽有渊源，但从未正式照面过，毕竟那时，正在打离婚官司的男人，特殊时期最好不要坐实婚内有情人的事情。但她总有预料，她迟早会与这位"金牌律师"正面交锋，亦如冯季尧的原配糟糠妻那样。

冯季尧总是夸耀卢安娜天资过人、才貌双全，海外名牌大学毕业，业务能力超强，可以称为"东方不败"一样的存在。

虽然舒知秋明白，冯季尧对卢安娜的仰慕和欢喜，并不夹杂着男女占有的私情，毕竟这个阶段的名利双收的男人，在舒知秋看来，他们更喜欢、更需要一个可以仰望着他们、奉上温柔与青春的"蠢女孩"，而不是对他们知根知底、洞悉了然的女强人。但她依旧对卢安娜充满了好奇，她专门查了许多关于这位的履历资料，翻看了许多卢安娜的照片，无论是形象宣传的写真，还是日常工作的生活照，她眉宇间那种自信与光芒，让舒知秋既羡慕又嫉妒。

如果……有如果的话，她或许也可能成为像卢安娜那样的人。

她曾经也想成为一名律师，高中的班主任与她说，以她的学习成绩，只要稳定发挥，一本学校的法学专业绝对没有问题。然而这个梦想很快随着家中变故而破碎了，她甚至错失了念大学的机会。

舒知秋曾如此不解甚至憎恨妈妈为什么要将她自己的命运与希望寄托依附在那个无情无义、又一事无成的男人身上，连同她的人生也搭送进去。然而讽刺的是，妈妈走后，她何尝不是一步步向生活妥协低头，她渴望有一个成熟成功的男人能将她从困局中解救出来，面对这种捷径，她唯一能交换的，只有她短暂的青春和美貌。

从某种意义上来说，身边的这位卢安娜，算是合力将她捞上岸的"恩人"之一了。

卢安娜自然不知这一楼到五楼十秒钟的时间里，同乘的人有如此多的内心波动，电梯门打开，她率先走了出来。她的高跟鞋陷在五楼独有的、厚厚的迎宾地毯里，再没有那带着催逼气场的脚步声，或许也是因为这地毯的原因，她的鞋跟走路不便，逐渐也放缓了脚步，连步履都柔和了。

舒知秋跟在几步之后望着，从身后看她走路的姿势，到底步伐里还是带着僵硬和强撑的。这种细微之处，或许只有都是初为人母的人才能敏感体会代入进去，其余人，很难共情。她唇边勾起一抹嘲讽的笑容，再厉害、再强悍的女人，面对生育孩子这一遭，都是纸老虎，都是脆弱的。

舒知秋目送着她拿出房卡进门，原来她的房间就在对面。这倒是意外的有趣相遇。

玲姨见舒知秋回来，迎上来略带埋怨："太太，你脸色怎么这么差，吃过午饭没有？给你准备的小饼干小巧克力，你又没带。可不能又像上次那样晕倒，太吓人了。"

舒知秋径直去看女儿圆圆，月嫂正在冲奶粉准备给她喝奶。她很乖巧安静地往声响处张望，刚出生十天的新生儿没有什么视力可言，料想她的张望也是一片迷茫模糊，但那好奇心让她仰着头，目不转睛地看着。圆圆一出生便双眼皮大眼睛，是新生儿界罕有的，助产士捧起她的那瞬间，便称赞："这小妹妹眼睛大大的，鼻子尖尖的，真是个美人胚子。"

圆圆的眼睛像舒知秋，鼻子和嘴巴则像爸爸多一点。那个比舒知秋大了十九岁的男人，据说年轻时也是英气潇洒的，五官与郭富城有六七分相像，国标舞又跳得极为出色，也就是那时结识了出身名门的前妻。舒知秋也只是听闻如此，初见他时，他已是大腹便便、皮肤松散、眼角垂坠的样子了。然而没人在乎男人的那些韶华易逝的东西，到了质变的阶段和全新的境界，他有了新的皮囊与魅力：由阅历淬炼的成熟稳重，由金钱铺垫的高雅淡泊。

舒知秋在床边坐着，看月嫂用奶瓶给圆圆喂奶，圆圆微眯着眼睛，大口大口地吞咽，肉肉的脸蛋跟着一鼓一鼓，格外可爱。舒知秋唇边荡着笑痕，目不转睛地盯着她，怎么看也看不够。玲姨泡了热茶端进来递给她，说道："太太，你刚才不在的时候，我接到物业经理的电话。说上个礼拜，有个咱们家的访客。家里没人，也没有给物业登记过访客信息，所以就被拦下来了。那个访客只是问保安，家里有没有人姓叶。"

舒知秋瞬间颈背僵硬，强自克制着表情淡淡问道："保安怎么说？"

"应该是没有回答业主家庭信息的，只是照例让他和业主自行联系后，由业主登记访客信息。"玲姨顿了顿，"物业联系我，是说发现那个人行迹有些可疑，从上周出现过一次之后，几乎每天都在小区对街的绿地花园里走动，从早到晚，一直盯着小区门口出入的人。像是在等人，更像是'逮人'，保安问询驱逐了几次，但因为那是公众场所，那人又没做什么出格的事情，也没其他理由了。物业经理说这件事先与太太告知一声，如果需要什么帮助，随时联系他。太太，这事儿我刚才听了，忍不住起了一身鸡皮疙瘩。"

"那人长什么模样，物业有说吗？"舒知秋又问。

玲姨赶紧说："说过的说过的，我刚才说漏了。一开始就说，是个年纪约莫五十来岁的男人，花白的寸头，穿着打扮有些土气。嗯……对，说走路的样子看起来有些跛，一瘸一拐的。"

舒知秋听到最末一句，人更显僵硬了。她垂下眼眉，端起茶杯喝了几口，睫毛却不动声色轻颤着。

虽然舒知秋再未说任何话表任何态，玲姨还是察觉到了她默然中的心事，她知趣不再多说，等月嫂给圆圆拍奶嗝的工夫，接过空奶瓶去洗刷消毒了。

职场不相信宝妈

林冉又看了一场日出。

生孩子之前,没人告诉过她,原来当了妈妈是没法睡整夜觉的。刚出生的婴儿,每两三个小时就要喝一次奶,不管你在吃饭还是在睡觉,她只要一哭,全世界的人都要忙碌起来,像极了那种"她醒了以后全宿舍都得醒"的室友。

凌晨五点,晚晚喝完奶,心满意足地打了个奶嗝,小手在空中胡乱挥了几下,又沉沉睡去。林冉拖着疲累的身体去卫生间给乳头抹药,她厌极了旁人与她说"宝宝睡了你也赶紧睡,她睡你就睡"这样的话,她在心里吐槽,我是机器吗?说开机就开机,说关机就关机。

就像这会儿,明明身体累极了,但乳头皲裂喂奶的那一遭酷刑,早把睡意赶到九霄云外,她觉得通宵的失眠使她的头脑随同面部一起浮肿起来。她走出卫生间,瞅了眼睡到打呼的钟明辉,又是一阵兀自郁结。不知是产后激素紊乱导致的,还是林冉本身的别扭性格在这个阶段被放大了,她越发会揣着一股无名之火在心里。

她知道这样的情绪状态不好,便披上浴袍去客厅的阳台上放空。空气冷冽,周边很安静,只能听见鸟儿叽喳地开会。城市还在熟睡中，暗蓝色的天空中寥寥几颗星，对街的小区几栋居民楼里零星几间明窗。林冉心想，他们一定也在哄着幼崽吧。

其实从昨天开始，她一直心事重重。晚饭前，她收到同事Grace在小群里的预警消息，说新来了一个人，做着林冉职位的事情，她工作汇报的时候有旁敲侧击领导，问林冉四个月后产假结束，他们的工作该怎么交接安排。领导回复：到时候再说。说不定Lynn当了妈妈以后，根本没有心思在工作上了。

Grace对领导的话大为吃惊，出了办公室直接原话转达，要林冉自己长点心眼，需要时也要做些准备，小心满血复出之时江山已易主。

林冉谢了同事的提醒，面色如常地吃饭。她拨弄了几筷子鱼肉，撂下筷子长长地叹气，钟明辉不明就里，问她是不是饭菜不合胃口，要不要换点其他吃的。林冉沉默了半天，说了句："人为刀俎，我为鱼肉。"

那心境持续到现在仍未疏解。虽然社会新闻和朋友的朋友们的故事屡见不鲜，林冉之前一直抱着信心和底气，认为这类事情不会发生在自己身上。毕竟，她从毕业就进了这家外企市场部，从实习生到助理，从助理到项目负责人，她闷头干了七年，目送了多少跳槽流转的同事，俨然公司的"老人"，去年终于熬走了独立门户闯荡江湖的直系领导，坐上了中层小领导的椅子，好事成双，两三个月后她怀孕了。为了证明她依旧可以满血工作，怀孕初期，她一面抱着垃圾桶孕吐一面通宵赶着下季度活动策划的

PPT；怀孕四五个月，她依旧加班开会到深夜，在地铁已经停运的时候等钟明辉来接她回家；她工作到怀孕九个多月临近预产期，是领导生怕她在公司里就地把孩子给生了，才劝她回家安心待产。林冉以为，她这样的人，不会遇到职场对生育女性的暗箱打压。

经过这夜的翻来覆去，林冉忽然悟了。遭遇不公和伤害之后，最不该在受害者身上寻找她不够完美的漏洞，最该反思的不该是她们。

林冉站在阳台上望着，街道上飘浮着很淡很薄的光，天边染上赤红与亮橙色的薄云，她知道太阳很快就要出来了。天空如幕，因这晨光开始变幻，像石子投入水中荡起的涟漪，从黛青、靛紫、微蓝至月白、亮橙，天色如水波铺叠，安静壮阔。赤红的太阳冉冉升起，初升时还乍暖还寒，光晕温柔地落在建筑物上，描摹勾勒出轮廓边角。几分钟后，太阳便如白盘，耀眼到让人无法直视，光芒直刺入云中，将它们穿透，将最后几分暗色驱走。

她深深地吸气，一股子冷冽的寒气入了肺，她屏息酝酿了许久，长长地呼气，直到感觉胸口的浊气消失殆尽，再吐气就要两眼昏花了，这才恢复呼吸。

太阳照常升起，又是崭新的一天。林冉如是安慰自己。

这件事提醒了林冉，她到底不像那些养尊处优的全职太太，她和钟明辉都只是在这个城市里刚刚够收入平均数的人员。等月子结束，等产假休完，她得回归江湖，不光要满血复活，还要再披更重的战甲，为晚晚赚奶粉钱和学费，她得绸缪打算起来。

第 3 章 缘是因与果　081

产假之前好不容易晋升的职位，无论如何她都要保住。

林冉忽然觉得，有了小孩的职场女性真的太难了，不管是选择在职场开天辟地还是回归家庭相夫教子，都会有无止尽的烦恼吧。

其实她本心挺不喜欢"回归家庭"这个说法的，像是女人本该就生于家庭、长于家庭、死于家庭似的。林冉从不觉得家庭的经营是女人一个人的事情，她做不到辞职在家全心带孩子、做家务，也知道钟明辉也断然不会同意的——他一个人的收入根本供不起未来一家三口的开销以及眼下的房贷和未来的车贷。

林冉没有全职太太的勇气和退路，她必须两手抓两手都要硬。

她身边有不少事业家庭都兼顾着的朋友的故事，诸如休完产假发现岗位已经有人了，在公司忽然变成边缘人物做些打杂琐事；抑或是心思全在孩子身上，小孩一有感冒生病或者学校打个电话来直接请假拎包就走。

林冉想起去年大约也是这个时候，前同事 Lily 休完产假复工，因为母乳喂养，她每天都要背着一个超大的包，里面塞着吸奶器、消毒用品、冰袋、蓝冰还有一些林冉根本没见过也喊不出名字的东西，Lily 每三四个小时就躲在不用的小型会议室里吸奶，然后偷摸地把储奶袋拿出来放进冰袋，每天如是。有时他们开会，Lily 错过了吸奶时间，便只能捂着胸缩在角落里，直到忍不住了在领导不悦又无奈的眼色下匆匆离开。

林冉曾好奇问她，撑一会儿都不行吗？涨奶是什么样子的？Lily红着眼睛让她去摸自己的胸，林冉摸了一下，吓得连忙把手缩了回来，那不是乳房，是石头。

有次Lily照例去找地方吸奶，其他部门的设计师跑来问事情，林冉就帮着回答："她去吸奶了。"

那设计师推了推眼镜，有点尴尬地说："哎呀，你这说得太直接太那个了吧，稍微委婉含蓄点。"

林冉直接开怼："太哪个？谁不是喝妈妈的奶长大的。"

后来没过多久，Lily辞职了，几个关系好的同事都劝她要不缓两三个月起码等年终奖到手再说，但她说家里老人生重病住院了，这下不光白天没有人帮忙带孩子，还需要天天去医院照顾老人，实在是没有办法，家里必须有个人辞职照顾老小。这个人选，似乎都没有沟通过，就落在了Lily的脑袋上，即使她的薪水隐约听闻比她老公还要多一些。

林冉为此唏嘘了好一阵。如今，林冉更害怕自己也像Lily那样。

她很清楚，如果她想认真拼事业，唯有把精力从对她而言烦琐又毫无成就感的家事中抽离出来，起码是大部分的精力。

这时候，林冉想起了一个人，她想应该会得到些经验或是启发。

趁着晚晚睡觉的工夫，林冉敲了隔壁的门，开门的是个清秀高挑的小姑娘，她穿着红白色的校服，马尾辫扎得高高的，眉眼和卓芳有五六分相像。上个礼拜她曾在走廊瞅见过她，林冉猜想她应该是卓芳的大女儿。女孩听闻是来找卓芳的，便侧过身让她进了屋。

卓芳正坐在沙发上喂奶，她大刺刺地露着乳房，冲林冉热情洋溢地打招呼。倒是林冉有些不好意思，说："要不我一会儿再来。"

卓芳赶忙出声拦住了，要她坐着等等。

女孩坐回餐桌伏首写作业，林冉在最边上的单人沙发坐下来，她忍不住去看卓芳怀里的小儿子豪豪，那个毛茸茸的小脑袋圆滚滚的，他紧紧贴着卓芳，嘴唇上下包裹着她的胸脯。房间里很安静，只听见他大口的吞咽声，一口赶着一口，忙里偷闲还发出疲累的叹息，甚是可爱有趣。

林冉想到晚晚出生的那一夜，病房里只有钟明辉和她两个人，林冉劫后余生地瘫软在病床上动弹不得，晚晚大声哭闹着，钟明辉手忙脚乱地哄了好久都没有好转，值班的护士过来，把晚晚从钟明辉怀里"抢救"出来，轻轻放在了林冉的身边。她听着护士的嘱咐，懵懂木讷地解开衣衫，晚晚闭着眼睛，大大张着嘴，哼哼哧哧地在她的乳头边上寻觅着，而后一口衔住。她忽然感觉有电流贯穿似的，一双乳房又痒又刺，过了一会儿便看见晚晚的嘴角渗出了晶莹的反光，她的喉咙里发出了吞咽的声音。林冉忽然感受到了人类作为哺乳动物的神奇和人类幼崽的生存本能。

很神奇。她和晚晚照面后的第一条情感纽带，就这样建立起来了。她忽然觉得，之前几天的宫缩分娩之痛，不过尔尔。

小护士还夸赞了句："你的奶水来得好快啊，好多妈妈生完三四天奶水都还没上来。看来小家伙有福气了，不愁没奶吃。"

林冉又看向卓芳和她的豪豪，温情横生，格外动容。大概当了妈妈的女生，都在这方面不自主地具备了格外敏感的共情能力。

卓芳喂完了奶，月嫂把豪豪伏在肩头去了隔壁拍奶嗝。林冉坐近了些，寒暄了几句之后，说起了今天主动登门拜访的缘由。

卓芳听了之后，有些意外地沉默了好一阵，她垂头叹了口气，这才回答："挺惭愧的，我没有什么经验和建议能给你。我的经历，大概是反面教材。我没什么学历，很早就出来打工了，然后遇到了我男人，算是远嫁。我也没啥本事和事业心，我是真心羡慕那些不用管外面世界什么样、不用跟社会打交道，只要一门心思照顾好家里的家庭主妇。对我来说，工作和家庭兼顾，是生活所迫。"

卓芳看了眼慧慧，继续说："当初怀着慧慧的时候，我男人托关系去做B超查男女，说是个男孩，结果生出来没有带把，他们一家挺不高兴的，给我脸色看。那时候我还没出月了，我男人就出去打工了，娘家十万八千里，婆家没人照顾我，寒冬腊月的我伤口滴着血，蹲在院子里给慧慧洗尿布、洗小衣服。吃得不够，营养跟不上，月子里我一直在发烧，奶水也不够，慧慧天天饿得直哭，我就抱着她一起哭。还是我小姑子看不下去，送来了几罐奶粉，还帮我做了几天的饭。后来落下了病根，好几年姨妈都没有来，去医院看了好几次，又是吃药又是打针的。慧慧她奶奶说我没法生育，曾经还怂恿着她爸跟我离婚来着。她爸还算有点良心，没听那坏婆娘的话，带着我和慧慧一起出来了，我们在城郊开了个小餐馆，每天从凌晨三点开始忙到深夜都不停歇。她爸脾气不好、性子也散漫，生意稍有点起色手上有点闲钱，就拿去喝酒打牌了，更不管孩子起居生活啥的，甚至连孩子几年级了都记不清楚。我一个人带着慧慧，忙着家务，还要操持着餐馆，还好慧慧懂事，学习好不用我操心，放学了还能在店里帮帮忙。我当时想啊，我这辈子的福气都在慧慧这里了。"

林冉沉默地听着，她下意识去看就在边上的慧慧，慧慧恍若未闻，仍旧安静地做着功课。

"慧慧以前还问我，为什么不跟爸爸离婚。我心想我也无处可去了，我们那个地方，远嫁的女儿如果离婚回家是件很丢人的事情，我没什么文化也没什么本事，没有一个人带着孩子生活的底气，就这么凑合着过呗。后来没过几年，我就累出病了。"

卓芳指了指自己的胃，做了个手势："这里啊，生癌了。不过运气好，发现得不算晚，切了一半，算是保住了命。"

"不过也算是因祸得福，她爸忽然醒悟了，酒也不喝了牌也不打了，认认真真经营着我们的小生意，让我退居二线疗养休息。她爸的确有些本事，餐馆的生意红火起来，店面开得大了，还开了几家分店。日子是越过越好了。"卓芳笑了笑，"我有时候老是恍惚，我是不是那次生病的时候其实就已经死了啊，之后的都是我在做梦吧。太不真实了。但真的福气来了挡也挡不住,谁能想到四十多岁了我还怀孕了,有了豪豪。这次怀孕的时候我就想好了,这次我坐月子,一定要怎么舒服怎么来,要好好弥补一下。慧慧她奶奶一听说是个孙子,屁颠屁颠地就来看望了。我这之前啊,七八年没见过她了。我是真的心疼那年的我,也苦了我的慧慧。"

林冉五味杂陈,一方面她的确对卓芳的经历触动唏嘘,一方面她没想到卓芳能一口气把她的人生秘事都如数说出。

卓芳挥了挥手,有些自嘲。"哎呀说了这么多有的没的,没有一点能帮助你的东西。我只是觉得,做女人千万不要像我这么怂包这么逆来顺受,把希望全寄托在别人有没有良心上、靠老天垂怜。我熬了十几年才有了几天舒坦日子过过,但女人能有多少个十几年啊。你和我不一样,你的境遇顺遂太多了,你有路去选。你是受过高等教育的白领,父母都是高知有能力也愿意帮衬你,老公也贴心本分。你不需要有太多的顾虑,你如果想做什么,觉得自己应该要做什么,就去做。你比你想象中的要更自由。"

卓芳最后的一句话,像是日出后敲响的晨钟,屋檐上的鸟儿们鸣叫着挥翅散去,羽翼划过空气发出沉钝的声音,林冉忽然悟了。

林冉猛地抬头去看卓芳,震撼中混杂着感激。四目相对时,卓芳咧嘴微笑起来,她的眉眼弯弯的,眼波中还是年轻的模样。而后林冉有些惭愧,之前她一直觉得卓芳这样的人自来熟又碎嘴,或许，她只是单纯且真诚。

林冉摇摆的心情终于沉静了。

四脚吞金兽引来的争吵

钟明辉中午送母亲去汽车站，她出来快一个星期了，还是有些不放心家里的老伴，决定回去看看情况再说。钟明辉陪她在候车厅坐着，还有十来分钟就要检票了。母子俩也没说话，钟明辉默默看着手机，钟母也难得地安静。检票的播报响起，候车厅开始骚动起来，钟明辉把手机揣回兜，拎起钟母的行李准备去排队。

钟母拉住了他，慢腾腾说："儿，不着急的。你再坐会儿，我还有话要说。"

钟明辉依言又坐了下来。

钟母从外套的内袋里掏出一个信封，塞到了他手里。钟明辉顺势摸了摸，似乎是张卡。他有点诧异，侧头望着钟母。

"这是你前几年给家里寄的钱，我没动，都存在这张卡里了，差不多有个五六万。账户名字是我的，密码是你闺女的生日。我知道大城市消费水平不低的，你存些钱不容易。有了孩子以后，花的更比赚的多，这个你自己拿着备用，吃饱穿暖，不能委屈了自己。"钟母又补了句，"别跟林冉说。"

钟明辉攥着信封，只觉手心滚烫。他微张着嘴，想说什么，喉头却被哽住，发不出声音。

检票口的长队还在移动，钟母拍了拍钟明辉的手，声音里带着不易察觉的轻颤："儿啊，你过得不容易，你虽然不说，但妈看在眼里。我和你爸没啥大本事，我们就尽量做到不拖累你、不给你添麻烦，如果需要我出力的，你就直说，不用顾忌啥。"

钟明辉别过头，感冒似的吸了吸鼻子，而后他扭回头，声音沉闷："妈，你们好好照顾自己。我和孩子，还有冉冉，你们放心吧。"

钟母点了点头，她从钟明辉手里接过行李，低声念叨了句"不用送了，赶紧回吧"，便匆匆往检票口走去。钟明辉站在原地目送她走进通道，消失在出口的拐角。他手里捏着信封，摘下了眼镜，用手臂盖住了眼睛。喧闹攒动的人潮里，没有人注意到他那短暂的伤怀。

钟明辉直接回了月子会所，林冉正和赵阿姨并排坐在沙发上逗弄着晚晚，赵阿姨手里拿着些黑白颜色的卡片，在晚晚面前缓慢移动着。晚晚盯着看，脑袋也跟着转动。

林冉笑着惊呼："她在看呢在看呢，真厉害呀。"

钟明辉走上前尝试加入她们，问："这是什么？"

赵阿姨抢着回答："这是给宝宝看的黑白卡，刚出生的宝宝啊，只看得见黑色白色，所以就用这个慢慢训练她的视力和注意力。晚晚很厉害呢。你看，她看得多好。"

钟明辉心里嘀咕，这有什么好训练的，不就是慢慢长大、慢慢发育的事情。当然，他还不至于这么不识趣打破她们的气氛。

他去卫生间认真洗手，换好了家居服，再开门时林冉就在门边站着，神态严肃，像是等着他开家庭会议。

果然，林冉说："明辉，我有事想跟你商量商量。"

林冉拉他在卧室的单人沙发坐好，自己则坐在对面的床沿。她又打了一会儿腹稿，开口说道："我在想等我出了月子，产假休完之后的事……"

林冉说了半天，钟明辉默默听着，大概明白了她的意思：林冉想复工后尽可能还是重心在工作上，她担心没有更多精力照顾晚晚，又觉得她父母年纪大了心疼他们带孩子辛苦，更不想让孩子奶奶撇下生病的爷爷来这里帮忙带孩子，于是想到了可以请个育婴师。

钟明辉以前对这些没有太多了解，他第一次听说"育婴师"，便细问了几句。

林冉见他有兴趣，面露轻松，热情解释："就是专门带小月龄宝宝的家政阿姨，对宝宝的日常护理照顾啊，做辅食啊，习惯养成之类的更专业一些。我之前去产康部做理疗的时候，听到几个宝妈在聊育儿经，她们就有说到最近在忙着物色面试育婴师，等出了月子会所就无缝衔接。"

钟明辉了解林冉，她既然能找他坐下来"商量"，应当还有许多她认为不易实现的内容在里面，他等她继续往下说。

"我今天做了不少功课，也问了一些妈妈经。主要是呢，如果请育婴师的话,阿姨要住在家里,有的做五休二有的做六休一,发的工资不低的。"林冉声音越来越低,像渐渐失去了些底气。

钟明辉顺着问:"市场行情大概什么价位?"

"我看了下……基本上没有低于八千一个月的,而且八千块的都是些从没带过孩子的新手,要是稍微有些经验的就要九千、一万了,更好的都要过万了。"钟明辉明显对这个价格感到错愕,他暗暗咂舌,看着林冉的眼神变得有些陌生,林冉赶紧继续补充,"的确有些成本,不过我们两个的收入以后都是会涨的嘛,开源节流也还好吧。"

钟明辉半晌没说话,他垂头沉思了许久,叹了口气:"冉冉,你有没有算过,如果找个育婴师,可不止她的工资成本。相当于多了一口人住在咱们家里,吃喝日常、家居水电都算在咱们头上。也罢,生活成本增加了先不说,节流,如何节得了,晚晚的奶粉尿布、衣服玩具、打几个自费疫苗、体检看个医生,还有办些保险做些早教,都是哗啦啦的开闸放水的支出。我们家还背着房贷,你不是还计划今年买车吗?对,还要加上车贷,我们哪有……"

钟明辉还没算完,林冉不耐烦地打断了他:"你这话说的,好像我不上班不赚钱,这些支出你能自己承担似的。我这也是想你工作也辛苦,为你分担些带孩子的压力,你真以为你赚那点钱,够我们一家三口花销吗?"

林冉脸色变得有些难看。

钟明辉很不喜欢她每次"商量"着,就把事件上升到具有攻击性的其他话题里。他掉开眼，鼻息悠长，短暂地收拾好心情，重回沟通状态。

"我没说让你别上班在家里带孩子。我是觉得，我们就是普通家庭，那就像普通家庭那样生活。我们比不上这月子会所里那些有钱人家的生活，量力而行，知足常乐。"钟明辉顾及着林冉的情绪，话只说了一半，还有一半留在了肚子里。

但林冉情绪已然上来了，她反问："就当我在给育婴师打工赚钱，减轻我的育儿压力，我花钱买轻松和未来更多的可能，有什么不对？"

钟明辉怕她钻牛角尖，发挥了他和班级里正值青春期的学生们沟通的话术，如是劝道："没有错，如果找个育婴师能让你轻松解放，完全正确。但是你真的放心我们都去上班了，晚晚和一个陌生人待一整个白天吗？新闻里那么多虐童虐婴的事件，虽然极端但是也可见这个行业里有不少监管漏洞和不确定风险。不说那些远的，你想想咱们小区三号楼那个悦悦妈妈的事情。"

悦悦妈妈是小区业主群里的活跃人士，孩子刚过周岁。上半年，她在群里拉大家帮她一起维权讨伐黑心保姆，细数过错，诸如家里人不在，就她和孩子独处的时候完全变了脸，只捧着手机看，对孩子的需求不管不问；放着悦悦在楼下跟跄走路，摔跤了也冷眼不扶任她哭号；一整天也不给孩子换尿布，大热天把屁股都捂烂了；抑或是手脚不干净，被辞退后顺走了悦悦一直戴着的金镯子。

林冉听钟明辉这么一提醒，的确有些犹豫纠结了。

"要是真碰到这样的无良不负责任的人，我们和晚晚都没法承担试错的风险。家里人可能没有那么专业，但是起码放心。就算请了育婴师，还是要家里一直有个人在边上看着的。"钟明辉前倾着身子，他下意识摸了摸口袋里的信封，"钱是另外的事情了，如果真的需要，我们还是有些办法缓解一些负担的。"

林冉没说话，她并没有深究最后那句话的"办法"。

钟明辉趁势继续说："冉冉，其实我懂你的忧虑，你是怕之后的工作和育儿全压在你自己身上，束缚着你哪边都没法全心投入。你不要担心，有我呢。离你产假结束还有好长一段时间呢，我们先试试，能不能应付平衡好，到底需不需要请外援。然后再考虑，请什么外援。你现在这么焦虑，还是源于对我没有信心。这有点伤人哦。"

他尾音上扬，带着些揶揄调侃，试图让气氛缓和一些。

林冉的确在他的一通"动之以情晓之以理"的分析建议下，态度有些动摇，她嘀咕了一句："我不是那个意思，我再想想，过段时间再说吧……"

这场家庭会议算是暂时告一段落。

赵阿姨听着房间内对话结束了，这才敲门请林冉去喂奶。

钟明辉坐在沙发上没有动弹，他缓缓靠了下去，把自己陷在松软的沙发里。他扭头看向窗外，窗外日光已渐昏暗，灰蓝色的光团落进来压在他的身上，像看不见却已有预兆的未来。

他觉得憋闷。

林冉也觉得憋闷，她总觉得哪里不对，却又讲不清楚。到了半夜喂了一次奶后，她终于回过神来，她又一次被钟老师看似很有道理的迂回战术给拿下了。她怪自己想法不坚定，被钟明辉绕了进去，又一时无解。那种感觉，像是被蚊子咬了口，去挠时，却找不到蚊子到底咬在哪里。

林冉只得把这份甩不掉的焦虑感先压下来，心想或许不久之后，早晚有一场"战争"要打响。

而楼下的葛云佳那里，战争已然爆发了。

孩子绑住的，似乎只有妈妈

张帆和辅导员关于出国当交换生的对话框像个手榴弹，拉环、投掷、呲吱——，几秒钟后就把葛云佳炸得灰头土脸、眼冒金星。

她这次难得地冷静，没有当即跳起来揪起张帆的领子把手机甩在他脸上质问他到底是怎么回事。事实是，张帆得谢谢她尚且虚弱还没恢复力气。

她把这段沉默当作技能蓄气阶段。

张帆也较着劲，他趁着葛云佳和月嫂一起给宝宝们换尿布的工夫，回来捡回了手机，又摔门走了。葛云佳听见他开关门的声响，头也没抬，暗暗冷笑了一声。

她们手忙脚乱忙完，哥哥还算乖巧，哄了一会儿就睡着了。弟弟在月嫂怀里张牙舞爪地哭闹，月嫂怕弟弟又把哥哥给闹哭，只能抱着弟弟在客厅一圈圈地溜达，把哥哥的婴儿床推到了葛云佳的卧室里，请她稍微照看一下。

房间里亮着一盏幽幽夜灯，哥哥双手摊在头顶呈投降式，他身上散着像刚烤好的面包的奶香。葛云佳没心思去看他的可爱模样，黑暗中她的手机屏幕发着光，照亮她面无表情的脸。她的手指飞快地敲击着屏幕，发出轻微又急促的声响。

她正在给芊芊发信息，问关于交换生的事情。在提枪上战场之前，葛云佳还需要搞明白一些事情。

芊芊很快就回了信息："交换生？这学期是说过交换生申请的事情，但学分和校纪要求都很高哎，一共就几个名额，张帆不可能吧，他成绩不就那样，而且……你们的事情或多或少对他有影响吧。上学期预备党员不是直接都把他毙掉了。这次这个事儿轮不到他的。"

"我看见他和辅导员的聊天了，还有申请表格。"葛云佳如实说。

芊芊那边沉默了一会儿，她的对话框不断地显示"对方正在输入……"，葛云佳等得焦灼，瞅了眼床边的宝宝，哥哥睡得有些不安稳，他睡袋里的腿蹬了几回，翻腾欲醒。

葛云佳连忙倾过身子轻轻拍着，身体扭动太快，一下子牵拉住小腹缝合的伤口，她无声龇牙咧嘴了一阵。

手机连续振动了好久，听着便知是长长的短句式信息。葛云佳了解芊芊，大概有什么重大八卦，她才会如是发信息。

她深吸口气，振奋着心情点开对话框，手指滑动逐条翻看。

"我问了几个人，最后问到张帆他们寝室的赵启明。

"他在团委那边做老师助理，知道得多一点。他说这个交换生的经历可能会对之后出国考研有帮助，有心思的人都争破了头。本来是没有张帆的名字的，之后见张帆的妈妈来过几次学校，还来寝室看过他们带了不少好吃的。

"在这后来，就看见张帆在寝室里填材料了。

"张帆说他妈妈和学院里的书记是老同学，暗箱操作了一下。

"赵启明的意思，如果以后没有出国深造的打算，不至于对这个资格这么上心的。

"他还问过张帆，交换生要三个月呢，葛云佳和孩子们怎么办。"

葛云佳读到这里，手势不自禁放缓了。

"张帆说，他妈妈说了他们娘仨的事情他不用操心，她会解决好的。"

葛云佳蹙着眉，心里胡乱地想："她"？那个讲话客气温柔说着工作忙结果是在为把张帆送出国上蹿下跳的人，打算怎么解决他们？

事件细节到这里告一段落，接下来都是芊芊的谩骂和不平：

"没想到张帆是这样的人,他妈妈怎么能这样,都是女人哎,怎么能做出这样的事情。佳佳,你不是说他妈妈挺喜欢你的,还准备给你们毕业办婚礼吗?怎么这么两面三刀、表里不一。太可怕了吧。又是恐婚恐育的一天……"

葛云佳没再回复消息,她把手机关机塞进了床头柜的抽屉里。夜色里婆娑的树影在凝滞的空间里胡乱地晃,她靠着床头的软枕仰着脑袋望着天花板发呆。

葛云佳从不是逆来顺受的人,她断然不会装作不知沉默了事。此刻,她心口燃烧着熊熊的、关于背叛的火焰,火焰里淬着开了刃的宝剑,然而拔剑的那瞬,她忽然茫然了,这刃该先向谁刺去。

是张帆?他妈妈?还是她自己……

先来撞枪口的,是张帆。

张帆在网吧待到半夜一点,打游戏一直提不起兴致,只觉郁闷又无趣,他渐渐平复了心情,开始意识到自己一声招呼不打、拎包走人的行为并不好,他灰溜溜地趁夜回到了月子会所,找了几个还算合理的理由,在心里演习了好几次,这才轻手轻脚开了房门。

葛云佳就在客厅直挺挺坐着,沉默地望着难得同时陷入沉睡中的月嫂和宝宝们。

她听见开门的声响,扭头看过来。走廊的灯光从半敞的门流进来,隐约照在她的脸上,她面色惨白寡淡,眼神森然陌生,目光相对一片冰寒。张帆吓了一跳，忍不住打了个寒战，他从未见过这样的葛云佳。一时间呆站在原地，肚子里打好的腹稿瞬间忘得干净。

"佳佳，你怎么还没休息。"张帆强作镇定。

葛云佳并没有回答，只是这样幽幽盯着他看。

气氛凝滞，张帆只觉得胳膊上的汗毛竖立起来，他忽然想到以前看的电影，爆炸之前，身边的空气会被吸收过去，那几个瞬间逆行的气流中，感官变得格外敏锐，察觉到所有异样的变化，嗅到危险的气息，然而为时已晚。

就如现在。

葛云佳站起了身，慢慢朝张帆走过来，他下意识地往后退了一步。

"你跟我出来。"葛云佳说着，顺着他未关的门率先走了出去。张帆想说点什么却开始嘴瓢，只得硬着头皮跟在后头。

她推开了安全通道的门，双手抱在胸前往墙上一靠，楼梯间灯光昏黄，照着她的冷面冷眼，目光似在审问。

张帆忐忑紧张之余，生出了一股抵触和愤怒。

他这个年纪的男生，充斥着自命不凡的傲气和荷尔蒙浓厚的冲动，他们像放出笼的野兽，莽撞轻佻，天不怕地不怕，最讨厌约束、最害怕承诺。张帆体会到自己已然被动地失去了自由，背负了很多，虽然他知道这些怪不了别人，他应该承担和接受，事实上他也这么做了，但他无法忍受又多了一个"更年期似的妈"

来管教压制他，这让他感到窒息和厌烦。

"你没有什么话要与我说吗？"葛云佳挑着眉，一脸的兴师问罪，她语气里有种自我感动式的潜台词，"给你机会坦白从宽"。

张帆心底的躁火一瞬间被点燃了，他没好气地冷哼："又开始了，你有什么话你就赶紧说。别扯这些东西。"

"你这是什么态度？"葛云佳没想到他倒还先气上了，"张帆，你还挺拽。真厉害啊。"

这几句是葛云佳的经典句式，以他的经验，但凡这样开始了，车轱辘话就要转几个来回，谁都不得解脱。张帆打断她的话："少在那儿阴阳怪气，有话说就说，没话说就回去，宝宝们还在房间里睡着，说不定什么时候就都醒了。"

葛云佳忽地笑了："你这会儿倒是装得挺'好爸爸'啊，之前你摔门走的时候怎么没想想孩子们。你填交换生申请表的时候怎么没想想孩子们？你在我面前装傻还是装逼呢?！"

她的声音陡然上扬，尖锐又颤抖。

张帆泄了气，他原先以为葛云佳只是因为今天彼此的置气在闹脾气，但这件事，他没话可说。"什么时候去，去多久？"葛云佳依旧靠着墙双手抱臂，像是在拥抱安慰自己。

"十二月初，三个月，春节回来。"张帆垂下头，老实回答。

"如果我没发现，我没问你，你打算什么时候跟我说？走前一天？"葛云佳又问。

张帆之前的确还没准备好该如何与葛云佳说这件事，既然她已经知道了，对他来说，也算是个解脱了。

"我本来打算等正式的名单通报出来再告诉你的。"张帆顿了顿，"这个事儿我不情愿的，是他们非要推我……"

"他们？谁们？"葛云佳听了张帆苍白无力又没有自我认知的推诿，顿感好笑，嘲笑起来，"就凭你考个试还要缩印小抄的德行，你能顺利毕业都谢天谢地了，谁推你啊？说白了，不就是你妈通的关系吗？张帆，你和你妈到底窝藏着什么心思。你妈妈在我面前说得比唱得都好听，背地里呢？阴阳人罢了。想把你推出国去，继续做你的单身快乐大学生，泡泡法国妞呗。"

张帆没料到葛云佳知道这些细节，他愣了愣神，恼羞成怒地回了句："你生气归生气，吵归吵，你别说我妈。"

葛云佳气急败坏："做了就不要怕被说！就说！就说！就说！"

她的声音在空旷的楼梯间游荡碰壁，回声中情绪依旧未平。张帆咬紧牙根，他有话堵在喉咙里，喉结上下滑动着，想把话吞进去，又不甘心。

葛云佳趁势继续说着："你们如果之前把这件事告诉我，我未必会不同意。可是你们没有，你们瞒着我，等着纸包不住火了再跟我摊牌，再通知我，你们根本不尊重我！"

张帆很快回怼："你做事情不也是吗？说要生孩子就生孩子，你有问过我的想法吗？你不也就只是通知我一声，让我承担你的决定吗？你有问过我到底想不想当这个爸爸吗？"

100　人生新章

他的话像刀子，划开了她的皮肉。

葛云佳震惊地望着他，她形容不出此刻的感受，胸口是发胀的钝痛，原来说话真的会杀人。

"张帆？这种话你也讲得出口？你的良心被狗吃了？这两件事一样吗？那是你的孩子们，是我塞给你的吗？我让你喜当爹了吗？做爱的时候你怎么不戴套呢？你说我没问过你想不想当爸爸，你怎么没问过我，才二十岁就生孩子，那么多人在我背后指指点点、冷嘲热讽的，我体重暴涨到肚皮撑破，两个孩子日夜纠缠摧残着我，我愿意不愿意，值得不值得？"

葛云佳的声音在颤抖，最后几句话用尽肺腔里的空气，每个字都几欲破音。

她身子冲过来，又在他眼前半米的距离停了下来，仿佛有一道透明的墙横亘在他们之间，葛云佳粗重的喘息喷在他的脸上，像火焰般灼热。

张帆凑近看着葛云佳的脸，她的脸因为气血上涌涨得通红，甚至连脖子也是红色的，她脸颊的肉鼓胀着，皮肤干得起皮，脑门又油光发亮，他发现她的毛孔粗大，鼻翼的黑头也格外明显。张帆很久没有这样近距离打量过她了，恍然觉得面前这个人好陌生，他印象里，葛云佳不长这个样子。

初识的时候，她青涩单纯，那双眼睛像深林里的鹿，几分羞怯几分灵动，直挠人心。而现在，她变得肥胖、暴躁、粗莽，那双眼睛或许还像小鹿一样好看，但张帆看着，她是头能将人生吞的鹿。

后悔。张帆第一次有了这样的感觉。

他想回到一年前，狠狠地甩自己几个耳光。不，干脆当时就把自己给宫了得了。

"话都说到这份儿上了，我倒想问问你，如果我不是本地人，我的家庭没有这么优渥或是比你还不好，你还会和我恋爱，还会义无反顾地把孩子们生下来吗？"张帆垂眸，语调平静地问她。

"你什么意思？为什么这么说？"葛云佳只觉得自己是幻听，她见张帆嘴唇微动，却觉得声音似从很远的地方传来的。

张帆掉开眼，没有看她："就是字面意思。我也不知道，脑袋里有这些想法，嘴上就这么说出来了。我觉得，我们都需要一段时间冷静一下，想一想。我们，做错了很多事情。"

葛云佳终于回过神，她重新靠回冰冷的墙壁，那股寒意顺着背脊蔓延到了头顶。她歪着脑袋一言不发地盯着他，她感觉到嘴角的肌肉扯动着，不知是向上还是向下，她好像失去了表情管理的能力了。

半晌，她从喉管深处挤出一个字："滚……"

张帆没再说话，他径直下了楼梯，急促的脚步声愈来愈远，他连头也未回。

葛云佳缓缓地滑坐在地上。

她以前看电视剧的时候，看男女主吵架分手后，总有一方如此作态，那时她只觉得好做作、好夸张，哪有人会这样表演型人格滑坐在地的。

现在她体会到了,当所有的血液都涌上头之后,头脑晕眩,手脚俱麻,脚踩棉花,一点力气都使不上来。

她甚至还羡慕起电视剧里男女主角来了,他们最多只是吵架,大不了分手一拍两散,但是她,早切断了自己的所有退路。

深夜两点的楼梯间,葛云佳终于掩面大哭起来。

五楼的卢安娜也在楼梯间里,甚至已经待了很久。

她原本只是在房间里看了很久的卷宗,脑袋高速运转快要宕机,想换个环境理下思路,深夜无处可去,便去了楼梯间——这是她常去解压的地方。

不知是幸还是不幸,她刚在台阶坐下来,楼下几层就传来重重的开门关门声,葛云佳和张帆的对谈与争吵,她从头听到了尾。

葛云佳的哭声在狭长的楼梯间里回荡,攀爬到她的耳边。

卢安娜扶着栏杆站了起来,她透过栏杆的缝隙往下窥望,无奈什么也看不真切。她有心去看看劝慰几句,却也明白这个时间、这个地点,自己贸然出现,怕是适得其反。

卢安娜叹了口气,默默地离开了。

虽然不知道那个年轻女孩的名字,但今夜被他们这动静惊扰到的,绝不止她一个人。卢安娜深知,这里的白墙和屋顶,遮得了雨避得了寒,唯独掩不住秘密。只要夜风一吹,很快,她就会听到关于那个女孩的故事了。

第 3 章 缘是因与果　103

第 4 章 人人都有她的坎

爱情万岁

葛云佳谈过很多场恋爱。

她失去了很多的爱，于是她需要更多的爱。那些昙花一现的，那些青涩懵懂的，那些亦真亦假的，她全部都要。

中学时代老师没少为这个开窍太早的漂亮女孩感到苦恼。男生们对她，又是好奇琢磨又是想入非非，女生们在避嫌厌恶中还夹杂着些嫉妒与恶意。围绕着葛云佳的校园故事从未停止过，有人说见过她和某位学长在自习课的时候一起溜进了男厕所半个小时没出来，有人说见她放学和外面的小混混去过小旅馆，有人说她趁着暑假去打胎等等，总之，流传甚广也甚是香艳。她浑不在意，不知是叛逆还是宣告似的，她还是会在考试的作文里写道："爱情万岁，爱情让我新生，我需要爱情，就像干裂的大地需要一场暴雨"；她还是会在学校门口当着老师同学的面跨上社会街溜子的摩托车嬉笑着绝尘而去；她还是一次次地陷入让人遍体鳞伤的

"爱情"里去。

葛云佳与张帆相识在大一新生军训的操场。军姿训练的时候，张帆偷偷溜了出来，躲在看台后的阴影里喝水，她已经在那里了。两个人都对彼此的存在感到诧异，又有些志同道合的暗许。四目相对时，蝉狂乱地鸣叫，汗水从额角流到唇边，张帆望着她像受惊的小鹿似的眼睛，灵动、无辜又狡黠顽劣，心跳漏了一拍，他意识到自己的初恋到来了。葛云佳望着眼前这个男孩，他高挑白净，塌皱不合身的军训服里露出来的领子带着名牌的 logo，他脚上穿着的是一双干净的最新款耐克鞋，她猜想，他们很快就会恋爱了。他看着她的眼神太直白了，对于葛云佳来说，如同打怪满级之后重回新手村似的。

半个月后，张帆就向她表白了，他买了五百二十朵玫瑰。他大概也没有想到五百二十朵玫瑰到底是什么概念，最后向门卫保安借了搬运大件的手推车，一路颠簸着推到了葛云佳的寝室楼下。

这一壮举轰动了整个校园，他们也创下了最神速的情侣纪录。

张帆虽然不是葛云佳交往的男朋友里最帅气有型的，但的确是最有钱的。事后，葛云佳问他，那堆山一样的花束花了多少钱。张帆嘴里轻描淡写的数字，让她心绪难平，那是爷爷奶奶给她的一整个学期的生活费。原来在有钱人家的眼里，就是一刻的风光以及三天后的垃圾房。

她其实很羡慕张帆幸福安稳的家庭和从来不会因钱发慌的生

活。交往的日常里,她逐渐体会到,爱与钱的缺失或富足,给人带来的影响实在深远。有很多东西横亘在他们之间,原生家庭、阅历见识、性格差距……浓情蜜意时,张帆对此视而不见,葛云佳终究有些谨小慎微,她害怕自己的穷酸、自己细枝末节的粗糙、自己面对一些事物的无措尴尬,或是举手投足的小家子气让张帆感到诧异与讨厌。

张帆并没有那样。

张帆是第一个看出她骨子里的敏感自卑与乖张叛逆,并愿意去包容理解的人,这让葛云佳感受到了被尊重。她恍然发现谈了这么多场恋爱,只有和张帆的时候,才有这种充满了稳定安全的感觉。或许某种意义上来说,张帆也是她的第一次恋爱。

她在张帆面前,终于收起了逆鳞,变得温顺而坚定。

她想,原来人性里的鄙陋是可以用金钱和爱意教化些许的。

葛云佳无数次看着张帆,都会妄想着:如果我拥有像他一样稳定健全的家庭和不用担心的经济条件,我会变成什么样的人呢……起码不是现在这样。

葛云佳有时会恍惚,我到底喜欢上了张帆,还是那个可以更好的葛云佳。她把张帆当作平行世界里自己的一种可能性。

但现在看来,他们是一样的幼稚、鲁莽、自私和懦弱。

葛云佳不记得自己何时睡着又是何时醒来的,总是伴随着孩子们的哭号声。这会儿孩子们由月嫂推着小车去洗澡了,房间里难得的安静,她赤着脚站在阳台上喝着可乐,心口一片沉郁,今天的天气也是如此。

葛云佳望着楼下的街景，行人像鱼群一样游来游去，秩序井然地穿越十字路口和建筑物，穿越另外的像鱼群一样游来游去的行人。看到的景象总是会恰当地反映人的内心，葛云佳左右望着，啧啧叹气，到处都是了无生气的、结伴而行的女中学生们笑闹着，脸上是幼稚和愚蠢的神情。

门铃响起，葛云佳诧异孩子们怎么这么快就回来了，开门后脸上勉强挤出的笑容逐渐消失了。

是张帆的妈妈。

她不加掩饰的焦虑愁容，气喘吁吁地出现在门口。张帆半夜怒气冲冲回家，张妈妈便觉得出事了，追问下张帆说出了争吵的大概。张母后半夜再也睡不着，天一亮就出门赶过来了。

"佳佳，早上好啊。"张妈妈往房间里瞅了眼，轻声问，"宝宝们呢？在睡觉吗？"

葛云佳漫不经心地回答："他们去楼上洗澡了。"

说完，她穿上了门边的包跟拖鞋，便站在墙边不吭声了。

张妈妈把手里提的大包小包匆匆放在门口，径直走到葛云佳面前握住了她的手，柔声说着："佳佳，我们坐下来说说话。"

张妈妈的手比想象中的要柔软细腻，有些冰凉，手心却是温热的。葛云佳任她牵着坐下，她想起几个小时前和张帆的激烈冲突，鼻头又开始发酸。

"佳佳，我已经骂过张帆了，有什么事情好好说好好沟通，不能吵架的。"张妈妈也不绕弯子,直奔主题,"阿姨知道你已经听说了张帆交换生的事情,这事儿怪阿姨没有提前跟你商量通气儿,你生气不开心我肯定理解的。但是佳佳你别急、别上火,对自己身体不好,你听阿姨跟你说。"

葛云佳沉默地盯着张妈妈,她眼角的纹路深浅细长,脸颊上冒着几粒斑点,葛云佳的思绪一半悬在空中,一半在分辨这几粒到底是晒斑、黄褐斑还是老年斑。她无心听张妈妈的解释,事到如今,无非都是无济于事的辩解和安抚。

张妈妈见葛云佳面色平静,心定了一半,语重心长说道:"佳佳,你或许现在还没法完全体会,生孩子容易,养孩子很难。养一个孩子需要耗费的精力和财力,实在太多了,就拿张帆说吧,他从小到大的吃穿用度、教育培养、玩乐零花、人情往来,少说也要抵一套中环的两室一厅的房子钱了。现在的育儿成本教育成本比我们当年更厉害了。尤其咱们家还是两个孩子,两个儿子!这以后兄弟俩娶老婆的婚房都是要准备一模一样的两份的。你看,你已经休学一年,学业上耽误了不少,以后为了照顾两个孩子,事业上也多少有牵绊。张帆这个时候更要在学业上努力,为了你和孩子们,也要变得更优秀、更有能力,给你们母子三个人足够的保障。"

张妈妈顿了顿,继续说:"张帆这次交换生的机会,我和他爸爸都觉得非常难得,这段经历不论是以后读研读博还是求职写在简历上,都是加分项。他不光是为了自己,也是为了你们呀。

阿姨明白，因为怀孕生宝宝，你付出了很多、牺牲了很多，也需要更多的陪伴和帮助。你尽管放心，张帆不在的时间里，阿姨和叔叔会全心照顾好你的，满足你的一切需要。你眼下第一要做的事就是养好身体、照顾好自己和宝宝们，都健康平安。但是你和张帆到底都还是学生，这个阶段学业不能放弃。阿姨还是鼓励支持你，明年重回校园。明年我也就退休了，就在家带孙子们，你们专心念你们的书，等你们毕业了，咱们就赶紧把证领了，把婚礼补上。"

葛云佳听罢，心中那柄淬火的利剑，在棉花里疯砍了几回。

张妈妈的解释乍一听的确用心良苦完全在理，保证的话也是千百回地说，十足的诚心。

但葛云佳相信自己真实的反应感受，张妈妈说得再好听再体己，她到底只是张帆的妈妈，她只是希望儿子不要被这些事情影响耽误，还是按着原本计划的轨迹去走。至于葛云佳，最好懂事识趣，既然已经委屈付出了，不如再多承受一些。

葛云佳垂下头没有说话，她把手从张妈妈的手里抽了回来，长时间的相握，她的手心手背都是湿漉漉的汗意，有些许黏腻。

张妈妈见到她的反应，连忙说："阿姨这两天来得不勤，其实是在各个家政公司面试保姆。阿姨想着，等你从月子会所回家，家里面已经请好保姆帮着带宝宝了，再请一个阿姨负责烧饭做家务，你什么都不用管，只管养身体和做自己的事情。我这已经物色好人选了，这两天就可以敲定下来把定金付了。这样阿姨和张帆也都放心了。"

葛云佳忽然笑起来:"有钱真好啊。"

她的感叹里夹杂着其他的暧昧情绪,张妈妈还没细细分辨,月嫂推着双人婴儿车回来了。

她们不约而同地起身迎了上去。

"今天洗澡好像时间挺久的。"葛云佳看了看时间,一来一回已近三刻钟。

月嫂有些无奈地回答:"刚推上去的时候宝宝洗澡室还在打扫呢。三楼有家宝宝昨天生了肺炎,安全起见,他们家经过的公共区域,包括洗澡间啊、过道啊一早就开始全面消杀。我们在隔壁等了一会儿。"

月嫂只说了一半,她没说这个户型没有自己的洗澡间甚是寒酸,五楼的客户都有自己独立的宝宝洗澡间,遇到这种情况就可以在自己的房间里洗澡了,一点也不耽误。她更没有说,在推着孩子们等着去洗澡的时间里,她和其他的同事们交换了这对小父母的最新八卦进展,以及你一言我一句地逐渐补全了他们昨夜在楼梯间里发生的"秘密"争吵。

不当妈妈的半小时

月嫂说的"三楼得了肺炎的宝宝"是卓芳家的豪豪。有天傍晚卓芳的老公来看望他们，抱着儿子一顿猛亲之后，当晚豪豪就有些发热，鼻息急促，带着新生儿罕有的气喘，整个人都萎靡着，连奶都不吃了，千方百计喂了几口，豪豪如数呕吐出来，折腾了几回嘴唇都开始发紫。

月子会所联系了妇保医院，连夜送去了急诊，化验诊断下来，说是细菌感染引发的肺炎，起码要住院治疗一周。卓芳又急又气，揪着她感冒了还没点数的老公骂了好久，在房间里哭了好几回。月子会所的管家前来沟通，说是宝宝住院期间会派一名育婴师陪同家属一起在医院照护宝宝，也委婉表述了为了月子会所里其他产妇和宝宝的安全健康，从今天开始，卓芳在房间里自我隔离一周，食物用品专人配送回收，"肇事家属"这段时间谢绝进入月子会所探望。

卓芳无奈也理解，这时候她对自己在月子会所坐月子的决定深感英明，在这样的突发事件里，卓芳感受到了不算便宜的月子费用物尽其用。但她是个闲不住的性子，本期待着这周会所安排的插花课，如今也只能在房间里看看短视频打发时间。也正是这个契机，卓芳组了一个聊天群，把林冉和葛云佳拉进了群，取名为"月子姐妹花"，她想着这段"软禁"的时光还能知道点会所里的消息和故事。

葛云佳这几天泥菩萨过河没有聊天的闲心，林冉却心情不错。

三天后的周五，是林冉的生日。那一天，她就要三十岁了。

刚毕业的林冉对"三十岁"没有体会,只觉得遥远又虚幻。二十五岁之后,时间过得飞快,它匆忙地在林冉的身上留下初老的痕迹。熬夜后怎么也下不去的黑眼圈和膨出的眼袋,如隐若现的法令纹和项链似的颈纹,冷饮辛辣后肠胃绵远悠长的抗议,充电两小时五分钟就低电量的精气神……

三十岁就在眼前。

其实它没什么恐怖的,生长老去无非是自然的规律,但大环境总是洗脑着"白幼瘦"的审美,充斥着对"冻龄少女感"的追捧和年龄羞辱。林冉虽不屑,但在这编织的世界里久了,难免带上一些随波逐流的焦虑和惆怅。她隐隐约约也逐渐认为,三十岁是个分水岭,三十岁很重要。

对三天后的生日,她焦虑浮想,有种憧憬和期待,她想起钟明辉曾对她说过,三十岁生日要给她好好地置办,让她永远是那个怀着浪漫少女心的十八岁女孩。

在好日子的倒计时里,人的心境就已发生了变化。有股喜气和愉悦总会萦绕在心头,不足为道也足够暗自偷乐。这两天,林冉看钟明辉顺眼了很多,见他早出晚归的也睁一只眼闭一只眼,难得没有上前盘问,生怕太早窥探到他筹办惊喜的计划。也因着心情愉悦,这两天林冉的奶水量竟也有了质变的飞跃,每次喂完晚晚,还能再用吸奶器吸出一顿饭的余量。

林冉得意扬扬地在储奶袋上写下了自己的名字和房间号,委托赵阿姨存放到护士站专门的母乳冷冻柜里。

这几天夜里听不到隔壁宝宝整夜的哭号，林冉心里五味杂陈，她有些想念豪豪健康有力的哭声。当了母亲以后，她忽而理解了那句"幼吾幼，以及人之幼"。闲余，她去参加了会所里的插花课，给卓芳录了视频、拍了照片，而后把做好的小花盆放在了卓芳的门口，希望一些小心意能给卓芳的隔离生活带来一些安慰。

林冉还去了产康部的美容室，她记得签订合同时，套餐里还有三次面部清洁和美白 spa 的项目。林冉在为即将到来的三十岁生日做准备，她希望那天有个好状态。

氤氲的蒸汽喷洒在林冉的脸上，她闭上眼睛，感觉美容仪器的探头带着些冰凉的镇定感在脸上缓慢地游移，她对此感到新奇以及愉悦。产康部的瑶瑶一面进行着复杂的程序一面照例对她皮肤的好状态恭维寒暄着："宝妈一定经常去美容院做护理吧，皮肤真光洁、真细腻，又白又亮的。"

林冉顺着瑶瑶的话应着，心里却有些赧然，事实上她从未去过美容院，它听起来有些昂贵和遥远。在半个多小时的美容里，林冉闭目似在休憩，实则想了许多，准确地说，更像是"反思"。她想着自己其实到现在都分不清自己是哪种肤质，护肤品也都是跟风买的在脸上乱扑；她想着自己似乎从来未用心尝试学习适合自己的妆容手法，总是在脸上一通乱画；她想着自己在有资本放肆的青春时代里的确过得混混沌沌、敷衍潦草。

林冉的感受被放大了，她能感觉到面膜的精华正在被张开的毛孔吸收，她皮肤下的细胞雀跃地饱胀起来。她感到一阵满足，那种满足不是皮囊上的，似乎很深幽，让人一时间捉摸不到从何处而来。

林冉找寻了一会儿，才终于意识到，是它。

经历了生孩子这一遭，林冉深刻感受到属于自己的生命力在迸发，她第一次这样与自己的身体每一寸每一厘共鸣着。若说这分娩带给她自己怎样的改变，大概是一场身心大地震后的唤醒。林冉发现了藏在身体里的那个自己，它像是藏在冰山海面下的一片更深更广的世界。

她应该更关注它一些，更了解它一些。

她应该在爱别人，哪怕是晚晚之前更爱它。

三十岁的十字路口雾气弥漫，林冉走到了马路边缘，她一时看不清对街是些什么景色，唯一只见高高的信号灯亮着，黄灯在闪烁着。她带着迷茫和犹疑在原地站着，她在等着钟明辉和晚晚一起牵手过马路的间隙，猜想这黄灯之后，到底是绿灯还是红灯。就在刚刚，她忽然想明白了，她要先牵住自己的手，再与他们同行。

绿灯亮了起来。

林冉睁开了眼。

瑶瑶温声说着护理结束了，扶她缓缓侧坐起身来。瑶瑶大概不会想到，就在这一场简单基本的皮肤护理中，这个客户大彻大悟了。

还真有点一花一世界，一树一菩提的意思。

林冉在前台护理单上签字的时候，正好看见舒知秋也从一间美容室里走出来。两人同时看见了对方，舒知秋先笑着打了招呼，声音细柔地唤了声："林冉，好巧。"

舒知秋正好做完产康部的腹直肌修复，产康师说无论是顺产还是剖宫产，十月怀胎对腹直肌的影响都很大，不少人产后腹直肌分离，肚脐按下能感受到几个手指宽度的空荡柔软，产后会有自我恢复改善，但想恢复到孕前的状态，还是得看个人体质和针对性锻炼。所谓的修复项目，就是在腹直肌的部位贴上电极片，通过电流来刺激肌肉的紧致，盆底肌修复也是这个原理。

这项目在月子套餐里会按照套餐等级赠送几次体验，若想做疗程则是额外收费的项目了。

舒知秋笑时眉眼弯如新月，唇色润泽又通透，依旧是女明星的仪态气场。

林冉扔下笔迎上去，语气熟稔："知秋，你也在。这会儿准备回去了吗？"

"我准备去小花园待一会儿。"舒知秋抬手，双指微弯，做个夹烟的姿势，带着些揶揄低声说，"我每天给自己'不当妈妈的半小时'。"

林冉愣了愣，再与舒知秋时四目相对时了然一笑。

简单的寒暄后，林冉先去坐了电梯，她按下三楼的按键，心里重复叨念着舒知秋刚才说的"不当妈妈的半小时"，忽觉醍醐灌顶，格外受用。

她开始非常期待三十岁的到来。

别处盛开的山茶花

舒知秋坐在凉亭里点燃了一根烟。

她呷了一口，吐出氤氲的烟雾，人从发丝到脚趾都慢慢放松了下来。从备孕半年到怀胎的十个月又五天，她禁烟了一年半，如今像是一种补偿式抽烟。

冯季尧并不喜欢她抽烟，虽然他是个老烟杆，但他总是说有教养的好人家的女孩不应该有这种喜好，冯太太更不应该如是。

舒知秋成为冯太太的第一年怀过一次孕，不幸的是，还不到三个月就胎停了，她在做清宫术的手术台上无声地哭了一场，在家休养的日子里，冯季尧便拿"烟酒"作为胎停的理由告诫舒知秋。她想起医生的解释，胎停的因素有很多种，也有不少是因为精子的问题。她看着这个四十多岁整天应酬的男人，忍住了心中的反问。

舒知秋对他的"好女孩论"无法反驳，她的确不算是好人家的女孩，起码从十七岁之后，她不算是。那年，她初尝人间苦味和命运不公，第一次试探着吸烟，她被骤然入肺的烟味呛得眼泪直流，终于把这年逞强吞下的所有变故和冲击都哭了出来。她将燃烧着的香烟仔细打量着，那火光吞噬着许多情绪，到最后不过一缕肺里吐出的浊气，舒知秋忽而有了一份属于自己的仪式感。

这一晃，已有八九年，也难摒弃。

一般是一天一根，若遇烦恼事，便是两根。今天算是有些烦恼事，舒知秋又从烟盒里取出了一根。

她没有点烟，只是指尖夹着，烟头轻轻叩击着大理石桌面，节奏凌乱。

舒知秋心里想着今天坐冯季尧的车的事情。冯季尧原本说这周出差结束回来帮圆圆去把户口办了，临时有些不顺利的事，出差时间要延长至下个月。他给舒知秋打电话，把这事委托给了她，寒暄几句又道了几声辛苦，就匆匆挂了电话。隔了几分钟，舒知秋的账户里收到一笔数目不小的转账，冯季尧留言：给冯太太置办秋装。

这是冯季尧擅长的表态与补偿方式，虽不算走心，但舒知秋也讨厌不起来。

于是舒知秋很快联系了司机小金，请他中午来月子会所先接她回趟家拿些证件材料，再去管辖地的派出所。

冯季尧在外地出差，照理来说，金师傅除了偶尔接送舒知秋以外，应该再无工作，但舒知秋察觉出了些异样。金师傅来得晚了不少，他面上隐约带着些疲态，下车为她开车门时趁势伸展了脊背，像是已经开了许久的车。舒知秋一上车，便闻到一股残存的香水味，后调是浓郁甜馨的果香，热烈美艳了些。

她不动声色地皱了皱眉，下意识望向小金，正巧小金也透过后视镜偷眼瞅着她,四目相对的一瞬间,他飞快别开了眼。

舒知秋体会到他有些慌张和忐忑,猜想大概是小金在冯季尧与她都不用车的时候,载着自己的小女朋友出来约会了。冯季尧最不喜欢司机公车私用,但舒知秋打算睁一只眼闭一只眼。

直到舒知秋在她座位边的储物格里看到一根香奈儿包装礼盒上独有的山茶花丝带,它像是被人拆开了礼盒随手丢在了里面,杂乱急促。

舒知秋心口一紧。她猜若是小金的女朋友,不可能独自坐在后座的门边。

于是舒知秋问:"冯先生是有请你接送过一些商务朋友吗?"

小金明显地停顿一下,他忍不住透过后视镜看了舒知秋一眼,支吾地回答:"呃……没有的。"

他拙劣的含糊便是答案。

舒知秋不再说话,她又看向那朵山茶花,想起冯季尧和她的第一次约会,他们在近百层的高楼吃西餐,如明镜的大理石地面倒映着窗外湛蓝的天空,犹如踩在云上,她腿发软,人也轻飘飘的。整个城市在眼前铺展开来,建筑层叠凌乱,像起伏山脉,又像是海浪潮涌,云的轮廓投落出阴影,像悠闲的游船。舒知秋着迷了,她头一次以这样居高临下的角度和这样闲情逸致的心情看着这座大到找不到她自己的城市。她习惯仰头去看那些钢铁森林冷峻又刺眼的折射反光,尝试去避开乌云团下骤然而至的大雨,殊不知原来从这个高度往下看,完全是不关痛痒的另一番景色。

在一种难以名状的割裂感中，舒知秋看到了那朵山茶花——冯季尧送给她的礼物。舒知秋在冯季尧的目光中打开了绑着山茶花的盒子，里面静静躺着一只连小小拉链扣都精细包装几层的包，它的皮质带着一种高贵奢华的气味，舒知秋从来没有闻到过那种味道。她又看了眼那朵山茶花，它洁白、谦逊、违和。

冯季尧说，山茶花的花语是理想的爱，可以将其送给自己理想中的伴侣。

这会儿，舒知秋从回忆里抽出思绪。她扑哧笑出了声，她只觉世事曲折有趣，难以预料，又有规律可循，如此精彩。

舒知秋在凉亭坐了好久，第二根烟也抽完了，等的人还没有来。下午一场骤来的雷雨后，温度降了不少，她在凉亭里坐得久了些，感受到一股寒意爬上背脊在后颈流荡。然而，她仍在出着细密的汗，背后湿冷一片。

凉亭边的花圃里，有几丛黄白色的花，这些不知名的小花在初秋的风中摇摆着，她看见有一朵花已经枯萎，像破布似的，停在枯枝败叶之间。她的思绪一半在花丛间游走，一半沉溺在暗藏危机的现实中。

手机铃声终于响了起来，她很快地接起，应了几声，便起身离开了花园回到大堂。前台处有个穿着西装的男人在保安的陪同下做登记，那人约莫三十岁出头，身材略显发福，隐约窥见脱发的痕迹，戴着和脸盘子并不相衬的窄框眼镜，他见舒知秋走过来，一手擦着脑门上的汗，忙不迭地问好："舒小姐，您电话来得急，我处理好手上的咨询才赶过来，让您久等了。"

"詹律……"舒知秋含糊地吃了个字，算作招呼，"我们上楼再说吧。"

舒知秋半个身位在前走着，与詹律师一齐往电梯间走去。电梯门边正好有人在等着，她望了眼，见是卢安娜，心念微动，脚步也放缓了些。

然而已经来不及了，卢安娜望了过来。她的目光从舒知秋身上快速掠过，停留在了詹律师的脸上。

"詹师弟，好巧。"卢安娜先开腔打了招呼，带着些许的鼻音。

其实卢安娜并不算是一眼美人，她的容貌偏向闽南福建一带的风味，颧骨偏高、脸显扁平、眉眼细长，但她气质超凡、过目难忘，格外耐看。她画着精致干练的妆，唇色深浓似秋，倒也不显沉闷，反而柔和了几分脸型轮廓的凌厉。

"师姐，您怎么在这儿。"很显然，这个照面让詹律师也惊讶了一瞬。

卢安娜似笑非笑地回答道："上个月底生了个儿子，便住在这里疗养。"

詹律师低低"啊"了一声，他连声道贺，"恭喜师姐喜得贵子。"默了两秒钟他还是忍不住说，"和师姐许久未联系了。今天上午我还听律所的同事说，前几天开庭遇到了您。我以为您离预产期还早呢，没想到时间过得这么快……不过，您这刚生完就……"

"这两者并不影响。"卢安娜淡淡地回答。

电梯门开了,卢安娜率先走了进去,詹律师和舒知秋跟着进来。卢安娜按下了五楼的按键,顺势站在了按键边。舒知秋见五楼的灯已经亮了,便没有其他动作。卢安娜余光在舒知秋和詹律师身上来回扫过几回,没有说话。电梯门关上后,三人呈三角形的站位,气氛有些尴尬。

詹律师推了推眼镜,又寒暄起来:"梁教授最近也住在这里吗?师姐生了孩子,梁教授高兴坏了吧。"

"他在研究院待着。他是个工作狂,与我一样。"卢安娜回道。

詹律师应声赔着笑,又推了推眼镜。

谢天谢地,电梯门终于开了,舒知秋如是想。她生怕寒暄到下一个回合,卢安娜问起詹律师为什么来这里。她没料到,世界比她想象的还要小一些。

显然,卢安娜对詹律师的出现似乎并不感兴趣,抑或是已经了然。她径直出了电梯,大步走过幽长的走廊回到了房间。

舒知秋并未回房间,而是带着詹律师一同去了公共的自助茶点区,两人在角落的矮茶几沙发对面坐下,而后请服务员倒了一杯热玫瑰茶一杯拿铁咖啡。

她的确与詹律师约得匆忙,从派出所办好户口本回程的路上就联系了他。那时她心中杂乱又忐忑,唯一想到的只有这位詹律师。早些年母亲还在世时,刚来这座城市不久,他就为她们一家提供过法律援助。那时詹律师也是刚毕业入行的青涩新人，说话总是紧张得结巴，舒知秋也只是个每天来往于餐馆便利店奔波打工的高职生，他们算是相识于微时。

舒知秋一时间不知从何说起，只是双手捧着水杯摩挲着。

詹律师见她神色踌躇，大概猜到，便先切入了正题："舒小姐，是你与冯先生出现了一些纠纷麻烦事吗？"

她定下心神，将今日在车上看见的蛛丝马迹与这段时间冯季尧的大致行程都尽数告知了詹律师。

他听完，长长叹了口气，抱着双臂靠在沙发上沉默了一阵，追问道："其实更多的只是你的猜测和推理，我们要拿直观的证据讲话的，你手里是否有实实在在的证据？"

舒知秋垂眸，咬唇想了片刻，语气中依旧带着些犹豫："我现在还不知道是谁，但是可以肯定她坐过冯季尧的私车，我可以向小金要行车记录仪里的视频音频，如果其中确实有猫腻，是否有用？"

詹律师并没有马上回答，他只是沉默着用指尖轻叩着手里的杯子，过了几秒他抬起眼，透过镜片，直直盯着舒知秋的脸，那目光沉静却凌然，让舒知秋难以回避。

"舒小姐，在这之前，我想你需要先确定你想达到什么目的、想获得什么。你初衷是为了在这个特殊阶段自保地位、清理家户还是奔着离婚分羹、争取抚养权。有些画面、有些东西，疑虑也好猜测也罢，一旦亲眼看见了、论证确实了，生活就很难回到从前了。我们相识许多年，我深知你走到今天，是真的不容易，也是做了许多隐忍与取舍换来的。出于私心，我希望您再谨慎考虑一下，往哪个方向走。当然，不管你做什么决定，我作为你的律师，都会支持帮助你的。这个你放心。"詹律师的话精准犀利，暗藏着细针，却也真诚可贵。

他呷了口咖啡，略微压低了声音继续说："而且……据我对您先生的了解，如果你的一些动作被他得知，他会先你一步有所戒备，甚至会先下手为强。方才遇到的那位卢师姐，卢安娜，你应当也认识。如果日后她为你先生打理事宜，我……这个胜算……很难与你打包票。你也能看出来，那个工作狂女强人，太厉害了。在学校的时候她就是风云人物了，真是业界里大牛级别的。我同事上个案子和她遇到了，好几天了到现在都有心理阴影。"

舒知秋微不可闻地叹了口气。

詹律师又说："舒小姐这段时间再好好考虑一下吧，我着实没想到卢安娜也住在这里，无论如何，我们的沟通还得低调一些。如果之后您想委托我或咨询一些相关法律流程，我们电话联系，或者约在我的律所吧。"

他说完，抬腕看了看时间，端起杯子把咖啡一饮而尽，与舒知秋又寒暄几句便匆匆离开了。

舒知秋没有动弹，她低头看看水杯中浮沉的玫瑰花，若有所思。

第 4 章 人人都有她的坎

惊与喜的三十岁

窗边的玫瑰花束已经萎垂下来,林冉捧在怀里左看看右看看,依依不舍地让赵阿姨把它丢走。

她心想今天还会收到新的花束,那花束或许更大、更漂亮,于是期待多过可惜。

林冉千盼万盼,终于等到了她的生日,今天开始,她正式步入了三十岁大关。钟明辉一早就出门上班了,临走前,他煞有介事地跟林冉说了"生日快乐",并送上一枚浅吻。他出门没多久,估计还在路上,林冉正在卫生间洗漱,手机响了几声,又收到他发的"520"红包,备注晚上会早些下班回来。

林冉不胜欣喜,她瞅了眼镜子里的自己,嘴角已经快咧到耳根。

直到她看清自己乌青的眼圈,笑容才收敛了。从凌晨之后她基本上没有睡过,夜里晚晚闹了几次,不知怎的喂了奶后吐了好几次奶,憋红了脸哇哇地大口喷射出来,情景甚是吓人。林冉吓得不轻,让赵阿姨喊了值夜班的儿科医生来看,也无大恙,只说是宝宝太小,肠胃发育还不完全,吃奶吃得急了呛噎住了,让林冉喂奶的时候注意控制流速。

赵阿姨上手教了一回如何在"奶阵"来的时候手动控制流

速，就这个工夫，刚吐过奶的晚晚肠胃空空，又饿得嗷嗷大哭。

林冉的奶水赶不上她这吃奶的频率，急着喂了几口，聊胜于无，有点糊弄的意思。晚晚没喝饱，又是嗷嗷大哭。钟明辉爬起来抱着晚晚哄着，林冉红着眼又是焦急又是颓然，等着赵阿姨急匆匆取了前几天她存的冻奶在洗水池解冻。

这样几回，天就亮了。

晚晚闹腾了一宿，这会儿沉沉睡着，赵阿姨也跟着折腾了一宿，在一边疲惫地睡去。林冉把晚晚的婴儿床轻手轻脚地推回了她的卧室。今天晨光明媚温柔，轻薄的纱帘落下的影子像羽毛拂过晚晚红扑扑肉团团的脸，她两只小手抱着脑袋，但好笑的是手臂短脑袋大，并没有抱住，只是贴在耳边，时而条件反射的不自觉地颤动一下。林冉很想去捏捏她的小手小脸，又怕打扰了晚晚难得的好觉。

林冉就在床沿坐着，痴痴地看着晚晚的睡颜，她脸上的一层细小的绒毛在阳光下泛着光。这是她三十岁最好的礼物。

林冉止不住自问：这真是我的女儿吗？生产完半个月后，她仍感觉在做梦，这个精灵一般的小婴儿以后会开口喊她妈妈，她光想一想，就要热泪盈眶。

相比而言，彻夜的难眠实在不值一提。

上午十点钟有个早教启蒙的课程，林冉前两天就报了名，钟明辉曾说过这类无非是"智商税"，但小群里的卓芳兴趣浓厚，强烈请求林冉和葛云佳有空去听听，顺便拍些课件照片传到群里给她这个仍在"软禁"隔离中的可怜又孤独的宝妈看看。

林冉从八点睡到九点半,迷迷糊糊地做了好些光怪陆离的梦,她醒来的时候晚晚还搂着手睡着,赵阿姨静悄悄走进来,问她一会儿的课程还要不要去,实在不行就不去了,好好补个觉。

晚晚听见了些声响,手脚开始在空中挥舞,她闭着眼睛打着哈欠,随后发出小猫的嘤咛。林冉和赵阿姨对视一眼,都笑了。她像是知道妈妈要暂时离开似的,赶紧醒过来要讨奶喝。

林冉喂饱了晚晚,放心地出了门。

葛云佳早早在二楼的活动室里坐着了,她是二楼唯一的住户,出了门走几步的工夫就到了。她怕上课人多,有心给林冉占了位子,然而上午的课,能有心力来的宝妈人数寥寥,零零散散地分坐在偌大的活动室里,多少有些冷清。

林冉听赵阿姨闲聊过"零零后小爸妈"上个礼拜的午夜争吵,她和葛云佳会面寒暄时,不动声色地打量她半天。葛云佳面色红润、眉眼堆笑,看不出什么异样来,林冉才默默松了口气。

舒知秋的出现让林冉尤为惊喜。两人同时发现了对方,舒知秋笑着走了过来,恰巧还有空位,她顺势坐在了林冉的边上。

葛云佳头一次见舒知秋,不禁惊叹:"好漂亮的姐姐,仙女下凡啊仙女下凡。"

林冉为左右互相介绍了一番,没聊几个来回,葛云佳便以"缘分""交流育儿经"为关键词,邀请舒知秋加入她们和卓芳的"月子姐妹花"。

得,小卓芳。

好在舒知秋也不介意,欣然扫码入了群,三个女人一台戏自此变成了四人组合。

说是早教课,实则一半时间都是和月子会所合作的早教中心的深耕广告,林冉听着无趣,暗暗以手掩嘴打了几个哈欠,有点后悔该好好补个觉的,偏头看了眼葛云佳,她早靠着椅子歪着脑袋睡着了。相比而言,舒知秋似乎听进去了不少,卓芳在群里发信息问着进展和内容,舒知秋还拍了幻灯片上的知识点发了过去。她融入得很快,如同邻家的姐妹朋友。

课程结束后,早教中心的讲师授意有兴趣的宝妈可以留下来咨询一下上门早教的流程和细节。葛云佳擦了擦嘴角的口水,与她们道了别,风风火火地走了。舒知秋意向挺大,坐在位子上等讲师拿着报价单前来细谈,林冉有心瞅了一眼,那价格令她咂舌,将她跟风的犹豫尽数打消。她接着戴老师打来的电话借故离开了。

林老师戴老师正在房间里等林冉,她一回来就看见餐桌上三个蛋糕盒并排放着。

"怎么这么多蛋糕。"林冉问。

穿着一袭墨绿色长裙的戴老师正抱着晚晚在窗边晒太阳,没空理她。

林老师笑着说:"我们带了一个来,刚才这里的管家小姑娘也拿了 个来,还有 个是外卖员送来的,备注里的语气,大概是明辉订的。"

"我喂奶呢,又吃不了这些奶油啊巧克力的,买了也是浪费,这下多浪费。"林冉嘴上抱怨了两句,眉眼笑意盎然。

林老师摆着手:"可以分给月嫂阿姨还有医生护士他们呀,你不是认识了几个会所里的邻居,正好分一分。"他朝沙发努了努嘴,"去看看你妈给你准备的生日礼物。"

林冉视线越过林老师花白的鬓角,看到了沙发上静静躺着一个橙色的大纸袋,那包装上的logo格外显眼,是爱马仕。林冉惊喜地叫了声,大步走过去查看。

戴老师侧目皱着眉头嗔怪:"走慢点走慢点,你这步子太大了,小心伤口。"

林冉坐下来,把大纸袋放在腿上,小心取出里面同色的礼盒,慢慢解着缎带,层层叠叠的包装纸之后,终于露出了礼物的真身。这小心细致程度,堪比考古开掘。

林冉又尖叫了一声,那是爱马仕今年秋季新出的包。她上个礼拜还在公众号里看到了推送,很是喜欢,又暗叹自怜活了快三十年,对这些奢侈品完全没有想法。她颇为识趣地从不与钟明辉提起这些,偶尔谈及哪个朋友或同事背了个价值不菲的新包,钟明辉都会感叹"还是我们家冉冉远离浮躁不慕虚荣",林冉唯有一声不明意味的嗤笑作为回应。

"哎呀,你声音小点声音小点,把我们家晚晚都吓得一哆嗦。"戴老师又是一阵嗔怪。

林冉娇笑:"你看看你这个人,送人好东西做好事嘴上还要飞刀几句。"

"这包怎么样,你妈说你一直想要个大牌的挎包,我们也不懂,让你李阿姨家的闺女帮我们选的。还喜欢吗?你最好说喜欢,我头一次去商场店门口跟一群年轻人排队挤在店里买的,本来是想等你生完孩子就送给你的,销售员说没有货,折腾了半个月才刚拿到,就凑着当生日礼物了。"

林冉把包翻来覆去看了好几遍,喜欢得不行,又有些纠结:"喜欢是喜欢,但这个好贵吧,你们老两口小半年的退休金全进去了吧。"

"哎呀,没有的。这你不要担心,我们俩比你想象的有钱。我们也心疼我们的闺女呀,辛辛苦苦生个孩子,又逢三十岁的大生日,要好好纪念一下的。"

林老师讲了一堆故事又告白了一通,戴老师飞去一个白眼:"邀功,可劲邀功,好人都你做。"

在一旁的赵阿姨扑哧笑出声来。

林冉心口暖流横生,她意识到三十岁最好的礼物,除了有了自己的女儿以外,便是她仍然是个备受宠爱的女儿。人生幸事,莫过于此。

夜色深沉,钟明辉还未回来。林冉发过几次信息询问,许久没有回音。她打了电话过去,竟是关机状态。

林冉不由得有点恼火,她想钟明辉的坏毛病又犯了,又是什么开会、备课、加班忘了时间,这次连她的生日都忘了。林老师和戴老师留在她身边,原本是打算等钟明辉回来一起吃块蛋糕再离开的,戴老师见她心烦意乱,便给后辈同事打电话,请他转告钟明辉早些下班回来。

却得到回应说,钟老师下午两三点就提前下班走了。

林冉又打了几个电话,还是关机状态。她转而开始忧虑不安,晚餐也毫无胃口,心烦意乱地在房间里巡回踱步,不断地抬头看着墙上的钟表。晚晚嗅到氛围有些异样,没来由地号啕哭泣着。

他到底在搞生日惊喜还是生日惊吓,等他出现我铁定饶不了他。林冉如是想。

八点钟过后,林冉的电话终于响起。

来电是个同城陌生号码,她想也没想就接通了。

电话那头是不认识的男声,直接问道:"请问是钟明辉的家属吗?我是南山路派出所的民警,钟明辉现在正在第六医院的急诊室……"

林冉开始耳鸣,电话里杂音纷扰,再难听清内容。

第 5 章 当个爸爸，很容易

玫瑰骑士与玫瑰太太

林冉三十岁生日这天，钟明辉和年级主任打了招呼，下午的课一结束就收拾东西出了学校。他在回月子会所前，还有许多事情要做。他先换乘了两班地铁横跨了半个城市去了一家有些年头了的老旧商场，临街店铺有一家珠宝店，他取出了钱包里的提货单递给了柜员。

几分钟后，柜员将一方天鹅绒布质地的戒指盒递给他。他小心打开盒子，一枚钻戒在灯下折射流转着光华。当年求婚时倾尽存款也只够一排碎钻，他心里感谢林冉的体贴，也能体会到林冉说起姐妹闺密订婚时硕大闪亮的鸽子蛋时语气里的羡慕和落寞。

早在林冉怀孕的时候，他趁着学校午休的空隙去了好些珠宝店看钻石，发觉自己仍然还差不少预算。某次和办公室里新婚的地理周老师闲谈时，被科普了成分完全一样的人工培育的钻石，而后他把方向转到了这上来，他存了大半年的私房钱，终于能在预算内拿下一枚林冉拿得出手的钻戒了。

他希望她三十岁之后的人生，依旧如钻石那样闪闪发光。

接着钟明辉赶去了月子会所附近花店，取了他前两天就订下的九十九朵的红玫瑰。他捧着一大束花走在街头，看了眼时间已近五点。钟明辉有些担心步程来不及，找了周围的共享单车一路骑着往回赶。

途经一条不知名的小河，大概是苏州河的支流，过桥正是夕阳余晖的时候，粼粼河面如碎金闪耀，钟明辉又想到了背包里的那颗钻石，心中轻快。

他听见放学了的孩子们在临河步道笑闹的声音，于是又想起了自己尚在襁褓里的女儿，终有一天她长大上学，也是这样快乐自由的吧。钟明辉忍不住多望了几眼，却发觉了不对，有个孩子落了水，同行的几个孩子尖叫呼救着，其中一个孩子跨过亲水平台的围栏探身试着抓住落水的同伴，不知怎的身影一晃，也跌进了水里，激溅的水花搅乱了一池的落日熔金，那水流不算缓静，很快他们便被冲到了不同的水域，有个孩子已然快至河心。

钟明辉匆匆把车停靠在桥边栏杆处，顺着绿化小道三两步跃下台阶冲到那两个孩子落水的平台，在一片哭嚷尖叫的混乱中，他脱了鞋袜外套丢下背包，同时判定了那两个孩子的方位，一头扎进了水里。

他先游到之后落水的孩子身后，牢牢架住他逆着水流推回了河边，彼时已有不少人闻讯赶过来，帮忙把孩子从水里捞了上来。

钟明辉折返往河心游去，另一个孩子的脑袋已经沉了下去。游到河心，他感受到了比想象中还要湍急一些的暗流，与水流缠斗时他的眼镜滑落入水，幸好很快，钟明辉摸到了那个孩子，把他的头托出水面，他无声响也无反应，似乎已经呛水昏厥，身体软绵却有千斤重。

钟明辉咬紧后牙拽紧孩子往岸边游去，途中几次脱力，嘴鼻灌进好几口水，不知是掉了眼镜还是体力耗尽的缘故，他眼前迷茫混沌。

离河边还有五六米的距离，岸上后来的两个青年人也扑通跳进水里来接应，这让他松了口气。他们把孩子推上了岸，跟在后面的钟明辉最后上的岸，他双手撑着平台栏杆跨回来的瞬间，打了个寒战，双手一麻，眼前俱黑，重重向前栽倒随即失去了意识。

林冉在林老师的陪同下赶去了医院急诊室，远远就看见钟明辉躺在床上头上裹着纱布的惨相，那应该是他失去意识后以头抢地留下的伤口。钟明辉的脸还是苍白的，嘴唇亦无血色，床尾站着个穿制服的警察在与他聊着什么。

林冉从头到脚都裹得严丝合缝怕不会漏进一点风，她的脸颊因为紧张与闷热而潮红微汗，林冉紧紧抿着嘴，一言不发地等着他，一句话也说不出来。

钟明辉原本轻松的神色变得紧张无措，看向警察小哥的眼神甚至带着些求助的意味，警察小哥心领神会连忙帮忙解释："家属们放心，医生说了咱们见义勇为的英雄没有大碍，只是体力透支有些虚弱，在急诊室吊水休息休息，今晚就能回家了。"

林冉紧紧抿着唇在床边盯着钟明辉的脸使劲看，将他从头到脚地细细查看，她又是气愤又是心疼，但到底还是虚惊一场地长松口气。

林冉冷哼："怎么！有胆子跳河救人没胆子看我？"

"我怕你担心生气，对你身体不好，对晚晚也不好。"钟明辉声音细若蚊吟。

林冉没等他说完，就尖声打断："你这会儿想着我们娘俩啦？你逞英雄的时候倒是想想啊！"

警察小哥瞅了眼气鼓成河豚的林冉，颇为识趣地拉着林老师到一边确认信息做事件概述去了。

钟明辉撑着身子半坐起来，用他还在输液的手把床头柜上的背包拿了过来，输液管连着输液袋都跟着晃悠，老旧的输液吊架发出"吱呀"的声响。

林冉沉默地看着他的动作。他在包里翻找着，一面闷声解释："我回来路上是买了花的，但是我直接被送到医院了，花……估摸着和我的共享单车一起被人带走了。但是好在最重要的东西没丢。"

钟明辉把内袋里的戒指盒举到林冉面前，依旧用他输着液的那只手打开了盒子，输液管连着输液袋跟着晃悠。

那枚钻戒在医院病床床头的照明灯下，折射出冷艳瑰丽的炫彩。林冉不可置信地瞪大双眼，她愣怔着，脑子里一片空白，连惊喜都来不及反应。

钟明辉探出半张脸小心翼翼地瞅着林冉，说："虽然时间地点和氛围不对……但是，冉冉，祝你生日快乐。"

他顿了顿，声音细小委屈："你别生我气了，我这会儿还是头晕想吐，胃胀得不舒服，难受得很。"

林冉紧绷着的唇线终于溢出一声笑，她松了劲，在床边坐下，掩面大哭起来。林冉跨入三十岁的第一天，虚惊一场、大惊大喜，就这样度过了。

钟明辉见义勇为救了两个落水孩子的事件产生了不小的轰动，两个孩子的父母联系派出所专门去了钟明辉的学校拜访感谢，又是送锦旗又是送红包，锦旗被校长挂在了学校大堂的荣誉墙上，红包在百般推阻下还是收了下来，钟明辉直接买了四箱零食和"万恶"的辅导试卷分发给了任教的几个班的学生们，剩下的充了年级组团建用的经费。

几家主流媒体的记者们闻风纷纷赶来，校长专门腾出了校长室供他接受采访。当天，"某市重点高中教师勇救落水儿童"的视频就上了本地的新闻频道，连同钟明辉的采访问答，时长六分四十五秒之久。记者在采访里问他救人的时候是如何想的，他说："总要有人去，我见到了，那个人便是我。"

当夜，此事件通稿在网络上铺开，钟明辉的这句话，成了标语。很快，微博上的浏览量破千万，点赞评论数也超过了十万。新闻里有一段是当时桥附近的道路监控，视频里录下了钟明辉从过桥看见孩子落水到停车飞奔去救人的短短十几秒钟，画面定格在了他留在桥面上的那辆共享单车，车篮里还塞着那大捧玫瑰花。

这段录像预料之外地火了，网友们评论说，他是这座城市里的"玫瑰骑士"。这个称谓转眼就上了热搜话题，牢牢地落在了钟明辉的肩膀上。

后来的采访视频里，记者问起那束花的故事，一本正经、不卑不亢的钟明辉难得地露出些羞赧，回答说："是准备送给太太三十岁生日的。"

善良、勇敢、浪漫、好丈夫、好爸爸，它们就是钟明辉的标签。

突如其来的关注度让钟明辉措手不及。他忽然就成了学校和朋友圈里的名人，久不联系的老友们的寒暄，点赞之交们不遗余力的夸赞，家族群成员接连的问候以及朋友圈发着他的照片附文案写道："这是我的某某，他……（大拇指）"。学校专门开了全校师生大会表彰奖励，以及班里每个孩子雀跃地喊他"玫瑰骑士"这样令他带着些赧然的称呼。甚至几家名牌花店品牌都送了精致漂亮的永生花盒来，定制赠予"玫瑰骑士"。他购买戒指的商家听说他们的客人提了戒指转头就去救人了，直接派人送了一对新款情侣钻戒到钟明辉手上，热情地拍照留念。

钟明辉昏昏然地感受着，开心和惶恐参半。

林冉更多的则是后怕，她忍住不去想那些"如果"：如果钟明辉那时出现什么意外，如果钟明辉没有回来……

天堂与地狱，只有一瞬差别。

那些可怕的后怕让她更生钟明辉的气了，什么无畏勇敢的英雄，就是对刚出生的女儿和还在坐月子的妻子的极度不负责和背叛！他的安危和性命是他自己一个人的吗？他这是把她和晚晚一起丢进了那条河！

林冉接到了卫视记者的电话，说想采访一下"玫瑰骑士"的太太，她考虑了半分钟，最后还是答应了，约在了今日的午后，地点就在月子会所。

管家义义听说了这件事，连忙安排五楼的贵宾会客室预留给她。林冉和赵阿姨刚把晚晚哄睡，瞥了眼微信，月子姐妹花群里卓芳和葛云佳正在热切地讨论着，卓芳@林冉问道："林冉要不要化个妆什么的？上镜气色会好一些。"

葛云佳随即附和。

林冉打开手机前置照了照，死亡角度下，她下坠的双下巴和夸张的黑眼圈，整张脸暗沉泛黄，着实心惊。

"到五〇三来，我带了全套的彩妆。我来帮你化妆。"舒知秋的信息弹了出来。

林冉敲响了五〇三的门，玲姨抱着圆圆来应门，她睁着乌亮的圆眼睛好奇地张望着来人。林冉嗲声嗲气地与她问好，圆圆咯咯笑起来，小拳头塞在嘴里咿咿呀呀地婴语着，甚是可爱。

舒知秋穿着墨绿色的睡裙，马发如瀑披散，她慵懒走来，勾唇笑道："来吧，都为你布置好了。"

第 5 章 当个爸爸，很容易

落地窗边的大大书桌已经变成了梳妆台，带光圈的镜子前整齐地摆着一排排乳液彩妆还有各种工具。

林冉见这架势，瞠目结舌中又带着些好笑："你这……也太齐全了吧，完全不像是坐月子。"

舒知秋也没解释，请她坐下，又吩咐玲姨不用关门，晚些葛云佳也会来凑个热闹。

她坐在林冉的侧对面，在光下认真地凝视着林冉的脸。林冉感到几分赧然和露怯，舒知秋温柔笑起来："你的五官长得真好看。"

舒知秋的动作轻柔缓和又有条不紊，她用美妆蛋在林冉的脸上轻轻地点蘸着，前倾着身子凑近为她画眼线。她们挨得近，林冉可以闻见她身上的香味，隐约像是雨后的松木、像雾霭中的山林。林冉的视线无处回避地落在她的鼻梁与眼眶，她的眼眸水波横生，大概不管是谁只要与她对视几秒便会跌落进她眼中的幽潭。

真美啊，林冉还是忍不住深深赞叹。

"你的手势好专业，和我……这种胡乱画皮的就是两种感觉。"林冉夸赞起来。

舒知秋语气中带着些轻快的自得："其实这是我的专业呢，高三的时候……因为一些原因我错过了上大学的机会，就去学了美容美妆。后来我去平面模特拍些小广告，都是自己化妆的。"

"啊，我听说你是空姐。"林冉有些诧异，把坊间的听闻说漏了嘴。

舒知秋扑哧笑出声，自嘲起来："果然有好些个版本呢。"

林冉自知说多了话，眼观鼻鼻观心地抿住了嘴。门口传来了葛云佳热热闹闹的、及时雨的招呼声，林冉松了口气。

葛云佳连蹦带跳地进来，四下观望，啧啧惊叹："哇，五楼果然好大、好漂亮、好豪华，我的房间只有你这间的客厅这么大。这一个月得多少钱啊。"

她也没准备得到舒知秋的回答，雀跃兴奋地这里看看那里瞧瞧，走路带着风又跑去卧室逗弄圆圆去了，她的笑声和圆圆的咿呀同步又交错地传出来，林冉浅笑："到底还是个小妹妹。"

舒知秋笑着没说话，满眼都是温柔。她用棉棒蘸了口红的膏体，再一点点涂到林冉的嘴唇上，细细描摹着，一面说："听说嘴角上扬的'微笑唇'的人，运势都很好，婚姻感情会很幸福甜蜜。今天看见你，又听了你先生的故事，看来的确是呢。"

林冉有些不好意思，又暗暗开心，镜中的眼神亮了几分光彩。

葛云佳从房间出来，顺手带上了门，轻声轻语地说道："宝宝睡了，她好乖啊，还是女儿可爱乖巧，我那两个儿子像怪兽一样摧毁世界。"

走廊斜对面的门开了，葛云佳听见高跟鞋的声响忍不住伸着脖子透过半敞开的门望过去，瞧见卢安娜正单手插兜地站在门口与门内的月嫂低声嘱咐着什么，她的侧脸线条流畅清爽，举手投足都是精英白领的气场。

卢安娜与月嫂说完，转身经过她们的房门口，葛云佳赶紧垂下头回避,高跟鞋的声音由远及近又由近至远直到电梯铃声响起后消失。

"那个又酷又飒的姐姐是住在对面吗?"葛云佳问舒知秋,"看起来好像个女老板。"

林冉已经梳妆好了,在舒知秋的巧手下,她恢复了七成生产前的容貌神态,当然,也只有舒知秋知道为了给她遮住快垂到法令纹的黑眼圈花了多少工夫。林冉侧过头冲葛云佳挑眉,介绍道:"那个人,就是之前断电那夜的天降神兵,说是个律师。"林冉又补了句:"大律师。"

闻言,葛云佳若有所思地点点头。

采访的彩蛋

傍晚钟明辉回来,林冉正在喂奶,晚晚肉嘟嘟的脸紧紧贴着她的胸口,吞咽声急促有力,间隙还带着似是疲累的叹息,惹得林冉和月嫂忍俊不禁。

钟明辉在门边看了好一会儿,默默看着,没敢打扰。

林冉抬头望过来,神情是难得的温柔绵软,钟明辉心神微荡,忽然想起了初遇时的那瞬间。

晚晚吃饱饭,月嫂把她抱过来轻轻拍着奶嗝,林冉一面系上衣带一面与他说:"就等你回来了,赶紧吃饭吧。"

钟明辉连声应了，这才回过神匆匆忙忙放下背包换了拖鞋，他仔细洗好手，帮林冉把餐盘端上了桌，林冉从他手中接过筷子，又是温柔一笑。

她今天心情格外好。

今夜晚餐也格外好，他们各有一大只澳洲龙虾和海参汤。林冉说："文文说，这是餐饮部专门为我们加做的。你现在，在这月子会所也是名人了呢。"

钟明辉借茬儿问起："今天采访还顺利吗？我没想到他们还会找到你这里，我还怕你生气。"

"有什么气好生的呀。"林冉不以为意地耸耸肩，眨眼笑说，"反而要谢谢你，我平时哪有被采访的机会呀。来采访的记者说，采编很顺利，周末会在新闻坊放送呢。"

不对劲。不对劲。

林冉越温柔，钟明辉越发怵。

她回身瞅了眼被抱进房里呼呼大睡的晚晚，又对钟明辉说："吃完饭，你陪我去小花园散散步吧。我想和你聊聊天。"

钟明辉忐忑着满口答应下来。

一场秋雨一场寒，晚风里已有几分秋夜萧瑟的气息，林冉披着粉色的坎肩戴着顶同色的帽子，倚着钟明辉一同坐在花园的凉亭里，花圃小径的落地灯亮起来，暖色光线四散，远处看像极了一片四叶草，他们沉默着谁也没说话，无言度过流水的时间。

林冉体会到，自从晚晚出生后，他们已然没有这样的时光和心境了。

她想起白天采访时发生的事情,记者给她看了一些路人的现场手机拍的视频,询问她这些素材是否可以剪进专题里。这也是林冉第一次更直观地看到了现场的情形:钟明辉在河里沉浮,几次险些被水流冲走,还有一次他扎进水底,过了很久都没有冒出脑袋,林冉捏着拳头咬着唇,等待的时间被拉长,所有的感官都跟着揪起来,直到钟明辉抱着一个孩子破水而出,她终于也跟着浮出水面大口地喘气。林冉又看见钟明辉的脸色惨白如纸,像深秋的枯叶一般无力又脆弱,他翻回围栏时神情一晃,人便重重地摔在了步道上。镜头抖动黑暗,终于结束。

林冉偏过头偷偷抹着眼角的泪。

接着记者又给她看了钟明辉被采访的完整片段,除了之前已经放出来的一些剪辑,这里的钟明辉显得更紧张局促些。

他说自己来自江边的小县城,水性不错,才有信心下水救人。只是这些年疏于锻炼,体力跟不上了。他说起看到那两个落水的孩子就想到了自己刚出生的女儿,幼吾幼,以及人之幼,希望在一些父母鞭长莫及的时刻,也会有人能够帮助她。他又说起林冉,说太太是个善良单纯的城市女孩,嫁给了他这个一穷二白的"凤凰男",她刚生了宝宝,很辛苦很劳累。对于他来说,最庆幸的事情莫过于他攒了大半年的钱为她买的那枚钻戒,当时藏在背包里随手就扔在了岸上,还好没有遗失,如期戴在了她的手上。记者追问了句,为什么选择买钻戒,应该价值不菲吧,或许能买些更实用的东西。

钟明辉愣了愣,只是回答:她喜欢,能让她高兴的东西就是它最实用的价值了。

而后,他害羞地推了推眼镜,歪头问记者,自己是不是说了太多题外话。

视频结束,记者笑着对林冉说:"最后这段关于钟先生讲的小故事,不会剪到专题里。不过我们看了真的很感动,想着一定要给你看看。"

说完,记者才注意到林冉早已泪流满面。

"明辉,一直没有合适的机会认真地跟你道谢,谢谢你送给我的三十岁生日礼物。"林冉目视前方,徐徐打开了话匣,"我说的不是那颗钻石,它又大又闪亮,真的很漂亮,我很喜欢,但是又不是那么喜欢。"

钟明辉扭头看着林冉,她似乎打了很久的腹稿,只是他没太听懂她的话。

"你有没有发现,我没有在朋友圈晒你送我的那枚钻戒,若是以前,我恨不得九宫格昭告天下,生怕有人没看到大钻石。但是我没有。"林冉垂头,手指下意识地搅动着鬓角的碎发。

她顿了顿继续说:"我想到你为了这颗破石头省吃俭用,一块钱掰成两块花,想到你在医院里一睁眼就在找那颗破石头,我就难受,我不敢喜欢它,甚至连带着讨厌有点虚荣的自己。"

钟明辉没有说话,他不明意味地叹了口气,轻轻捏住了林冉的手。

"对我来说，三十岁这天收到最好的礼物是，我意识到自己有多幸运，我已经拥有足够多的东西了，那些真金白银都买不到的东西。我有林老师戴老师，我有个可爱的天使女儿，我有个善良又勇敢的老公，最关键的是，他爱我，如钻石般坚定又珍贵。"林冉回握住钟明辉的手，"其实前段时间我过得很苦闷、很焦灼，我觉得自己怨天尤人、想入非非、怒火中烧。包括前两天，我还在生你的气，气你想也不想的'见义勇为'，也没给你好脸色。但今天，我忽然回过神，意识到全世界都夸赞你了，就我还没有。"

她侧身盯着钟明辉微红的眼睛，目光沉静又认真："明辉，你很棒，我和晚晚都为你骄傲。"

钟明辉猛地鼻头泛酸，他喉结上下滑动，垂眸清了清嗓子，克制住情感。

林冉继续说："谢谢你陪我度过了这段情绪很不稳定的时间，我想我在慢慢地走出来了，我的安全感和笃定感也在慢慢回来了。话说以后别再偷摸给我买那么贵的礼物了，左口袋右口袋的我心疼！那枚钻戒，我会好好珍藏的，等晚晚长大了谈恋爱了，我要把它送给晚晚，告诉她要找个像爸爸这样好，甚至要比爸爸还好的男人才行……"

林冉的碎语被钟明辉以深吻封住。

夜风拂过他们的发梢与耳畔，如同爱人的抚慰。

她的婚姻，是初秋的开衫

葛云佳在五楼电梯口边的咖啡厅喝了三杯热牛奶后，终于等到了卢安娜。她匆忙起身跟上去，开始自我介绍："你好，我叫葛云佳，我住在二楼。"

卢安娜脚步未停，淡淡回了问候："你好。"

葛云佳跟在她身边，带着扭捏纠结继续说："听说姐姐你是律师，我其实有点事情想咨询了解，不知道你有没有空……"

卢安娜在房间门口站定，她抬腕看了眼手表，声线依旧浅淡："抱歉，我马上有一个视频会议要参加，这会儿没有空闲时间。"

"那……我可以在这边等你吗？"葛云佳追问，她没有听出卢安娜委婉的拒绝。

卢安娜叹了口气，从包里翻出名片夹，抽了一张给她："我时间不确定，这是我的名片，上面有我的联系方式和邮箱地址。你可以发信息或邮件给我。"

葛云佳双手接过，甜甜一笑："谢谢律师姐姐。"

卢安娜望着她连蹦带跳地拐进了电梯间，这才开了门。

客厅沙发上端坐着一位穿着深卡其色长裙、灰发用翠色抓夹一丝不苟绾起的老妇人，她前倾着身子，手里晃动着一个小小的拨浪鼓，眉眼慈祥地逗弄着婴儿床里的安安。

卢安娜唤了声："妈，您来了。"

老妇人温声应了，随口问起："你在门口和谁说话呢？"

"楼下的一个产妇。"卢安娜简短地回答，"想咨询些事情。"

"听声音像个小姑娘。"老妇人与她闲聊起来。

卢安娜点头，正在洗奶瓶的月嫂听了对话，探过脑袋问："是二楼那个刚二十岁的小妹妹吧，听说她这段时间和小男友闹矛盾呢，小男友有一个礼拜没来看他们娘仨了，估计为这个事儿。"

卢安娜这才想起前段时日的某夜，在楼梯间偶遇的那段激烈争吵，原来就是她。

老妇人一听，有点诧异："该请她进来坐坐聊聊的。"

卢安娜沉静地回答："交浅言深，惹祸上身。"她不再说这件事，恭顺地说："妈，我去收拾下就来。"

卢安娜回卧室换好家居服，仔细卸了妆，过了一阵才出来，小婴儿又睡着了。老妇人坐在边上盯着使劲瞧，疼爱和宠溺从眼底溢出来。她扬手招呼卢安娜过来坐，声音压得低低的："他这个模样和他爸爸小时候太像了，简直是一个模子印出来的。我忽然想到四十三年前我生孩子的时候。真是感慨啊。"

她长长叹了口气，回身拍了拍卢安娜的手："我来了四五次，就今天等到你了。生完孩子要好好休养的，你还是那个'拼命十三娘'的性子，身体要吃不消的。"

"我还好，谢谢妈关心。"卢安娜回答。

老妇人将她仔细看了看，从包里掏出一个文件夹递给了卢安娜，一面打开一面说道："你有空看看这些最近要开盘的楼盘信息，有几套我和你公公去看过，都还不错，里面也圈出来备注了。想着等孙子大些了，帮你们换个大点的、交通更方便的房子才好。我很久不接触这些了，忽然发现现在新的好楼盘和楼王，太少太珍奇了，你尽快看看，早做决定，我们也就早点下手。晚了哦，就抢不到了，今非昔比，有钱人真的多哦，买房跟买菜一样。晚去一会儿哦，就只剩下臭鱼烂虾的边角料了。"

卢安娜没有接，淡淡说："妈，你给博文看过吗？他怎么说。"

"哎呀，那个大忙人，你都瞧不见他，我还能瞧见他？说到这个我就来气，学校得多少事忙成这样啊，老婆孩子都不来巴巴地陪着。这些你看就好了，你们家的事儿你做主就行了。"老妇人说着，抬眼看了看天色，"时间不早了，我先回去了，你小叔新交了个女朋友，说晚上带给我们看看，我先回去准备一下。"

卢安娜站起身帮她一起收拾东西，送她到门口换鞋，老妇人忽然想起什么，又嘱咐道："房子你赶紧看哦，晚一天房子就被抢光了。但这个事儿要是你小叔问起来，就说没有。"

"我知道了。"卢安娜低眉应声。

她关上了门，回身见月嫂坐在沙发上探头瞅着那厚厚一沓的楼盘广告。

"这婆婆可真难得啊，你可真有福气。"月嫂感慨着。

卢安娜没接茬儿，她转身走进卧室，坐在床沿俯身盯着沉睡中的儿子。窗外天色黯淡，月色初升，如水泻进来，时间就这样停滞住了。她风风火火、头也不回地往前狂奔了三十五年，第一次感受到了时间的另一种模样，它原来可以这样缓慢地流淌。

卢安娜终于察觉到疲累，她挨着婴儿床枕着胳膊躺了下来，小腹的伤口仍在隐隐作痛，痛中带着些痒，她缓缓闭上了眼睛。

卢安娜经手了上百起大小离婚案件，也了然了婚姻的本质无非是利益的联合与重整，那些婚姻或长或短的夫妻，无论新婚时多浓情蜜意，无论是否一起走过半生，到了离婚阶段，都是歇斯底里的撕扯和知己知彼的鏖战。到了这个时候，谈感情、念旧情是愚蠢的纠结，枕边人把彼此的秘密和致命点全部翻出来公之于众，作为分得更多利益的利剑。

她见惯了，也似乎不再相信爱情了。她更不曾想过自己有一天会踏进这个注定会很麻烦的婚姻里。

有次参加某个峰会，她认识了发表演讲的法学院教授梁博文，后来因为一些法务项目有了频繁的交集。每每交换视线，他们都读懂了彼此的眼神，心照不宣地，他们开始了约会。

中年恋人的约会地点并没有太多花样的浪漫和氛围的刻意塑造，省去了试探与磨合，恋爱也是高效直接的。大多在梁教授的办公室、卢律师的律所楼下的咖啡厅以及彼此的家中。

这个比她大了七岁的男人，出身法律世家，家境优越，他有学者的儒雅和孤傲，也有阅历陪养出的成熟稳重、有边界感，他从容淡定，情绪稳定，不以物喜不以己悲。如果这辈子要结婚的话，他的确是很合适的、理想的结婚对象。很关键的一点原因：他不麻烦。

梁博文也是这么认为的，向卢安娜求婚时，他说道："我们如此相像，我们是最适合彼此的婚姻伴侣。"

婚姻对她来说，像初秋时的一件针织开衫，有也可以，没有也无妨。算不上锦上添花，也不是雪中送炭，它更像是一种可以尝试感受的生活模式，选择权全在她。

如果是梁博文，她愿意一试。

卢安娜和梁博文没有办婚宴也没有结婚旅行，他们只是在领结婚证的那天，路过地铁站里的自助拍照机留影纪念。两人在狭小的空间里并排半蹲着身体，柔亮的灯光照在他们已然不是青春年华的脸上，也镀了层温柔的光晕。拍摄倒计时的工夫，梁博文伸手揽住了她的肩膀。

那张照片装裱起来，挂在新居通往卧室的走廊上。

照片里，卢安娜轻微地勾起嘴角，她似乎在不动声色地微笑。她眼里有照明光圈投射的亮彩，卢安娜想，起码在那瞬间，她相信爱情。

婚姻对她和梁博文的生活影响并不大，他们偶尔碰面吃个午饭或是晚饭，又是各自匆忙，夜深陆续归家，依旧是在各自的书房。偶尔的同床，对两个本身欲望都显寡淡的中年男女来说，变得负担又鸡肋。

男人过了四十岁，发际线开始上移，对养生茶和钓鱼有了兴趣，手腕戴上值得深究把玩的手串之后，这一半的身心，就主动地清净了。梁博文便是如此。

刚结婚时候买的一盒避孕套，到了一周年结婚纪念日，也未用完。卢安娜的怀孕，的确有些意外。她大概知道是哪次受孕的，毕竟他们同房的次数屈指可数。那次她参加律所的年会归来，饮了不少酒，难得的性致高昂，她强硬地推倒了他，酒气中混杂着怨气，卢安娜也想感受一场激烈的、上瘾的性爱，她不在乎梁博文怎么想，也不在乎他如何回应，她只想疯狂放纵一次。

但并不愉快，草草的收场让卢安娜酒醒了一半，她哑然失笑，只觉一切戏剧般荒唐。

而后，他们心照不宣地再不提那一次，大概就是那次。

卢安娜曾经纠结过要不要把孩子生下来，她清楚一个有她血骨的新生儿对于她的生活、婚姻模式甚至是人生轨迹都是全新的变化。这样的变化，在她的事业见闻中，是软肋是羁绊，很麻烦。

她思索良久，还是决心将孩子留下来。

儿子出生后，梁博文给他取名叫梁遇安。

寓意岁月静好、随遇而安，又寓意是梁博文遇见了安娜。梁遇安，梁遇安，连读起来，唇齿间旖旎成了"良缘"。

梁博文说，这个名字是写给安娜的一封情书。

他甚是沾沾自喜，有心写了篇文章发表在了学校报刊里，记录儿子出生的欣喜和震撼，也详解了名字的寓意，感人肺腑的亲情与爱情跃然纸上，好评如潮。

卢安娜没有看他的文章,她也从不看他写在朋友圈里的那些被各种吹捧的小作文。在她眼里,像梁博文这类以学者文人自居自持的人,所有的真情与实感,都是在纸上瞎编、凭空喊喊罢了。

想来,从孩子出生至今,这位"欣喜与震撼"的父亲来看过他两回,抱他的时间不超过五分钟,也是为了调整光线角度请月嫂帮他拍了几张照片好发布出来。而给卢安娜的,除了公开的"一封情书",也再无片语了。

卢安娜对婚姻从未抱太多期望,但显然,也不该是如此。

她逐渐体会到那种女人天性中的脆弱与无力感,带着些不甘与愤愤。她曾喜欢梁博文那淡然凉薄的特质,他不麻烦不纠缠,而如今,他更像是她重拳击中的一团棉花,没有回应,甚是无奈又可恶。

隔天清早,天还未亮透,卢安娜已经醒了。她到隔壁看了眼孩子,遇安不在他的小小婴儿床里,月嫂正抱着他靠睡在沙发上,他的眉头拧成一团,脸上有几道破皮的血痕——被他自己锋利的指甲抓挠的。

卢安娜轻轻拍醒了月嫂,把遇安小心接了过来,他感到晃动嚶咛了几声,似乎嗅到了妈妈的味道,贴在卢安娜心口的小脸展露出笑容,连眉头也舒展了。他无意识地挥舞着小手,又欲往脸上抓去,卢安娜眼疾手快抓住了他的手,他条件反射似的紧紧回握了她,它们这样小,那小小的五指堪堪抓住她食指的指节。

她无声笑着,抱着他轻晃起来。

今日无事，她可以整天都和遇安待在一起。她忽然意识到，在往后漫长的像今日这样闲散的时光里，都可如是，光想想都如此欣喜期待。

在怀孕之前，她总会在休息日一个人独处，若说享受，更多则是习惯。不知道从什么时候开始，她很难入睡，若是平时繁忙的工作事务让她疲惫不堪倒也正好，休息日则总是辗转到天明。

于是，有时她会一个人去星级的酒店待上一整夜，去行政酒廊喝上一杯威士忌独自看看夜色，做个全身放松的 spa，再回房间泡个雾气氤氲的泡泡澡，而后吃两粒助眠的药片，陷进松软洁净的大床里熟睡一觉。

更多时候，卢安娜会驱车去十公里外的洗浴中心过夜。嬉笑往来的泡澡池或是热气汹涌的桑拿室，她在人群中寻找一处不远不近的距离，茕茕然恰到好处地被人气儿包裹住。稚气未脱的小姑娘们打闹着谈天，聊着暗恋的男孩子和学校里的事；同龄的女生结伴来的，会讲起职场的隐秘八卦或是评论着相亲的对象与家中琐事，年纪再长些的妇女们三五成群，语调高扬夹杂着方言俚语，兴致高涨。

卢安娜便藏在里面，她挺喜欢这种自有分寸的热闹。休闲区域的某间坑洞，在吵闹却不至于聒噪的人声背景里，她席地躺下，放松入睡。说来奇怪，一个人在家总是失眠辗转，这时候却能很快坠入深梦。在这里，升腾的烟火气，让她逐渐消除了那种人世间的割裂感，平淡的不值一提的温情和世故，变得珍奇有趣。

如今，这些消遣方式似乎再也不会有了。

卢安娜不觉可惜，她静静望着怀里的遇安，像望着人间烟火的凝聚。她割裂的人世间，因这个小小软软的孩子拼接起来了。

太阳高升，阳光灿烂，卢安娜心中亦是一片光明。

梁博文什么的，随他去吧。

约莫九点多，月嫂把遇安的婴儿车推到窗边晒太阳，她细心地用小方巾遮住了他的眼睛。餐饮部送来了上午的点心——木瓜雪蛤、虾饺皇以及卢安娜专点的黑咖啡与牛角包。奇奇怪怪的组合，她如常看着诉讼材料慢条斯理地逐样吃着。

梁博文差不多这个时候出现了。他身形颀长，双肩宽阔，脸型方正轮廓分明，粗眉大眼鼻梁英挺，整个人焕发着光彩又内敛沉稳，这两者融洽和谐地并存在他的身上，四十岁正是他的风华年纪。

月嫂见了梁博文，格外热络地迎上去，接过他手里拎着的一堆东西，笑语盈盈地打招呼寒暄。卢安娜有心瞅了一眼，都是些营养品保健品，这些内容是他去看望住院病人以及逢年过节登门拜访亲友的标配。

倒也一视同仁，卢安娜心中暗笑。

看见卢安娜在吃东西没空搭理他，他径直走到窗边，垂头抱臂静静看着儿子，他问月嫂给孩子晒太阳是做什么用处，月嫂耐心地解释多晒太阳对新生儿的好处，诸如促进钙吸收，去宝宝的生理性黄疸一类，他"哦哦"地听着，拿起相机又是一阵猛拍，然后陷坐在沙发里认真打着字。卢安娜不用看也知道，他一定发布了朋友圈，在小作文似的文案里卖弄起刚才问月嫂的新鲜育儿知识以及在不经意间透露出对孩子的喜爱宠溺与对太太的细致照顾。

遇安睡醒了开始大哭，月嫂把他抱起来检查，发现是拉了屁屁，隐约从尿布侧漏出来沾染在小衣服上。她连忙抱着他去婴儿护理室换洗尿布去了。

梁博文看见了茶几上那一沓的楼盘广告，上面细细标注的字迹分外熟悉，他拿起来翻看，随口问起："这是妈拿来的？"

卢安娜也没回头，依旧看着材料，淡淡回答："嗯，她说看中几个楼盘，让我们看一看帮她挑一挑。"

"给我们买的？"梁博文又问，"老太太之前好像提过这个事儿，但博远也在，她没说太多。"

卢安娜顿了顿："那你有空看看吧，有什么建议想法和妈聊聊，你好久没有联系妈了吧。"

梁博文没回答，将广告都收拢回文件夹里说道："晚点我去问问地产的朋友。"

他又坐了会儿把热茶饮尽，月嫂帮遇安换洗好抱了出来，他站起来去逗弄了一会儿，又在房间里溜达了一圈，感叹说："这儿真挺好，回头还得与冯季尧当面表个谢，听说他的新太太也差不多时间生的宝宝。"

卢安娜终于吃完这顿五花八门的早茶，默默收拾着餐桌。她并不打算告诉梁博文,冯先生的那位新太太就住在这里,似乎就住在对面。以他的性子,他很快就会拎着如今日的"拜访标配礼盒"去敲对面的门。

"听说你的讲座论坛结束了,这周学校里还有什么忙的事吗?"卢安娜终于问起了想问的事情。

梁博文细想了下,回答说:"好像没有什么事了。怎么,你有什么安排吗?"

"我这周也没什么事,准备休息了。"卢安娜顿了顿,侧身胳膊肘搭在椅背上扭头望着他,目光灼灼,"这周你便陪我住在这里吧。"

四目相对的微澜里,是两人心知肚明的盘算和试探。

梁博文温浅一笑,欣然回答:"我正有此意。"

他的笑脸像是一朵幽云,卢安娜恍然体会,若不抓住它,它便会飘回天上去。

一封噩梦里的来信

得到了舒知秋的默许,葛云佳这两天频繁到五楼来串门。她往卢安娜的房门瞅几眼驻足听听动静,试图制造几次偶遇未果,便扭身敲响舒知秋的房门。

饶是需要亲自喂养两个格外麻烦的双胞胎,算来一整天睡觉时间加起来也不超过五六个小时,但葛云佳总是神采奕奕地走路带风,没有一点萎靡之气。小小的微信群里,不管是谈论妈妈经还是私房话,葛云佳几乎是二十四小时在线,这让卓芳与林冉明里暗里都羡慕不已,只叹"年轻就是本钱",她们这些大了一轮的老阿姨,唯有望洋兴叹。对葛云佳来说,这个年纪就算没有生养孩子,她大概率也是通宵打游戏、唱KTV、泡酒吧,热烈的青春最奢侈,最王牌的技能便是无须睡觉。

舒知秋比不得葛云佳的精气神,但比起林冉和卓芳来说,也还要好很多,所以面对葛云佳的频频串门,倒也应付得来。其实她挺喜欢葛云佳的,那个女孩青春洋溢的脸庞,她熟悉又陌生,亲近又羡慕。她有些唏嘘,这样大好的人生被画地为牢了,不免心生几分怜惜与照顾。

这天中午吃过饭,葛云佳在微信群里@她问方便上来聊天吗,舒知秋刚应了声好,不到半分钟她就敲起门了。

葛云佳眼睛红肿,一看就是刚哭过,她瞅见舒知秋,嘴巴一撇,满脸的委屈难过。玲姨见了,识趣地叫上月嫂抱着圆圆一同进了房间。

"这是……又和你男朋友吵架了?"舒知秋问。

她听说了不少关于张帆的事,葛云佳也不避讳,总是在群里说起他们目前激烈的争吵和旷日持久的冷战,在舆论阵地充分发挥主场优势,拉帮结派痛骂渣男。

"和他没的吵,我们见也见不到,信息也不发。"葛云佳坐在她对面的单人沙发,冷哼一声,"周一到周五他还有得上课的说辞,周末了也不见人来,他妈妈倒是天天来,还是老生常谈的几句劝,完全变成他的'新闻发言人'了。我才发现,他是个妈宝男!渣男!"

舒知秋为她和自己倒了两杯热茶,静静听着她的絮叨。

"我今天是因为……早上看寝室的群里几个室友聊签到和下载课件的事情,讨论中午去食堂吃什么,吐槽辅导员和舍管阿姨之类的。她们聊得热火朝天的,一上午聊了五六百条信息,我一句话都插不上。那种感觉……很陌生、很失落、很尴尬。当然是我自作自受,我自己选择的,但是静下来一个人去比较的时候,还是忍不住很难过。"

舒知秋贴心地将茶碟递给她,她接过牛饮了一顿,又继续说:"虽然说只是休学一年,但是我想到一年后我回到学校的种种情景,心底就开始发怵。到时候张帆还是我的学长了,而且那个时候我们是不是还在一起……我都不知道。舒姐姐,我有点不想回去上学了……"葛云佳说着说着,语调又开始飘忽悲戚。

她其实还是藏了一半真心没有说,相比难过,她更多是害怕。她对未来感到迷茫无助,不知道未来能依靠谁,张帆是临阵脱逃的败类,他妈妈无非是满嘴画饼的缓兵之计,她的爷爷奶奶年事已高,能管顾好自己已是福气,她的亲生父母……不提也罢,总之谁都靠不住,她自己也靠不住,她深知自己是莽撞的、浅薄的、无用的。而后再想到她两个只会吃喝拉撒的儿子,又是一阵心疼和惭愧。

葛云佳意识到，或许未来，在她的孩子们眼中，她也会一如她的母亲。这更让她感到无力和失望。

舒知秋听着她的一顿絮叨，似乎有些话听进了心里，她垂眸啄了口茶，再望向葛云佳时，已然换了一副认真的模样。

"云佳，现在的情势对你来说的确很被动，但不管如何，书是要读完的，这是你唯一能主动决定的事。张帆是要往前走的，你也得往前走，跟上他的步伐。做坏的打算，张帆靠不住，你要靠自己才是。只有好的学历和好的工作，才能给你和孩子们可靠的生活和可能的未来。千万不能自断羽翼，如我这样丧失高飞的主动权。"舒知秋微不可闻地喟叹了一声，她眉眼间添了几分氤氲水雾，情绪飘忽到隐秘的回忆里。

她诚恳如斯，葛云佳无言质疑。

"这些我都明白，但是就是……我对自己没信心。"葛云佳踌躇着、纠结着，满腹的心事化作一声叹息，知趣地结束了话题，"哎呀，不说这些没意思的了。我上来就是看看你，顺便看看卢律师在不在，她虽然给我留了名片，但我总觉得我的情况一句两句讲不清楚，还是当面问问的好，但是总是碰不到她。"

舒知秋有点惊讶，不禁反问："你找她问些什么？"

葛云佳挠着后脖，话语吞吐："就是想了解一下，未婚生子是不是也受法律保护，如果……退一万步，我和孩子爹分手了、闹掰了，孩子归谁，赡养费什么的……"

她听后愣了会儿，才说起："我也有相熟的律师朋友，若是你需要我可以介绍给你，和他谈谈。"

"谢谢舒姐姐，倒也不着急，我再想想吧，也就是以防万一，但我还是不愿意未来走到那一步的。今天张帆打电话约我晚上聊聊，我姑且先听听这个人闷了一个礼拜能说些什么东西。"葛云佳吐了吐舌头，恢复几分俏皮轻快，"嘿嘿，主要是看到卢律师人间精英的模样，有点好奇，有点想去认识一下。我忽然体会到圈子的重要性了，要不是来了这高档的月子会所，我根本没法认识像舒姐姐、卢律师还有林冉姐姐、卓芳姐姐这样的人。对了，舒姐姐住在卢律师对面，与她相熟吗？"

舒知秋摇了摇头，还没说话，就听见敲门声。葛云佳起身去开了门，门口等着的是舒知秋的会所管家，她也没进来，就探个头温声细语地问："舒女士，大厅里有位您的访客，但是我看了您这边好像没有提前报备登记过今日有访客，我们让访客电话联系您一声，由您告知我们。他只是给了一封信，说在大厅等您。我们蛮少遇到这种情况的，就上来问问您，确认一下。"

说着，管家把信封递了进来，葛云佳帮忙接过，几步小跑转交给舒知秋。

舒知秋只看了一眼，面色骤变，她眼眸里乍现惊雷，随即灰败。她触电似的把信往茶几上一丢，一副见了鬼的样子，沉声说："我不认识，怕是谁报错了房间号冒充访客的，这个东西也拿走，不要放在我这里。"

第 5 章 当个爸爸，很容易　159

葛云佳和管家对望一眼，看她那反应不知道的还以为是一封恐吓信。

嗯？不会真的是一封恐吓信吧。毕竟舒知秋那么漂亮还那么有钱……葛云佳一面把信封拿回递还给管家，一面垂头仔细看了眼，上面字迹扭曲细弱，隐约可见几个字写的是"叶知秋亲启"。

葛云佳有点奇怪，这名字有点像，但又不是，或许是谁认错了。

管家一脸的歉然："抱歉打扰您二位了，我这就下去，让保安再确认一下，要是冒充访客的人我们要赶走备案的。舒女士您好好休息，我先走了。"

门开着的工夫，对面的房间门有了响动，葛云佳心思跟着动了，她也匆匆和舒知秋知会了声，跟着离开了。

房间里只剩下舒知秋了，她坐在沙发上，脑袋里嗡鸣声不绝，"叶知秋"三个字像大山一样压下来。她知道那是谁，如今知道这个名字的，还会这样称呼她的，只有那个人了。她联想起前段时日玲姨说起小区物业的提醒，心中越发沉凉。真的是他，他真的回来了，而且他找到这里来了，就在楼下，就在墙外！

他的消失像噩梦，他的出现更像噩梦。

舒知秋不由自主地打了个寒战，呼出长长的凉气。隔壁房间玲姨和月嫂逗弄宝宝俏皮的语调隔着关掩的门变得瓮声瓮气的，恍惚又不真切。舒知秋站起身来缓缓踱到阳台落地窗边往外望，她的房间能看见月子会所正门前的光景，繁盛梧桐、车马热闹的街道，不远处横亘贯穿林立建筑的支流河道，那些旧时光无法回避地闯进了她的脑海里。

那时候，她还未改成母姓，一切都很平静……

老叶没什么文化，混到初中文凭便去工地干活了，吃苦耐劳十来年，手上攒了一些钱盖了房子，由村里的老人做媒娶了隔壁村的漂亮姑娘。

舒月容在秋分时节为他生了个孩子，老叶的爹一听说是个女孩，气得胡子飞上天，别说上门看望了，电话都懒得打一个。老叶却高兴得很，那皮肤泛着粉红色的柔嫩婴孩抱在怀里，他的心瞬间融化了，快三十岁的男人第一次落泪。他翻了好久的词典，看到"一叶知秋"，便心定了，没有比这个再合适、好听的名字了。

老叶的爹还是想要个孙子，逢年过节偶尔来往也是明里暗里地施压数落。舒月容后来的确又怀过几次胎，不幸都小产了，身子也落下了病根。老叶心疼媳妇，和老爹大吵了几次，放了狠话，来往也渐渐少了。他想得通透，守着老婆闺女过日子就知足了。

叶知秋渐渐长大，十五六岁出落得水灵娇俏，在镇子上都有些名气，她乖巧懂事，学习成绩也很好，舒月容每次去开家长会都传着班主任的原话：这女娃考个大城市的好大学，没的问题。

他在工地干了半辈子，积累了不少经验资历，承包了些项目，喊上村里的邻居亲友们，做上了包工头，年终也能赚个不少钱，日子一天天有声色，老叶颇为得意。日子算不上富贵，但也和美温馨。

那年腊月项目已近尾声，开发商迟迟发不出工钱，几次催款都被搪塞含糊了，老叶手上还有几笔外债等着资金流水，期限也紧张起来。年关将近，工友们渐渐坐不住了，撺掇着老叶带他们去开发商那里要钱。

开发商的两三个负责人和几个主事儿的姿态推诿、言语漠然，大伙你一嘴我一句地互相拱着火、生着势，逐渐从口角骂战变成了肢体冲突。人多势高，冲突越发激烈，场子乱了控不住了。

终究还是出了事。

有个项目负责人被一板砖开了瓢，惨号一声倒地不起，当时就没了气。老叶手里还攥着沾着血的砖头，他怔愣了几秒钟，回过神直接从二楼翻窗跳下，一瘸一拐地逃了。

他连面都没有跟妻女见上一回，一句交代也没有留下，就这样音讯全无，任谁也找不到了。

对舒月容和叶知秋来说，一夕之间便变了天。一个杀了人的逃犯的妻女，亲戚街坊们讳莫如深避得远远的，曾经的旧友兔死狗烹，工地上的人接连上门来讨债找麻烦。

舒月容一个人撑住了这个家，家底都拿出来堵外债的口子，于是她白天为街口的小旅馆洗东西，深夜里去镇上的澡堂擦澡池，还债赔钱勉强糊口。那时知秋十七岁，正在备战下一年的高考，她的记忆里，九九的寒天，母亲套着薄袄坐在院子里，一双手冻得通红冒着烟气，她面前的水盆里是堆叠成山的衣物，身后晾起一排又一排的白色被套床单，在寒风里垂尾飘扬，如几重无法翻越的雪山。

深夜晚自修后从学校归家，途中经过刚刚打烊的澡堂，前台发牌处已经没了人，深处隐约有灯光声响，她偷偷走进澡堂里去看，身形纤瘦单薄的母亲戴着袖套跪趴在偌大的澡池边卖力认真地擦着台阶边的污垢，她绾起的发中有几缕散落，贴在鬓角的薄汗里，在带着轻鸣声的老旧灯管日光下反着光，刺进叶知秋的眼睛里。

她再也待不下去，偷偷地跑出来，蹲在寒风凛冽的街边无声地大哭。她不理解，为什么会变成今天这样。

孤儿寡母的日子比想象中还要难过些，深夜仍在澡堂做工的"半老徐娘"和清秀漂亮的花季女儿，小地方的乡里街坊说话有多难听、多龌龊，多少故意刁难和欺侮，她们都撑住了，就等着那个男人回来或者捎句话回来。等了一年，这一年怕错过消息不敢搬家，托各种人各种方法打听，都没有一点消息。

知秋想，不如权当他死在了哪里罢了，这样反而轻快。

舒月容的身体终于累出了问题。

知秋高考前夜，舒月容在澡堂干活时失去意识摔了一跤就再没站起来。知秋等到很晚都没等到她归家，惴惴不安出门去找，舒月容的额头磕在浴池的边角破了个洞，鲜血流进浴池，随水波散开荡漾，半池殷红，观感十分可怕。

好在发现抢救及时，她在医院躺了两天终于醒转，知秋整日整夜守在她的床边，缺席了高考。

　　检查报告出来，舒月容罹患了癌症。胰腺癌，这种癌起病隐匿，或曾有过消化不良、腹泻、腰背酸痛的征兆，但舒月容一直都有胃病，又以为是整日弓身洗衣清洁落下的毛病，分毫没有往癌症上靠过。她想她们娘俩的命已经够苦了，不至于再屋漏偏逢连夜雨吧。而世事如此冷酷无情，又是一座大山，照顶压下，再没有喘息的机会。

　　为了给舒月容治病，知秋不再去想复读上大学的事了，她软磨硬泡地劝着母亲把镇上的房子卖了，带着所有家当坐上了长途汽车离开这个是非之地。她们在看病的医院附近的小弄堂里租了一间十来平方米的旧屋短暂落脚。知秋清早去送牛奶，而后陪母亲去放化疗，下午在医院边上的便利店里当收银员，傍晚去餐馆做服务员。餐馆老板娘知道她的事情，可怜她一个十八九岁的姑娘命运多舛如斯，总是让她多带些饭菜回去给母亲吃。

　　就这样熬了一年，舒月容在极度的病痛折磨中走了。

　　只留下知秋一个人。

　　料理母亲后事的时候，知秋从她的遗物里找到一封老家表舅寄来的信，信封里有一封信，寄件方是当地派出所。

　　老叶已经在外地被抓住了，带回老家判了过失杀人，正入狱服刑。这封信于母亲去世前一个月收到，那时候母亲病情恶化，肿瘤转移已然到无法控制的阶段。知秋忽然想起，就是那段时间，有好几次母亲会趁她不在时，借故离开医院长短几个小时。

她找到了母亲钱夹里的名片,是间小事务所里的律师,姓詹。知秋联系了他,去了他的律所长谈了一次。她这才知道,母亲生前忍受着五脏的剧痛,还在为那个男人奔波打听,想着有什么法子能让他早点出来,想着自己身后如何让他们父女相聚相依。

无由、不解、恼怒、憎恨,权当他死了吧。

知秋改了母亲的姓,二十岁的叶知秋和母亲一起葬在城郊的墓园,二十岁的舒知秋今后要在这个繁华割裂的城市里茕茕然地努力活下去。

而如今,二十五岁的舒知秋,预感到她的月子里,沉闷的乌云已然飘至头顶,暴雨与惊雷随时落下。

这边葛云佳从舒知秋的房间出来,就把耳朵甩到脑袋后面听着走廊里的动静,听见对侧的房门开了,她的步子更慢。身后的脚步声渐近,她佯装漫不经心扭头看,准备露出一个惊讶的神色顺水推舟打个招呼。

葛云佳见到来人,脸上的惊讶倒也不用演了。这个身材高大、斯文儒雅的中年男人让她晃了神。

"咦……你是?"葛云佳很快反应过来,"卢律师的老公吗?"

梁博文不假思索颔首应声,他面对这样一个陌生女孩的问候有些后知后觉的怔愣,这才打量起葛云佳,她高高的个子穿着会所里宽大的月子服,显得有些壮实,眉眼神态还是青涩稚嫩的。

"你真帅呀,像韩剧里的阿加西。和卢律师好般配。"葛云佳如是说,跟着梁博文缓慢的步子一起往电梯间走。

"阿加西?"梁博文不禁重复了一遍。

葛云佳吐了吐舌头:"哈哈,就是'大叔'的意思,就是那种偶像剧里成熟稳重、多金深情的男主角,很大势哦。"

她的用词意思倒是大致理解,但的确有些陌生新奇。

梁博文瞅着这个小姑娘,问道:"你也住在这里?是安娜的邻居吗?"

"啊!还没自我介绍,我叫葛云佳,我住在二楼,我到五〇三号舒姐姐那里聊天。"葛云佳才想起来搭讪的目的,开口问,"请问卢律师在吗?"

"她不在,她身体有些不舒服,去医院检查了。我正准备送些东西过去。"说话间两人已经走到了电梯厅,梁博文并未按电梯,驻足认真回答,"你找她有事吗,我可以代为转达。"

"啊,这样。我就是问候一下,没有什么大事。那您赶紧的。"葛云佳看了眼电梯楼层显示,赶忙帮他摁了电梯。

电梯间隐约传来锁链的声响,电梯厢正在上来。梁博文看了她一眼,好奇地问:"你也是生了宝宝在这里坐月子的吗?有点冒昧,但是你看起来很小。"

葛云佳略微不好意思地拨了拨刘海,语调温暾:"对,我刚二十岁,还在念书,现在休学中。"

葛云佳倒也坦荡。

电梯门开了,两人前后进了电梯,梁博文顺势站在按键边,摁了一层的按键,偏头问她:"去二楼吗?"

"嗯。"葛云佳回答。

梁博文帮她摁了电梯。

"你这么年轻就生孩子，很有勇气，你老公应该很感激你。"闭塞的空间里，梁博文又继续了之前的话题。

葛云佳鼻腔喷着气，说："他才没呢，他觉得是负担，耽误他出国留学了，我们正置气呢。而且他不算是我老公，我们还没有领证，所以我想问问卢律师来着……"

梁博文了然，不再追问。四楼三楼都有人进出，等待的间隙他看了眼手机，卢安娜发了条信息，说已经检查完了，正准备从医院回来，知会他不用再赶过去送东西了。

梁博文又朝葛云佳望了一眼，思忖了半秒很快问："你现在有时间吗？安娜说她在回来的路上了，你若不介意可以和我去大堂咖啡厅坐着等等她。其实我和安娜算半个同行，甚至某些领域我比她还要精深一些，你若是有问题问我也可以。"

葛云佳眼眸亮起来，二楼门开时她伸出手指连按了几回关门，笑着点头。卢安娜看着冷面寡言，老公却是难得的热心亲和，她暗暗评价。

他们在咖啡厅找了个角落坐下，梁博文体贴地去柜台点些饮料零嘴。等他的光景里，葛云佳注意到不远处的前台附近，前脚从五楼下来的舒知秋的管家和两个保安正和一个穿着浅棕色夹克、头发半白的老头说话。那人背对着她，看不清长相，身形佝偻干瘦，他双手凌空比画像是在解释什么。

保安满脸不耐烦皱着眉头挥手,像是在赶人。那老头也不再逗留,一瘸一拐的身影消失在大门口两株高耸的迎宾树后了。

葛云佳联想起舒知秋那儿的访客,有些奇怪的预感。

第 6 章 她们的战场

卓芳的满月聚会

卓芳的儿子豪豪在医院待了一个礼拜，终于赶在他满月的前一天痊愈出院了。卓芳的隔离也随着豪豪的归来解封了。

她和月子会所签的入住合同是四个礼拜，眨眼也到了回家的日子，明天一早就要离开了。趁着会所给宝宝策划置办满月派对的机会，卓芳请了林冉、葛云佳还有舒知秋一起参加，算作相识同住一场的小聚和告别。

对于会所来说，像这样的派对一个月大概能有十来次，已经有固定的模式流程了。布置的道具都是些常青的物件，根据宝宝的性别做些调整，而后按着客户和宝宝的名字打印海报张贴出来便可。装饰着好看的桌花的冷餐长桌摆在正中间，桌上铺陈摆满鲜切的果盘和冷餐饮品，两层的大蛋糕上写着宝宝的名字，周围飘着些颜色缤纷的氮气气球，氛围便烘托出来了。合作的摄影工作室端着长镜头随时抓拍，即时出片，有意的客户还能把日后百天照或周岁照的单子敲定。

派对的场地就在二楼的活动室,葛云佳出门左拐走几步就到了,所以她到得最早,工作人员还在忙着布置收尾,月嫂抱着穿着红色包屁衣的豪豪,卓芳的老公在一旁逗弄着,卓芳站在边上附和着参与,豪豪两条肉嘟嘟藕节似的腿腾空蹬着像在跳舞,惹得众人笑声连连、其乐融融。葛云佳去打了招呼,卓芳抬眼瞅见她,亲亲热热迎上来握住了她的手一阵嘘寒问暖。

"怎么不见你家婆婆和闺女?"葛云佳左顾右盼地问。

"婆婆啊,寺庙里烧香去了还没回来。她说豪豪能痊愈都是她天天在家诵经求菩萨保佑的结果,去还愿了。大宝上学呢呀,住宿生要批条才能出来。她也不愿意跟老师说这个事儿,哎呀,算了随她吧。"卓芳回答。

葛云佳耸耸肩,她们这些坐月子的人,日子已经过昏了,早就忘了是工作日还是周末了。

"哎,你昨天不是说晚上张帆要跟你聊聊吗,聊得咋样?"卓芳拉着葛云佳到窗边站着,私语起来。

她噘起嘴,一脸的淡然:"也没说什么,就是道歉哄了我几句,然后说这个周末我能不能出来一天,他想和我逛街吃个饭约会啥的。"

"哎呀这多好啊,你们冷战了一个多礼拜也该和好啦。小夫妻和和美美过日子多好呀。"卓芳拍着葛云佳的手背,又是欣慰又是鼓励,"到时候好好约会,好好聊聊,平心静气的啊,可不能端着。小男生心气儿高、脾气傲，服软不容易，给了台阶就赶紧下来……"

葛云佳心不在焉听着，面上绷着劲儿，但眼底终究是带着笑意的。

说话间林冉和舒知秋一起来了，四个人倒是第一次面对面围在一块说话聊天，卓芳格外高兴，眼睛就没离开过舒知秋的脸蛋，啧啧有声。

管家看人都来了，走过来问卓芳是不是可以拍合照切蛋糕了。管家心里算着时间，再过一个小时又有一家要用场地办满月，她有个重要任务就是督促这场派对尽快完成不要拖延。

卓芳还没回答，敞开的大门又出现了两个人。

卓芳看着来人眼生，倒是葛云佳分外热情地挥手打招呼，甚至一路小跑了去。

"哎？是那次停电的时候的女律师吗？"卓芳终于想起来，"旁边那个是？她老公？"

舒知秋不置可否地点头，她沉静地望着葛云佳的背影。

前几天葛云佳与梁博文攀谈上了后，与之后归来的卢安娜三人在大堂咖啡厅聊了不少。卢安娜虽然看着面冷，还是给了葛云佳不少建议和对策的。梁博文则因为葛云佳的个案，忽然有了新论文的方向和角度，对她的故事格外上心有兴趣，又是健谈温润的性子，一来二去就熟络了，甚至打着包票有任何事情都可以咨询他，他随时跟进沟通。

这会儿是梁博文陪同卢安娜从会所的医疗部回来，穿过二楼的连廊路过，正巧看到了葛云佳，便驻足打个招呼。

葛云佳兴冲冲地跟二人解释着这里的活动，梁博文的目光下意识越过她的肩头往里仔细看。

他一眼便看到了舒知秋。

毕竟她只要在人群中，必定是第一眼被人看见的那个人。

梁博文目光停滞，微微侧头与卢安娜低语了几句。显然，他认出了舒知秋。他又与葛云佳说了些什么，葛云佳下意识回头望过来，不知是在看卓芳还是在看其他人。而后葛云佳便带着梁博文一起走过来，卢安娜跟在后面，神色清冷，也无不悦。

舒知秋一直默默关注着，那边的状况尽收眼底，她暗叹口气。

"卓芳姐姐，这是卢律师和她的老公梁教授，是我新认识的朋友，特别热心善良。他们说也想来观礼豪豪的满月派对，送个祝福。不知道你介意不介意。"葛云佳与卓芳说道。

卓芳听着这两个人的称谓，略显意外，怔愣了一瞬赶紧点头应了："当然，欢迎欢迎，这是我们的荣幸。"

卓芳的局促短暂又快速地消散了，她依旧是社交牛人属性，顺势就和卢安娜搭上话，开始称赞她那夜"神兵天降"还给大家一片光明。

梁博文几步走到舒知秋和林冉跟前，温雅笑着问好："冯太太，好巧。月初听季尧兄喜得千金，还没来得及登门恭喜你们，没想到就在这里碰见你。"

舒知秋语气平缓:"梁先生,好久不见。"

她的寒暄戛然而止,比常理中短小冷淡了不少,但在听客耳中,却又体会不到更多的东西。

林冉眼珠往左转转看看梁博文,往右转转看看舒知秋,下意识屏住呼吸,眼观鼻鼻观心地极力降低存在感。

"冯先生也在吗?你们住在哪间房?晚些时候我来看看你们。"梁博文问。

"他还在外地出差,月底回来。"舒知秋又补了句,"您的心意我心领了,等先生回来再与您联系吧。"

梁博文因舒知秋的前半句微感诧异,他面上的几分奇怪很快消失了,笑着点头。

气氛有种说不上来的微妙,林冉直觉这两个人有些渊源。

那边卓芳已经牵着葛云佳请着卢安娜往豪豪的婴儿车过去了,林冉打着圆场,也挽起舒知秋纤细的胳膊笑说:"走吧,咱们带这位……梁教授去看看豪豪,一起吃蛋糕吧。"

之后卓芳发了一张照片到群里。

照片里卓芳抱着戴着歪斜的小帽子的豪豪站在中间,林冉与舒知秋站在左侧,葛云佳和卢安娜站在右侧,几个人的目光不约而同地都落在豪豪身上。彼时豪豪正紧闭着眼打着哈欠,一副累极了的样子。她们均是在笑,林冉摸着他的小手笑语盈盈说着什么;舒知秋浅淡的笑容像雨后初生的幽云温柔安静;葛云佳拍着手仰头咧嘴大笑,她表情幅度过大,堪堪挤出了双层下巴;就连卢安娜的脸上都浮动着浅淡的笑痕。

那画面温馨和谐至极。

在这个时刻,不管模样、身份、性格,她们何其相似,她们都是母亲。

卓芳问:要不要把卢安娜律师也拉进群里来?

林冉刚刚把照片放大仔细看了保存好,输入框里"卢律师不一定愿意吧"还没来得及发送出去,葛云佳已经把卢安娜拉了进来。

没喊安可,婆婆也返场

新生儿喝奶频繁,基本上一天要喝八到十次,几乎是每两个小时就要喂一次,从晚晚出生到现在,林冉还不曾睡过一个超过两个小时的觉。她这个时候有点羡慕那些不母乳喂养的妈妈们,起码能睡个长觉,但想想晚晚,又放弃了这个念头。

午后吃完饭,林冉喂好奶等晚晚睡觉后,也麻溜地回卧室补觉去了。没睡下多久,昏昏沉沉的,听见嘈杂凌乱的声音,尖锐高扬的语调陌生又熟悉,林冉睁开眼,那聒噪的声响依旧在。

心情瞬间躁郁,林冉翻身坐起,也未下床,盘腿坐在床上又细细听了半天,房门外那人拉着长长的音调哄着孩子,她的嬉笑声促狭刺耳，真切又贴近。林冉缓了好一阵，确定自己不是在做梦：钟母来了。

她给钟明辉发了信息："你妈来了的事情你怎么没跟我说？"

很快就收到了回复："我妈来了？我没听她说起过。我今晚尽量早点回来。"

林冉翻了个白眼，她盯着卧室的门发了好久的呆，犹豫着要不要出来打招呼，直到听到晚晚娇嫩细弱的哭声，终究还是接受现实，穿鞋推门走了出来。

"妈，您怎么来了？"林冉看到风尘仆仆的钟母佯装惊讶地问，赵阿姨顺势从钟母怀里把晚晚抱了过来查看，轻声解释着宝宝困了在睡觉，把她带到房间里去睡觉。

客厅只剩下钟母和林冉。

"哎呀，冉冉你不知道，上个礼拜我跟你爸从电视上看到明辉的新闻，吓死了。我们担心得不行，我几天没睡好，想着来看看明辉。"钟母如是说。

林冉敷衍地劝慰："他没啥事。这见义勇为呢，是好事，别担心。"

"是啊，冉冉你不知道，我们镇子上都炸开锅了，都夸我们家明辉厉害。县里的领导还跑到我们家里来慰问送礼来着，我们两个没啥本事的老百姓啥时候有过这种待遇。"钟母顿了顿，"明辉这孩子也是的，一直这个脾气，什么委屈辛苦的从来不跟家里说，我要不是看到新闻都不知道……电视里他瘦了好多，实在辛

第 6 章 她们的战场　175

苦。我就寻思着来帮你照顾照顾我大孙女，让明辉好好休息。"

林冉闻言闷不吭声，这话到她耳朵里多了几层意思。她腹诽起来，倒是挺心疼儿子，不知道的以为钟明辉亲自怀孕生了个孩子天天抱着喂奶呢。

她忍住没回嘴，还是去为钟母倒了杯热水，恭顺地端到她手里，温声说道："那妈你先好好休息，这赶路也辛苦的，晚上钟明辉回来再聊。"

说完，林冉回房去查看晚晚，晚晚已经睡着了，她双手握拳举在头顶，睡相滑稽可爱。林冉忍俊不禁，和赵阿姨交代了几声，主要意思是她们娘俩准备休息了，若是钟母要进来还请拦住她。

赵阿姨心领神会，出了卧室顺手把房门关严实了。

林冉把晚晚的婴儿床拉到床边，和衣躺下继续补觉，她鼻尖流荡着晚晚的奶香，很快入梦。

钟明辉的确提早回来了，林冉傍晚时分喂好奶抱着晚晚出房间的时候，他们娘俩已经坐在沙发上低声聊很久了，见林冉出来，下意识噤了声。林冉把晚晚递给了赵阿姨查看，感到喉咙干痛连饮了一杯水。

餐桌上还放着下午送来的茶点，这时已经凉透，钟明辉嘘寒问暖地问："冉冉饿了没，我去给你热热点心，你先吃几口垫垫肚子。"

说罢，他端起餐盘便出了门，脚步轻快，带着点遁逃的意思。

这让林冉产生几分怀疑和警惕。

果然钟母也跟着站起身迎上来，亲亲热热地说："冉冉，咱们说说话。"

她们在餐桌对面坐下，钟母开门见山说道："冉冉啊，我刚才还和明辉说着呢，你们平时工作忙顾不上家里，宝宝还小又离不开人，我打算留下帮你们照顾孩子，还能帮你们做做饭、收拾收拾家里，这样你们好好工作、好好养身体，过两年才能给我们再抱个孙子。"

林冉愣了愣，她下意识屏蔽了钟母最后一句话，反问："爸身体不是还没康复，还需要人照顾吗？"

"我们已经和明辉他大姑、二姑商量过了，就由她们轮流照顾帮衬段时间，她们很支持我来帮你们带孩子的。"钟母回答。

林冉踌躇地没有马上答应，钟明辉端着餐盘回来了，林冉飞快地瞥了他一眼，钟明辉恍若未闻，顺势帮腔："冉冉之前还一直焦虑带孩子的事情，这样的话冉冉就省心省力多了，可以好好工作了。"

"但是咱们家那么小，怕是不够住。"林冉想了想，如是说。

钟母摆摆手："哎呀，你们小房间那个沙发床就可以，我来照顾孙女，不是奔着享福来的，有个地儿睡就行啦，没关系的。"

林冉思忖着还有什么"但是"的借口来婉拒，然而她很快意识到在她睡觉的时间里眼前这对母子早已统一了战线，这会儿只是先斩后奏通知她一声。

第 6 章 她们的战场　　177

或者……早在钟母来之前,他们就已经商量好了。

见林冉没说话,钟母便当她默许了,笑起来:"既然这样,我就先在这住下来,看看月嫂平时是怎么照顾宝宝的。现在的孩子精贵着呢,和我们当年可不一样,我得好好学学。"

钟母话说到这个地步,极尽的热忱贴心,若再有质疑反对,就是"违逆不孝"的不懂事了。这场突击中林冉没有丝毫准备,当下也实在说不出回转的话来,她吃了一记闷拳,心底泛起一阵恶寒,冷眼斜目钟明辉。

钟明辉回避了她的视线,和钟母继续商量起来:"妈你住在这儿的话,没地儿睡呀。"

"我可以和冉冉睡呀,明辉你要不睡客厅的沙发,哎呀那也休息不好,也没你啥事儿,你干脆回家睡觉去呗。"钟母说。

她这么一说,林冉眉毛跟着挑了起来,她和钟母本来相处就多少还有些芥蒂,让她们同床而眠简直要命。她心里连环狂骂:什么叫没钟明辉什么事,敢情钟明辉不是孩子父亲不需要照顾孩子?

钟明辉看林冉脸色不好,心知她意见很大,连忙打圆场:"冉冉晚上还要喂好几次奶,妈你们一起睡的话,互相影响谁也休息不好。不如你夜里就回家里休息,白天来陪陪冉冉和宝宝,你看成吗?"

他言语里是问钟母的,眼神却望着林冉,等着她点头。林冉冷眼抱臂,一声不吭地看着他们演戏。

钟母想了想，妥协似的点头答应了："也好，你们咋说我就咋办。"

这夜，钟明辉睡在沙发上。

不管怎样，我都记得她

隔天一早卓芳拎着个大袋子来串门，钟母已经在沙发上坐着刷手机了。卓芳头一次和她打照面，看着钟母年纪比自己大不了几岁，一声"伯母"实在喊不出口。林冉刚喂好奶抱着晚晚从里间走出来，卓芳便凑上去亲热地说："我中午就要回家啦，刚才收拾行李理出好多还没用过的东西，也不想再搬回去了，想着你们挑拣一些能用的留着。"

林冉往她的大袋子里瞧着，诸如尿片的试用小包装、产褥垫防溢乳垫之类。

卓芳翻出几件粉色白色带着碎花图案的连体小衣服递过来，说着："这些只有你拿着，当初大肚子的时候买了不少小衣服，我们家的胖儿子生下来，不用比画就知道穿不上了。都是全棉无骨的，送给晚晚穿，小妹妹穿这些小花小动物的好看。"

林冉也不推托，大大方方道谢收了起来。她听卓芳碎碎念着还要去二楼葛云佳那里转一圈，心念跟着动了。她深深看着卓芳，卓芳读懂了她"快带我走"的暗号，笑说："你跟我一起去看看佳佳吧，也不知道他们小两口和好了没。"

她们一起走出房间往电梯间走，林冉像重获新生似的大口呼着气，卓芳细声与她咬着耳朵："你婆婆怎么来啦？这次准备待多久呀。"

林冉无奈扶额："我要是知道就不会这么抑郁了。"

"嗨呀，老人愿意来带孩子是好事，你不也轻松一些。"卓芳轻拍着她的肩膀劝慰，"我们家那婆子要是当年但凡愿意搭把手，我倒是愿意真真心心地给她养老。"

林冉欲言又止，肚子里憋着不少的话，最终化作一声叹气。这会儿，她开始有些舍不得这个能说上几句体己话的邻居了。

刚到葛云佳的门口，就听见此起彼伏的哭声了。卓芳敲门的声音淹没在其中，敲了很久之后才等到应门。葛云佳蓬头垢面地探脑袋出来，见是楼上这两位姐姐，眼神焕发出光彩，连请她们进来坐。

卓芳向葛云佳展示着一包东西的空当，林冉在狭小的客厅转了转，月嫂坐在两个小床中间，两个小子你哭一声我号一嗓，月嫂只能左右轮流哄着，她的发梢眉尾都透着掩饰不住的疲累之感。

林冉帮着分身乏术的月嫂给宝宝们换着尿布，跟着唏嘘感慨，两个孩子的辛劳指数大概不是一个孩子的两倍计算，而是用平方计算。

葛云佳欣欣然收下卓芳的东西，嘴里直念叨："卓姐姐就要回家了，感觉我们会有些寂寞。"

"不是还有微信群嘛,我们还能随时聊天交流妈妈经呢。"卓芳眨眨眼,"你昨晚和张帆聊得怎么样。"

葛云佳回道:"还是蛮心平气和的,他说自己想了想是自己做事说话太过分了,又说这段时间对我的关心不够。我们约好今天下午他从学校过来带我一起出门玩,重温一下热恋时光。"

"这多好呀。"卓芳甚是欣喜。

葛云佳伸着脖子望着孩子们,林冉和月嫂还在忙活着,她叹口气:"好个啥啊,张帆那是站着说话不腰疼,他根本不知道我们家两个宝宝一个人根本照顾不过来。我有时候离开个一两个小时听听课程溜达溜达还行,太久了月嫂阿姨一个人要哭死的。"

她家的月嫂阿姨哭得还少吗。

卓芳洋洋自得笑起来:"佳佳,这事儿你不用担心。我家的阿姨后面档期空了半个月,我昨晚就和月嫂还有会所里的负责人一同商量了,让她接上你这半个月的单。她们空当的时候是没有收入的,她很乐意来的,今天下午她就能上岗了,这样你就有两个阿姨帮你照顾宝宝们,要是还不放心,再喊上张帆他妈来搭把手。"

葛云佳消化了半天,支支吾吾:"但是我们这个支出已经……"

"哎呀,这个你不用管。没有多少钱的,权当我送给你,不是,送给我两个小外甥的小心意。"卓芳眨眨眼,"佳佳你只要好好休息,把身体和心情养好。明年你还是青春靓丽的大学生,咱得把书好好念完。"

葛云佳眼眶蓄着泪,忍了半天终是没忍住,她抱着卓芳哇哇大哭起来,比孩子们的声音还要响亮。

林冉在边上看着,鼻子也跟着发酸。从最初认识卓芳,她的确多少带着些傲慢与偏见,觉得她年纪大有代沟,市井八卦,又不会看人眼色,实属社交牛逼症,而如今再看,原来卓芳是那种什么都看在眼里心里却选择善良的人。她前半生任劳任怨地生活工作,包容着夫家的怠慢轻薄,认真抚养教育出优秀的女儿,她看得出葛云佳嬉皮笑脸下藏着的委屈和辛苦,萍水相逢而已,她却愿意雪中送炭。

林冉自愧不如。

卓芳和林冉没待多久,卓芳还赶着时间收拾东西,林冉看起来心事重重的样子,畅谈的兴致也不高。她们离开后,葛云佳进卫生间洗漱,等孩子们都睡了,她终于有闲碎时间收拾收拾自己了。她望着镜子里自己红肿的眼睛、蓬乱打结的头发,恍惚想起和张帆的约会。

她不免感到一阵心虚和焦灼。

她也曾是纤腰细柳的身段,高三毕业的暑假还因为高挑的身材和青春的脸庞被选做模特,拍过一次当地月刊杂志的封面,那也就是两年前的事情。

如今她的身材似膨胀起来的气球,别说曲线了,浑身都是外扩的曲线。她默默撩开上衣看着肚子,生过双胞胎的肚皮虽然已经卸货，但还是隆起如四五个月的身孕。还未生产前，葛云佳还能自我安慰这肚子里揣着加起来十来斤的小东西们，现在卸货了，留下的只剩下自己的肥肉了。暗沉的妊娠纹像西瓜皮上的花纹，它们随着葛云佳粗重的呼吸起伏着，像是活的，着实吓人。

她凑近镜子细细查看自己的脸，皮肤暗沉发黄，T区毛孔又粗又大，额头下巴都是红肿的闷痘。她的确有很长一段时间没有好好审视自己了，这下心惊肉跳，不免想到张帆前后的态度变化。

关于和张帆的争吵，葛云佳只是嘴硬罢了，她心底一直期待着张帆能主动低头，起码给个台阶，那她也愿意走下来冷静理智地好好沟通矛盾。等了这么多天终于等到了今天这个机会，她心知要好好抓住。但现在，葛云佳有点讨厌自己的这副皮囊。

葛云佳想到了舒知秋齐全的美妆箱，马上在群里发了信息，问能不能晚些时候借用她这个美妆师，舒知秋很快回了信息说自己今天有事外出不知何时回来，不过可以让玲姨把她的箱子送下来。

葛云佳走到卧室打开衣柜，她带来月子会所的衣服寥寥几件，也都是宽松的卫衣、孕妇裤一类。她想了想认识的那些姐姐，无奈耸耸肩，她们的码数一眼明了，这件事儿可没人能帮她。她不甘心地翻找着塞在下层的行李箱，皇天不负有心人，被她找到了条宝蓝色的连衣裙。

她把它展开来，在身上比画了下，效果还不错。她依稀记得这是刚怀孕那阵她在老家的外贸市场买的最大码，想着开学之后

第6章 她们的战场　183

遮遮肚子，但在学校里却没穿几次，一直放在行李箱的底层也没拿出来过，这下，葛云佳感受到了懒惰的"福报"。

开箱验取石榴裙。

葛云佳蓦地想到这句话，虽不太贴切，却足够自嘲了。

午后葛云佳穿着这条宝蓝色的长裙去大堂送卓芳，她正抱着宝宝等着家里的车开到门口，见了葛云佳，眼前一亮，惊喜地称赞："佳佳穿着裙子真好看，小姑娘就该这样打扮嘛。等身体恢复了再减点肉，真是迷煞了人。"

她听着恭维心里松快不少，也说不出什么话来，闷闷站在卓芳跟前，低头逗弄着正在酣睡的豪豪。

"妹子，等你出月子了，咱们还能见面呢。到时候喊上林冉，喊上五楼的舒知秋，说不定你还能喊上那个大律师，我们江湖再见，好好聚聚。"卓芳看出了她的不舍得，如是说。

葛云佳点头，鼻音浓重："卓姐姐，谢谢你，你对我的照顾我都记在心里，咱们以后再见。"

卓芳只是温柔地笑："我说心里话，我是又心疼你又羡慕你，心疼你小小年纪要承担太多，又羡慕你还有无限为自己的可能。妹子，你好好生活，好好照顾自己，如果可以的话……多和你妈妈说说心里话。"

最后一句戳进葛云佳的心里，她怔愣分神的工夫，卓芳已经往门口停下来的轿车走去，她嘴唇张合似乎还在说什么，话语淹没在熙攘的人声中听不真切。

那已经不重要了。卓芳说了她最想说的话，葛云佳听进了心里。

卓芳总是能给她这样戳心的只言片语。

她想起卓芳隔离前她们两个在产后私房课上相遇时的那场聊天，与其说是课程，更像是圆桌交流会。话题围绕着女性生产前后的身体细节变化，又难免涉及夫妻房事的私密。新晋妈妈们终究还没有那么迅速适应角色转变，公开谈及这些话题，还是羞赧的。

卓芳是少数津津而谈的，顺带大吐那些生育十年后才渐渐明显的后遗症的苦水，诸如打个喷嚏就漏尿、私处干涩疼痛等等，一同听课的宝妈们认同又自危，但没人敢开口跟着附和。

葛云佳也听着一愣一愣的，活动的尾声大家各自吃喝聊天，她和卓芳咬着耳朵，问她，既然已经那样深刻感受到生孩子带来的糟心又绵长的苦痛，为什么四十多岁了还冒着"高龄产妇"的危险生孩子。生儿子，就那么重要吗？

卓芳的回答让葛云佳倍感意外，她说："我的老娘已经七十岁了，她老了，脑子也糊涂了，很多事情都不记得了，但是我还记得，她年轻时候的脸，她的笑容，她说了什么话做了什么事，很微小的动作表情、很平常的事情，我都记得很清楚。我都四十多岁了，每次受了委屈掉眼泪的时候还是会想起很小的时候我在山坡上摔了一跤，我老娘一边背着我下山一边哼着的曲子，记得她那天感冒了，鼻音很重，但她这个怪脾气就是不爱去医院看病，于是又想起她对青霉素过敏……我这辈子也没啥出息没啥本事，也没什么存在感，就想着，能被人这样记得多好啊。等我老了自己都不记得事了，或者等我没了，还有人会记得我，记得我年轻的样子，在某些时刻看到某些东西的时候，忽然就想起了我。这种感觉真好……"

葛云佳想到了年幼时妈妈的模样，见面时她总是哭，泪雨涟涟时鼻子红通通的，她总爱穿一条蓝白格子的翻领连衣裙，她的方头高跟鞋上有漂亮的浅白色花纹。原来，她都记得呢。

如今卓芳这么一提，像海浪扑到她礁石般的心尖，飞溅起白色的、带着咸味的浪花。

几分钟之前，她收到了芊芊的消息，发给了她交换生名单的官方通知。她忽然改变主意了，她不再期待和张帆约会了，她预见那无非就是拿着通牒落下的温柔一刀。

她想去……海边，那里有座灯塔。

暴雨前的黑云压城

如果舒知秋知道葛云佳这些心思和之后的大计划，她可能会后悔今天外出，认为应该留在会所，拎着美妆箱给葛云佳画一个美美的妆容，等着张帆和她的约会的。

中午那会儿，舒知秋和会所报备了一声要外出，与玲姨打了招呼只说要去给母亲扫扫墓,她未与司机小金联系,出门独自打车直接回了家。

舒知秋和冯季尧的家在这块地产的楼王顶层,二十八楼附带二十九楼的阁楼与超大露台,客厅与卧室的落地窗外便可观赏黄浦江的景致。

清晨这里最先感知到这个城市的晨曦与阴郁,远江而来的货轮的汽鸣声隐约又真切,似叹息似战鼓。华灯初上时,建筑群的霓虹灯亮起,窗外如油画般漂亮珍稀。

这是舒知秋年幼时从未想象过的光景。

结婚这两年,大多一人的漫漫长夜,她便点根烟在露台坐上好长时间,认真观景,时间久了,那些建筑什么名字什么故事,有几层楼几扇窗她都烂熟于心。

舒知秋在玄关处换了鞋,在家中慢慢走着,到处看着。她已有半个月未回家,玲姨会每个礼拜回来一天打扫,家中干净整洁,并无异样。她走去主卧,浅灰色的真丝床品平整无褶皱,她绕到了床头柜,打开了最下一层的抽屉,避孕套的盒子整齐地放着,她仍打开看了眼。而后她拐到洗卫间,镜面后的储物柜里摆着她和冯季尧的洗漱用具,再无其他。接着她去了衣帽间,在她的衣柜中茫然地翻寻了一阵,最后她仔仔细细看了她的包格,香奈儿的包包一件不少一件不多。

她心中的猜疑没有落成现实,让她长舒口气。

舒知秋看了眼手表,心想快到时间了。

她在客厅的沙发坐下，望着客厅正中间挂着的照片。那是她和冯季尧小型婚宴时拍的结婚照，地点在原法租界的某处私家别墅，她穿着定制的重工蕾丝鱼尾裙，佩戴着华丽的钻石首饰，妆容有些不符年龄的成熟端庄。因冯季尧轰轰烈烈离婚又很快结婚的关系，他们的婚宴低调但奢华，邀请的也大多都是密友或合伙人。

说起来，舒知秋第一次见到梁博文就是在那个时候，只是他携带的女伴并不是卢安娜。

舒知秋仰着头凝视了许久，直到门铃响起。

她起身去开门，大步走进来一个背着运动包的年轻女子，她约莫刚大学毕业的年纪，满脸饱满的胶原蛋白，她穿着灰色的卫衣和黑色紧身裤，个子娇小但比例很好，纤细却不干瘦，曲线窈窕健美。女孩扎着高高的马尾，随着她灵动的步伐摇晃着。

"舒小姐吗？你好，我是您预约的瑜伽私教老师 Joy。"女孩笑起来，唇边两点酒窝甜美又亲切。

舒知秋望着她，瞥见她脖子上挂着的四叶草红玉髓项链，分外眼熟。她面色如常，指了指玄关早已备好的拖鞋请女孩换上。

Joy 笑问："我看舒小姐选的是产后瑜伽的授课指导，不过您气色好身材好，真是一点看不出生过孩子呀。"

舒知秋淡淡笑着，漫不经心地接着她的话："看不出的事情其实有很多。"

Joy 很快转移了话题，问："开始上课前，你先坐下休息一会儿吧，要喝些什么？茶、咖啡？"

"咖啡吧，黑咖啡就好。"女孩甜甜笑着，"第一次给舒小姐授课，我正好与您聊一些学员须知，后续如果您满意我的教学，还可以续订类似今天的上门套餐服务哦。"

舒知秋请她去客厅稍坐，转身在不远处的开放式茶水吧慢条斯理地手磨起咖啡豆。透过茶水吧与客厅的几片镂空屏风，她能清晰看到女孩的脸。

女孩坐在沙发上左右环顾着，夸着舒知秋的家豪华又有品位，直到视线落在那幅结婚照上，瞬间哑然。

她下意识地飞快朝舒知秋的方向望了眼，舒知秋也未回避，坦然迎上她惊疑的目光。

舒知秋端着两杯咖啡款款走来坐下，温声说："夏怡小姐，你的咖啡。"

女孩听见舒知秋叫出了她的名字，脸上飞掠过几分惊慌，接着收敛了脸上服务性的笑容："冯太太，你是怎么找到我的？"

其实一旦有了心思，牵起蛛丝马迹顺藤摸瓜并不难，让一直照顾着业绩的柜姐查几单由冯先生刷卡的可疑的奢侈品消费记录，再多和圈子里的太太们聊聊天，很快就能知道那个人的大致模样，再者他们是如何认识的，陪同出席过哪些应酬场合。有人告诉舒知秋，那个女人与冯季尧相识于她怀孕八九个月时的某场酒会，很快就有了往来，带着打了几次高尔夫，扶腰贴胯的毫不避讳。那些太太们并不怕多嘴的麻烦，她们最喜欢在闲散又无聊的光阴里制造一些矛盾故事当肥皂剧追作茶余饭后的谈资。

大数据时代没有秘密，很快就能从社交账号里的信息拼凑出她的职业、姓名、爱好以及生活轨迹生活作息。就比如眼前这个女孩，夏怡，二十一岁，大学刚毕业，在某高档会员制瑜伽馆做瑜伽教练。

舒知秋并没有回答女孩的问题，只是把咖啡推过去："咖啡趁热喝。"

"我丈夫平时喜欢喝茶，偶尔也会喝咖啡。不过他很奇怪，他只喝几口，说这刚磨出来的豆子最新鲜、最香醇，之后就越来越酸，食之无味弃之可惜，最后还是叫我都倒掉。"舒知秋慢悠悠地说着，轻轻呷了一口咖啡，再抬眸时笑意温婉，"你的项链很漂亮。让我想起之前先生送过我一套类似的，当时我已有差不多模样的项链，还生气他送过好几个一样的埋怨他不上心，让他退掉处理了。"

女孩下意识摸了摸项链，脸色有些难看。她看着那杯咖啡，也没了喝的心思，再驽钝的人，也听得出来这女主人正在用它来隐喻内涵自己。

"冯太太，我想你误会了。"女孩说。

"的确。"舒知秋淡淡笑着，"我挺意外你会来的。我留的是真实的姓名明晃晃的地址，我想你只要见了，就知道这是哪，我是谁。但是你还是来了。我曾以为这是你的勇气和决心，没想到，只是你不知道啊……是我太过上心了，这原本是件不值一提的事情。"

说罢，舒知秋的唇角浮现出难得的讥笑。

女孩咬着唇，半天她憋出了句狠话："你就不怕我告诉冯季尧？"

舒知秋扑哧笑出声，反问："你刚才不是问我，是怎么找到你的吗？"

女孩还在愣怔，又听舒知秋说："老冯劳我转达你，送你的包包首饰还有转账那些，你就留着吧，就当陪他出席几场应酬的感谢和不出面道别的歉意了。"

女孩双肩耸落，终于相信了。她眼眶泛红，含糊着说："我知道了。我也不是不要脸的人，到这个地步了，请冯先生、冯太太放心，我不会再纠缠。"

杯中的咖啡已是半凉，舒知秋放回了杯碟，莞尔浅笑："Joy老师，我们的课程可以开始了吗？"

舒知秋知道自己段位不高，这种交锋并不算高明，然而今天的"提点"已经是自己目前能做的天花板了。这是一场赌博，她唯能庆幸对方也只是个初进社会、刚动念头的小姑娘，虽然想要的不少，但放不下的也更多些。

早在成为冯太太那一天，就预料到会有今天这类事情的发生，且只多不少。她心里有数冯季尧是个怎样的人，他肤浅又薄情，十几年的发妻身体孱弱多病一直没有生育，几年前生了一场病切除了子宫，仿佛切掉了冯季尧对子女的渴盼和与妻子的恩情，到头来还是一纸离婚弃之如履。

舒知秋知道那女人可怜可叹，也还是钻了这个空子。她与冯季尧算是各取所需。

她心知经历过那场旷日持久离婚官司的冯季尧对离婚这件事有了阴霾和忌惮，日后若非真的水火不容撼动根本的时刻，他轻易不会再动这个念头，这保证了她至少几年的安逸无忧。原本也曾打着算盘，这期间里多生一儿半女，巩固住自己冯太太的身份。就算他外面有新鲜风景，只要不打扰僭越到家里来，她睁一只眼闭一只眼，在豪宅里守着儿女过日子也是种并不吃亏的选择，她更怕曾经挤在漏雨的合租房里算着兜里的钱还够吃几天饭的日子。

她像是在下水道里生存的鱼，见人类美轮美奂的水族缸里有假山绿林、有源源不断的氧气和吃食和永远如春的温度，尾巴一摆便心甘情愿跳了进来，只要衣暖饭饱，供你观赏便是。四面玻璃幕墙又如何呢，能跃龙门的都是传说中的故事，外间的世界无非更为凶险。

但是真当一切如实发生了，那心境又大不相同。

不甘心，失望，愤恨，自责。

她想到母亲在寒冬中冒着烟气的萝卜手和她身后远山连绵的白色床单，想到母亲临终前还在问她还有没有去读个成人大学的打算，这真的是母亲希望她过的生活吗？她看到圆圆天真纯然的脸庞，心想等圆圆长大，看到这样一个只会依附着别人被圈养起来的母亲，是怎样的心态。她值得被女儿尊重与理解吗？

没有能永葆青春的女人，但永远有青春靓丽的女孩。她扪心自问，若她年老色衰逐渐失去了皮囊的资本，已再无底气像如今这样教训提点外面的女孩，她们的光鲜明媚映照着她暮霭沉沉，她是否能经得住如冯季尧前妻下场那般的日夜惴惴。

舒知秋明白，她该感到自危了。不为自己，也为了女儿圆圆。

回会所的出租车里，舒知秋看了眼手机，微信群里，林冉发了条信息："@宇宙最甜葛小佳，云佳，你在哪？大家都在找你。"

葛云佳看到林冉的信息，已经坐在了候机厅里。

她穿着宽松的连帽卫衣和灯芯绒的阔腿裤，把自己的脸藏在帽檐下的阴影里，就这样隐在喧嚣的人潮里，谁都不会留心多看一眼，自然也不会发现她有些异样。她神色张皇，喘息粗重，眼神躲闪，像是在躲着谁。

葛云佳一贯的行事风格，就是如此不着头尾、不明原因的冲动，且行动先于计划。不过是送别卓芳后乘电梯回房间时电光石火的一个闪念，她便从月子会所逃跑了。

这趟出走匆忙，她只是一股脑把个人物件全部塞进了行李箱，给张帆发了语音："今天的约会项目也别是老套的看电影吃饭了，你准备正式通知我的事情我也已经知道了。作为回报，我请你参加一个新的项目：沉浸式照顾一对神兽。时长：待定！"

两个月嫂正享受着孩子们难得同步的睡眠时光，低声聊着天，瞧着葛云佳风风火火地进屋很快又拖着行李箱行色匆匆地出来，两个人飞快交换了一个眼神，连忙拦住问她这是要去哪。葛云佳没有回答，只是说，晚些时候孩子爸爸和奶奶会来的，请她们放心。

两人又交换了一个眼神，一个守着门试图问清楚，一个连忙跑出去找管家报备。葛云佳身形高大，比负责拦她的月嫂高了一个头，破门离开不费吹灰之力，她回头深深看了两个孩子一眼，大步流星离开了。月嫂顾及着孩子们，也不敢离开，只有望着葛云佳的背影长长叹息：接上这个单，真是倒了霉了。

或许能归结到多巴胺、肾上腺素、产后雌激素三巨头的共同发威，葛云佳看到林冉的信息后，终于冷静下来想了想自己的处境。

彼时广播里已经播报着登机的消息，她临时买的航班很快就要起飞了。她垂头思索了片刻，毅然关了手机，起身往检票口走去。

第 7 章 一地鸡毛捡起来，可以做鸡毛掸子

虽迟但到的一地鸡毛

自从钟母返场，林冉发现自己又陷入了刚生完孩子那段时间的敏感情绪里。就好像刚从水里冒出脑袋吸了几口新鲜空气，又被人一手按进水里。

林冉原本与她没有多少交集，结婚几年和她见不了几面，没有多少感情基础和亲近感，这几天钟母一早就来深夜才走，除了睡觉不在一张床上，已然非常"亲密无间"了。

钟母说是来学月嫂怎么带宝宝的，大多时候像尊佛似的坐在沙发上刷手机，除了吃饭上厕所，屁股不带挪一下。林冉与她委婉提了几次，这才将看视频时的音量降了下来。

若有了兴致，钟母便站起来伸个懒腰开始指手画脚起来，一会儿说房间小光线暗，一会儿抱怨家属餐口味清淡，一会儿说楼上的脚步声还有不知哪间房里宝宝的哭声吵得她头疼。钟母吃不

好睡不好，林冉只能把卧室让出来给钟母睡觉，除了家属餐再叫些符合钟母口味的外卖。外卖只送到一楼大堂的外卖收发点，钟母分不清那些外卖，拿错过两次，之后上下楼取外卖便成了林冉的差事。殊不知是谁照顾谁。

若还有闲心，她围着林冉问奶水够不够，问她产假里有多少工资以及生育津贴能领多少，或是语重心长传授些过时的育儿经。不知为何，钟母似乎特别执拗于"睡扁头"这件事，她一个字不认识几个的乡村妇女贴身带着一本硬皮封面的书，那本书时不时出现在晚晚的婴儿床里作她的枕头。赵阿姨默默拿出来放回桌上几次，终于被林冉撞见了，她直接把书丢进了垃圾桶，找钟明辉"告状"去了。

再多心一些，林冉去产康部做理疗、去听些公共课或是去葛云佳、舒知秋那儿串串门，钟母又在与亲戚视频的时候叹气评价几句儿媳妇"玩心重""对她冷漠""不像个妈妈"。当然这些话只有赵阿姨听着，她不敢多嘴转达给林冉。

对林冉来说，在月子会所最大的好处在于避免麻烦和争吵。从婴儿与产妇的照顾到日常饮食、生活需要都由会所一力承担，这的确减少了大部分可能发生矛盾不和的契机，饶是如此，不过相处两天，林冉已然预判到若是之后回家她们一同照顾孩子，直面各种问题，那会是怎样的一地鸡毛。林冉再一次感到焦虑和抑郁。

林冉与父母吐槽过几次，林老师只劝她忍忍，和明辉商量商量，过段时间把钟母送回老家去。戴老师说，就直接说不需要钟母来照顾，之后他们老两口一个负责带娃一个负责烧饭，再不济请个保姆阿姨，免去林冉的后顾之忧。

还不等林冉与钟明辉"友好讨论"，一场战争还是来了。

原本是件很小的事情，无非是在晚饭时钟明辉问了嘴下个礼拜就到晚晚的满月了，是不是该找个饭店开几桌请亲友们吃顿酒席。

林冉正喝着乌鸡汤，漫不经心地说："现在都是流行过百天宴，我是打算办百天派对的。"

钟明辉不动声色瞅了眼边上的钟母，说："流行归流行，满月酒还是传统。"

钟母搭茬继续说："那得办两场，我大孙女得回我们老家办一场。到时候那些酒店呀什么的你们就不用操心啦，我和你爸包办了，你们只管收红包就行。"

林冉听他们一唱一和，有点明白意思了，顺势放下了汤碗正色回答："刚满月的宝宝那么小，禁不起一点风吹草动、禁不起折腾。你看我们隔壁那家的孩子，家里人看了看、抱了抱就直接肺炎住院了，多吓人。更别说去外地了，长途汽车还是自己开车啊，宝宝换尿布怎么换，喂奶怎么喂，吃也吃不好睡也睡不好，运气不好碰到吸烟的、咳嗽的乌烟瘴气的谁受得了。我侧切的伤口也是伤口，没说不代表我没事，我现在上厕所还跟上刑一样，伤口还会痛还会流血呢，四十二天还要复查看要不要拆线，坐五六个小时的汽车,谁爱坐谁坐,反正我不坐。"

钟母说了一句,林冉一口气回了一长串,钟母面上有些挂不住,嘟囔着:"你们结婚的时候不回来办酒席已经有很多亲戚问过了,现在生娃也不办,乡亲们议论起来多丢人。"

林冉眼皮也未抬,只说:"各过各的,我们又不是活在别人眼睛嘴巴里的。爱怎么说怎么说呗,我们又不在乎。"

钟母嘴唇刚张开,钟明辉赶紧抢在前头说:"那在这儿办满月酒,之后百天宴的时候再回老家办一场。这样行吗?"

林冉瞪着钟明辉,没好气地说:"三个多月的婴儿和一个月的婴儿有什么本质区别?不都是一样的折腾不方便?还有我刚才就说了,不办满月酒,直接百天派对就行了。我不想带着孩子到处奔波,也没打算请那么多无关的亲戚,我不会拿晚晚去当收人情红包的社交工具,不缺那个钱。"

她语气冷凝,难免带着情绪和画外音。

钟明辉也没想到不过是个简单的事情商议,又惹出了她的大小姐脾气,他担心说者无心听者有意,让钟母听岔了意思,闹出矛盾,于是耐着性子迂回着问:"要不问问晚晚她外公外婆的想法。"

"不用问,他们听我的。不像你,就听你妈的。"林冉说完,筷子一放,站起身径直去了卧室,留下尴尬的钟明辉和不悦的钟母。

林冉生气的点其实并不在于到底要不要办满月酒,也不在于要不要去钟明辉的老家"晒娃",而是他们母子一聚首一盘算已经有了主意,来假惺惺商量,实则早就有了主意告知一声罢了。

钟明辉没法理解,他和母亲做了三十年的母子,自有他们相处的习惯和氛围,哪怕说话时真的有不悦的地方也不会多心,而对林冉来说,钟母的每句话每个动作,都忍不住地在脑海里过上几回:"她到底什么动机?她跟我说这话是什么意思?"

更在意的是,钟母出现了以后,钟明辉的丈夫、爸爸角色有意无意地、主动被动地退回到了"好儿子"角色后头,钟明辉没在意,钟母在纵容,对林冉来说,这是个很大的隐患。

"你这媳妇,脾气真是大,也就你受得了。"钟母的声音不轻不响,隔着半敞的卧室门,飘进了林冉的耳朵。

赵阿姨正在给晚晚换尿布,林冉在边上打着下手学着给脐带消毒,忍住了发作。

钟母继续与钟明辉说:"要不这样,等后面你请几天假,你自己带着咱孙女回趟家,你爸还想抱抱呢。上次县里领导来慰问还问起你呢,说等孩子办酒席,还要来看看给个红包,我都答应下来了……"

火气在头顶蒸腾,林冉忍不住了,大步跳到客厅,在钟明辉娘俩面前站定,声音不算大,带着不加掩饰的怒气:"不经我的同意,谁都没权力把晚晚从我身边带走。钟明辉!我看看你有没有这个胆子。"

钟明辉眉头拧紧,还没说话,钟母已经站了起来,她依旧是聒噪尖锐的语调,扬声说道:"林冉,你怎么能这么跟你老公说话。"

"你也知道是我老公,怎么说话都是我们夫妻俩的事情,您老就别掺和进来护犊子了。本来没多大的事,多亏了您中间拱火。您有这时间,还不如多看看那些脑残短视频乐呵乐呵。"林冉说道。

"冉冉,注意你的措辞。"钟明辉脸色阴沉,以往就算吵架也从来都是尽可能温声细语的,这次是真的生气了。

林冉见他俩为彼此抱不平的母子情深,气极反笑:"我措辞挺克制的。说实话我这两天已经够忍耐、够迁就了,但你们也别把我当好拿捏的包子。我受气、受委屈无所谓,但你们心思别往我女儿这里动。要心思多歹毒、脑子多蠢笨的人,才能提出让几个月的孩子和自己的母亲分开这种鬼建议。"

钟母怔愣了一秒钟,而后扯着钟明辉的袖子开始呜咽,她的哭声之快,甚至表情还没来得及跟上。

"明辉,你看看你这个媳妇,她这是指着我骂啊。为了伺候她坐月子照顾孙女,我大老远跑来,人生地不熟的圈在这破房间里吃不好睡不好,你看看她是怎么说我的。"钟母抿嘴哭着,钟明辉连忙扶着她的背劝慰。

钟母的哭声干哑,像刺似的往林冉心窝子里捅,又像柴火似的往林冉的火气里丢,她显得不耐烦,心想都已经话赶话到这一步了,不如直接说开了得了,于是她继续说:"您也别卖惨了,您在我面前和您儿子面前，那完全是两副模样我就不说了。若真是在这里吃不好睡不好委屈了，我做小辈的也心里过不去，还是劝您早点回家享清福，我们也清净。"

钟母哭声愈大，逐渐变成号啕大哭。

赵阿姨默默关上了卧室的门。

哭声在房间里四处碰壁着回荡，不知透过门缝、透过窗沿、透过薄墙漏散到了多远的地方。哭声里，钟明辉直起背望着林冉，目光森然，一字一顿地说："林冉，你过分了。"

林冉闭上了嘴。

她环抱着双臂，默默看着钟明辉温声安抚着母亲，收拾着东西说陪她回去休息，直到他们离开，钟明辉再没有看她一眼，也没有再说一句话。

门关落锁的那一刻，林冉打了个寒战。

平行的灯塔

葛云佳冷得发抖，深秋的北方海滨，比她想象中要冷许多。

一出飞机场，冷空气照面而来，葛云佳打了个敏感的喷嚏，她把帽绳抽紧了些，以防被吹开。此时已是夜里十点多，机场外冷清安静，几辆出租车停在路边，司机们站在门边抽烟聊天，见了葛云佳，纷纷围上来问要去哪。

她有点慌，佯装着接电话，嘴里喊着："我已经到了，你车停在哪儿了啊，行，那我走过去。"

就这样遁逃了。

葛云佳赶上末班的地铁，到了市区的出站口。这会儿街头更冷清了，她坐在出站口的台阶上，看了眼手机，有十来个未接电话，微信里也是一串的未读信息，都停留在："你在哪？"

葛云佳熟视无睹，把手机揣回了兜里，而后拖着行李箱在街上漫无目的地闲逛。她从下午到现在没吃过什么东西，乘坐的航班不是饭点，发了个敷衍的餐盒，只有面包和花生米，还有包装像漱口水似的一口就能饮尽的橙汁。她当时肾上腺素吊着，热血沸腾，毫不在意，这会儿开始想念那几口吃食了。

路过一家快捷酒店，葛云佳推门进去问了下，万幸还有空房。前台问她要身份证登记信息，她忽然想到什么，有些迟疑了，现在互联网时代，这边身份证一登记，有心要找她的人，去派出所报个案一查信息，大概就知道她的行踪和落脚点了，她不想那么快就被找到。

结果葛云佳只是借了大堂的卫生间。

她带着行李箱挤进了狭小的隔间里，箱子里有月子会所送的吸奶器，她从箱子的缝隙中把它拿了出来。而后她坐在马桶盖上，解开了上衣，大半天没有喂奶，葛云佳的乳房如满仓的粮食，乳汁从她的乳头渗漏出来，胸罩里已经浸湿了。安静的空间里，吸奶器的泵声规律又古怪。她面无表情地坐着，胸口的涨痛终于缓解了许多。

她低头看了看吸奶器里的乳汁，带着些微黄色，气味甜腥。会所里的月嫂跟她说，月子里的乳汁叫初乳，最为浓郁有营养，千金不换的珍贵。

葛云佳苦笑暗嘲，逃跑有屁用，逃得再远，身体还是在无时无刻地提醒你，你是个母亲，你有一双嗷嗷待哺的孩子。

然后，她把乳汁倒进了马桶，摁下了冲水的按钮。

葛云佳找了家二十四小时营业的快餐店，店里没有多少人，大部分的椅子也翻到了桌上。她点了个汉堡和可乐，事实上店里也只剩下这点东西了，店员小哥把剩余的一些薯条拢了拢收成一份，权当附送。她在角落里的卡座蜷着，味如嚼蜡地吃了几口东西，把手机充上电，昏昏睡去了。

不知过了多久，后厨供货搬运的声响断断续续一惊一乍的，终于还是把她吵醒了。葛云佳揉揉眼睛望向窗外，冷蓝色的天空浮动着浅白的雾气，她看了眼手机，凌晨四点。

毫不意外，又有许多未接来电，葛云佳翻动了看看，张帆打了七八个，张帆妈妈也打了不少，会所的管家也有来电，甚至还有奶奶。原来大家都在找她，葛云佳自言自语着：我还是挺有存在感的嘛。

坐久了之后，她感到疼痛从尾骨开始往周围辐射，胯骨发涩背脊酸胀。就算再年轻、底子再好、恢复再快，到底还是月子里的女人。她忍住后腰的刺痛站起身。路过柜台，店员小哥抬头看了她一眼，问："你这是准备去哪儿？"

葛云佳脚步停下来，出于警戒心回头打量着他，那是个年轻的男孩，身材清瘦高挑，皮肤黝黑，鼻梁笔直高耸，眼睛狭长。

"啊，我只是看你一个女孩托着行李箱，这会儿天还没亮，有些不安全。"男孩又说，"你可以再休息一会儿。"

"我想去灯塔那等日出，这会儿再不去，就来不及了。"葛云佳回答。

她的回答让男孩有些诧异，他想了想："去那还是有些距离的，外面也没有车，你怕是来不及。你不介意的话，我可以开车送你过去，我正好也要交班了。"

葛云佳又看了看男孩，这次她仔细看了眼他的胸牌，记住了他的名字，这才点头应了。

男孩换了衣服，单肩背着黑色的书包，戴着藏青色的鸭舌帽出来了。他的车就停在快餐店门口，他很绅士地帮葛云佳把行李箱放进了后备厢。

她瞥了眼，还是辆奔驰。

"你开着豪车来这打工上夜班？"葛云佳叉着腰站在车门边。

"刚毕业，没找到合适喜欢的工作，来这找点事做过渡一下。"男孩说着，先坐进了驾驶座。

葛云佳想起了张帆，嘟囔道："你们这些公子哥儿，就喜欢来体验一下底层生活，然后拍拍屁股走掉。"

男孩等葛云佳坐进来系安全带的工夫，笑问："你呢？还在念书吧？大几？一个人来旅游？这一宿的，我一直看着你，发现你才是体验生活来的。"

"我没念书了，因为我是俩儿子的妈。"葛云佳说。

男孩扑哧笑出声，一面发动了车子一面说："小妹妹，你要是怕我是个坏人或者有什么坏心思，也不用编这么蹩脚的理由。"

橙色的路灯一束一束地落下来，葛云佳侧头看他，他的眼睛藏在帽檐的阴影下看不真切，但眸中有光，像是月亮映照下海面的粼粼波光。

"你叫什么名字。"男孩又问。

"不重要。"葛云佳别过脑袋，把车窗摇了下来，天光如水，比之前亮了不少。

"你来的时间挺好，正好过了禁渔期，等你看完日出可以去吃海鲜。好客的山东本地人可以推荐你一家海鲜城，不杀客，很地道。"男孩说。

葛云佳歪头问："所以你晚上在快餐店打工，白天开顺风车给海鲜城拉客引流？"

"嗐……"男孩瞥了她一眼，"你挺有意思。"

"没意思。"葛云佳别过脑袋，把车窗摇了下来，冷风里裹挟着咸腥味，她知道离海边不远了。

十几分钟后，车在海边的步道入口停下来。靛蓝色的天光下，大海幽黑深沉，海浪声轰然吵闹。男孩把她的行李推到了步道的台阶上，指了指前面："你沿着这条路往前走，很快就能到情人坝，那里位置很好，能看到灯塔和海上日出。你注意安全。"

葛云佳点头，刚走几步，又被男孩叫住，他面色有点忧虑："你……确定只是去看日出的吧，不是想不开吧。我这会儿没事，可以陪你去。"

葛云佳摇了摇头，说："我只是想想开点，还不至于想不开。"

"谢谢，好客山东。"她郑重道了谢。

如果搁在以前，这或许是又一段恋情的开始了。葛云佳如是叹息。

葛云佳沿着绵长笔直的堤坝走着，海水幽黑，海浪声从各处传来，追赶着她、拍打着她、迎接着她，她感到一股从心底深处涌上的恐怖。

她抬头望了一眼，弦月低垂，繁星密布。

路的尽头就是灯塔了。

灯塔顶的灯光忽明忽暗，掠过漆黑的海面，划过她疲惫的眼角，又投射向海天交接处那浅黛靛青的远方。

她在灯塔下拾阶而坐，口鼻喷出的热气很快化作白雾消散，她轻微地喘息，缓缓渡着气，她不得不接受自己的体力值大幅下降的现实。

过了一会儿，她才缓过精力，环顾起周围。城市尚在熟睡中，建筑起伏的轮廓像巨人横陈的身体，大海也在熟睡，海浪犹如它的鼾声。天地浩大，人是如此渺小，她的故事、心情更是微不足道，没有人与事物会在意她不合时宜地出现在这里。

但是葛云佳知道，她终有一天，会来灯塔看看。

自妈妈的邮件里说起灯塔，便像束光落在了心里的深海。她是躲在救生筏里随波逐流的落难船员，那灯塔的光照来，她又渴望光后的那片大陆，又怕这只是自己浮游久了出现的幻觉。

在来的路上，葛云佳曾设想过不少画面、描绘过许多心情，它们应该是盛大的、戏剧的甚至悲壮的，起码对得起她"两袖清风"飞越月子会所的疯狂。

但此刻，真的坐在了灯塔下，她心绪平静空荡。

不过如此，并没有什么特别的。葛云佳想。

当一个盼念了许久的东西，终于得到的那一瞬间，竟然是如海深幽的迷茫和空落。

她的目光顺着灯塔的光望向海面的尽处，脑海中浮现出奇怪的联想，灯塔的光穿过海越过洋与十万八千里外的那座灯塔的光相会了，那座灯塔下坐着妈妈，她应该还是年轻的模样，她或许在哭，泪雨涟涟的，鼻子红通通的，她穿着条蓝白格子的翻领连衣裙，她的方头高跟鞋上有漂亮的浅白色花纹。

葛云佳终于号啕大哭起来，畅快的、委屈的、再无顾忌的。海浪拍打着礁石，把她的哭声卷进了海里。

天色透亮了不少，白雾隐没，长空如光洁的丝绸画卷，幽云已染上了橙粉颜色，海天相会处，慢慢烘出一个半圆形的浅红色轮廓，海面和城市披上金色的薄纱。它晃悠悠了很久，终于一跃而出，光芒万丈让人无法直视。葛云佳闭上眼，她终于感受到了太阳的温度，她感受到身上的寒气在消融，感受到脸颊的两行泪水在干涸、皮肤在收紧。

再睁眼时，世界已然换了模样，天地光明，空气温暖，再也看不到灯塔的光。她吐出一口藏了十余年的浊气，从未有过这样的畅快。黑夜过去了，迷失的人已经上岸了，也再不需要灯塔的光了。

葛云佳掏出手机，在通讯录里翻找了一阵，然后按了拨通键。那边很快就接听了电话，比预想中快速了许多。

对方连着喂了几声，带着征询与不确定地问："佳佳？是你吗？"

那声音在耳边乍响，仿佛人就在身边，葛云佳耳根一麻，喉咙干痒发涩，她的手在颤抖，牙齿也在打战，她抿唇咬着牙根缓了缓，将马上就要从嗓子眼蹦出来的心脏生吞回去，这才开口："妈妈，是我……"

葛云佳从情人坝走下来，人们不知道从哪里忽然就冒出来了，晨跑的、锻炼的、遛弯儿的、遛狗的，人声热闹甚至有些吵闹。她又渴又饿，胸口如石堆胀沉，手机又开始不停歇地振动着，新的一轮"寻人启事"又来了。

她刚到路口，听见一阵鸣笛，不远处的车里出来个人，朝她走过来。

葛云佳下意识地后退了几步，看清来人是快餐店里的男孩，有点发愣："你怎么还在这儿？"

"当然是等你啊。"男孩走近,把她从上到下看了一遍,继续说,"我本来准备回去了,路上越想越不对,万一你有啥想不开的,我送你来的,我是不是得担责,还是得来确认下你没事。"

葛云佳笑了笑:"好啦,这下看到啦。我活蹦乱跳着,没事。你赶紧回去吧。"

"那你呢?之后要去哪?送佛送到西,我再送你一段。"男孩没有走的意思,反而又走近了几步顺势要帮她拿行李。

"不用麻烦了,我随便找个地方休息会儿。"葛云佳拒绝了。

她对这个男孩的一系列举止感到奇怪和悼恐。她倒不是没有被男人示好过、献过殷勤,但是她明白他们的企图心,无非是想谈谈恋爱占点便宜,但如今她肿胀得像个气球,最是狼狈不堪的"颜值巅峰",这个男孩到底想图点什么。

男孩感受到葛云佳后知后觉的警戒,有点哭笑不得:"哇,小姐,半夜一个人都没有的时候你都敢上我的车,这会儿大太阳的这么多人,你怕个啥。实在不行,我等你朋友或者家里人来接你,我再走。"

真是多管闲事。葛云佳心里暗暗嘟囔。

她还是说:"你知道哪里有那种……不用刷身份证的酒店吗,钟点房也行。"

男孩一愣,感叹道:"你果然是离家出走的吧。"

兜里的手机还在振动,葛云佳顺势想挂掉电话,却见来电是卢安娜的,手势顿住了。男孩投来了一个"果然如此"的眼神,她也没搭理，在马路牙子上坐下，又犹豫了一会儿，还是接通了电话。

"你在哪？"卢安娜单刀直入，冷凝的语气里带着隐约的叹息，她似乎暗暗松了口气。

葛云佳支支吾吾的，还不打算松口。

又听卢安娜说："云佳，大家都在找你。你的失联造成的影响要比你想象中大，若是以后，你真的要与张帆争夺孩子们的抚养权，这一件事对方可以大做文章。"

葛云佳没有想到这一层，这两天，她不敢去想孩子们的事情，生怕只要一想便收不住情绪直接飞奔回去。然而卢安娜的话如醍醐灌顶，十足的震慑力，葛云佳猛地回过神来，自己是如何的任性鲁莽。

她回答道："卢律师，我在青岛。"

电话那边沉默了几秒钟，显然卢安娜没有想到她直接跑了那么远，她低估了葛云佳的冲动劲和行动力。

"律所里有个同事最近正好在青岛出差，我晚些和他联系一下，让他送你去机场，坐今天的航班回来。"卢安娜顿了顿，又问，"就你一个人吗？你身边有没有朋友或者认识的人。"

"就我一个，嗯……也不是，有个刚认识的人，开车送了我几程。"葛云佳抬眼瞅了瞅，男孩还没有走，正关注着她的电话内容。

"你把电话给那个人，我与他说几句话。"卢安娜语气淡淡，更像是吩咐。

葛云佳依言把电话递给了男孩，男孩有点诧异地接了过来，背过身嗯嗯啊啊地应着，时不时侧头瞅她一眼。

葛云佳又望了眼大海，天空澄澈，海面粼粼，远处的灯塔白胖可爱，她恋恋不舍地望着。

"走吧。带你去酒店洗漱休息一下。"男孩把手机还给了她。

葛云佳皱了皱眉头，还没回嘴男孩马上补充解释："你姐姐指名的酒店，说报她的名字登记入住就行，她中午联系朋友来酒店接你回家。"

"姐姐？"葛云佳下意识重复了一遍。

男孩嗯了声："她是这么说的，不是吗？"

葛云佳没有回答，她想起卢安娜冷面冷言的样子，心头浪花飞溅。

男孩把她送到酒店门口，搬行李的工夫偷偷打了个哈欠，问道："你还是不打算告诉我你的名字吗？"

葛云佳终于笑起来："你这个人，也挺有意思。我叫葛云佳，今天谢谢你了，刘浪，你原本不需要做这些。"

男孩听见她唤自己的名字，有些意外的欣喜，又上下打量了她一阵，挥手道："葛云佳，再见啦。以后再来青岛玩，一定要去那个海鲜城尝尝，咱们有机会再见。"

"那个海鲜城就那么好吃？"葛云佳好奇。

"哈哈哈，因为是我家开的。"男孩眨了眨眼睛，露出狡黠的笑容，钻进了车里。他的胳膊伸出来挥动了几回，一脚油门离开了，留下仍在愣怔的葛云佳。

卢安娜的同事已经在大堂等着了，见了葛云佳直接迎上来，或许是她的体貌特征太典型明显，那人也没有再多确认她的身份姓名，直接给了她房卡和机票，说两个小时后再回大堂，他们一同去机场。

久违的热水澡把她身上的寒气驱散，蒸腾的热气将她包裹住，每个毛孔都放松了下来。葛云佳瘫坐在房间的沙发上，吸奶器规律的泵声中，她的乳房恢复了松软，有些地方残留着隐痛，葛云佳伸手摸了摸，发现乳房里有些硬块，她记得林冉曾经说起她的堵奶经历，大概就是这种前兆。

葛云佳的偏头痛愈演愈烈，她想若是那些婆婆妈妈知道她月子里在海边吹了半宿海风，会不会数落她不懂事，月子里落下病根，这辈子都会偏头痛。

她想到了月子会所的姐姐们，于是在月子姐妹花的群里发了信息：姐姐们，卢律师帮我买了机票，我下午回来，让你们担心了。"

她把头埋进松软的被子里，沉沉睡去。

梦里，灯塔闪烁着光点，她坐在海边的沙滩上，抱着一双儿子，靠在妈妈的肩膀。她不知这梦境是奢念化形还是预兆先知。

葛云佳混混沌沌的，直到飞机降落，持续了半秒钟的失重感过后，她如梦初醒，还是回到了这个纷扰是非的地方，她的牵挂和痛苦是这样矛盾的羁绊。

卢安娜在出站口等着她。她今天难得没有穿高跟鞋，而是一双平底尖头皮鞋，她戴着墨镜挡住了半张脸，红唇如火，神色淡漠。葛云佳乍见她，有种班主任来认领的恍惚，心底有点忐忑，生怕被责骂。转而又想到那句"我是她姐姐"，葛云佳心口有小雀的爪子在挠，她期期艾艾走过去，喊了声："卢……姐姐，你来接我啦。"

卢安娜的表情藏在墨镜下，看不真切。她伸手接过葛云佳的行李箱，扭头指了指右后方，说道："来接你的可不止我一个人。"

葛云佳顺着方向望过去，舒知秋正从车里出来，她套着一件墨绿色的风衣，卡其色的围巾把脑袋和脖颈裹得严实，将她白皙的脸衬得更是光鲜娇俏。舒知秋笑语盈盈地大步走了过来，把葛云佳仔细打量了一遍，嗔怪无奈地说："你这个小朋友，真的是能闹腾。太吓人了，月子会所都掀翻天了。"

"舒姐姐。"葛云佳眼眶一红，喉咙干痒解释不出一句话。

"好啦，回来就好了。"舒知秋拍着她的肩膀，见她眼神仍在周围游移似乎在寻找着什么，心领神会，解释道，"张帆要来接你的，是我和林冉劝住了，我们不清楚你的情绪状态怎么样，怕再闹你不开心，就让他在会所里好好照顾宝宝，我们代为接驾。"

"张帆这两天，二十四小时陪在孩子们边上，说睡也睡不好饭也不能安心吃，直说带孩子太辛苦，我说我们佳佳比你累多了，还要养身体还要喂奶还要生你的气。你做得对，该让他体会体会妈妈的难。"舒知秋语气刻意的轻快，像是在哄她开心。

卢安娜看了眼时间，说道："不早了，回去吧。"

葛云佳看着卢安娜和舒知秋，她们两个各自开车来的，她犹豫该跟着谁走。

"云佳，你去坐舒知秋的车吧，我看到你状态还不错就可以了，之后我还要去医院一趟，就不跟你们一起回去了。"卢安娜说道。

葛云佳只觉她们都是女巫，都会读心术。

"卢姐姐，你怎么要去医院，身体不舒服吗？"葛云佳问。

卢安娜只说："小问题，例行检查。"

她们各自上了车，葛云佳消化着舒知秋刚才话语里的信息，又问道："舒姐姐，你之前是说本来林冉姐姐也要来的吗？那她怎么没来。"

"她……最近也挺烦恼的。"舒知秋意味深长地叹气，并未打算再说下去。

这月子会所的墙很薄，所有的声音和故事都无处藏匿。前夜钟母的哭声，已随风潜入许多沉默的房间里去。

爸爸是上帝，他甚至不需要出现

自认识钟明辉以来，林冉从未见他这么生气过。谈恋爱也好，结婚后也好，再激烈的争吵，钟明辉总归还是尽量温声细语的，或是很快就服软主动哄劝。

林冉半夜起来喂奶时又想起钟明辉冷淡的怒视，又是憋屈又是沉凉，她垂头看着晚晚大块朵颐的可爱模样，忍不住别过头掉眼泪。赵阿姨洗好晚晚稀便漏湿的小衣服从盥洗室出来，看她鼻头红彤彤，眼下两道反着光的泪痕。于是赵阿姨开口劝道："宝妈别难过，难免会有些鸡毛蒜皮的事情，咱不能太较真，得想开点。"

林冉没说话，还是默默地淌眼泪，赵阿姨只得换了个法子继续劝："难过伤心的时候喂奶，奶水也会变味道的，宝宝喝着也不好。宝妈别哭了。"

孰料林冉听了后哭得更凶，眼泪大颗大颗落在晚晚的脸上，止也止不住。赵阿姨赶紧抽出纸巾一面擦着晚晚的脸蛋一面挡着林冉的眼泪，她不懂自己的哪句话让这位心思细腻的宝妈难过了。

说者无心听者有意，林冉心里自嘲，她现在唯一紧要的任务便是喂奶罢了，她要做到情绪稳定、作息规律，以产出最优质可口的奶水。

后半夜她辗转反侧无法安睡，手机举起来又放下去，看着空荡荡的聊天对话框，纠结着要不要给钟明辉发信息。思绪万千，终究化为一声叹气。

不知是听到了风声还是凑巧，一早戴老师独自来看她，看房间里只有她和月嫂，不见钟明辉与钟母，她也没多问，只是陪着

第 7 章 一地鸡毛捡起来，可以做鸡毛掸子　215

月嫂照顾着晚晚的起居，赶着林冉出房间。

"我看会所里安排了好多活动课程，你去听听坑坑呗。你不是认识了好几个朋友，去唠唠嗑聊聊天呗。"戴老师漫不经心地说。

林冉体会到妈妈的用意，面上也不明说，认真梳洗好就去了二楼活动室参加制作手工皂的课程。参加的人挺多，但舒知秋、卢安娜和葛云佳都不在，林冉在小群里问了声有人来吗，得到的都是"有事来不了"的回复，以及卓芳长串的语音信息。她有些寂寥，左右看着其他人兴致盎然地做着手工皂，甚至有人提议是不是可以用多余的母乳作材料，这让她羡慕到嫉妒。

真是，旱的旱死涝的涝死。

林冉又看了眼手机，依旧没有钟明辉的动态。她鼓足了勇气，发信息问："今天什么时候过来。"

等到活动课结束，都没有收到只言片语的回复。

于是林冉又发了消息："如果可以，帮我向你妈道个歉，我说话太欠考虑。"

依然没收到回复。

林冉不想回房间，顺路去花园转了圈，大概是气温陡降的缘故，也是寂寥无人的冷清。她想起舒知秋的"不做妈妈的半小时"和时不时地外出，以及葛云佳"飞越月子会所"直接失联的壮举，一时羡慕又像是鼓舞，要是她也能这样洒脱地、毫无顾忌地放风该多好。

但事实是,社会对"妈妈"的要求如此苛刻。不管是钟明辉还是张帆还是梁博文,他们这些做爸爸的,只要在某些时刻出现,就可以用"亲职"来形容,就可以冠上"好爸爸"的称赞,而妈妈们呢,只要有某个时刻不在,就是失职。

就像那部《婚姻故事》电影里的某段台词说的那样:事实上好爸爸这个词三十年前才出现,在这之前,爸爸们是沉默的,他们是不可靠的、自私的,我们接受不完美的爸爸,但是无法接受同样的妈妈。就像耶稣的母亲,她是完美的化身,她生下了耶稣甚至还是个处女。爸爸则是上帝,他甚至不需要出现。

林冉意味不明地笑出声,她感到可悲,不光是为自己,而是为所有的"玛利亚"。

时隔七年,舒知秋终于见到了她的"上帝"父亲老叶。

舒月容的墓前,那个穿着浅棕色夹克、头发半白的老头,身形佝偻干瘦,他手里捧着一株硕大的浅蓝色绣球花,伸手轻抚着碑上的遗像,兀自低语念叨着什么,说到动情处双肩颤抖。

舒知秋站在不远处冷眼望着,她想转身离开,脚步却怎么也迈不开,灌铅似的砸在原地。舒知秋脑袋昏沉,眼前的事物放大又缩小,拉近又伸远,她双手握拳,任由指甲嵌入手心,感受到一丝丝的痛意后,才确定现在不是在做梦。

她忽然发觉,原来自己一直在等待着这一刻。

老叶感受到凌然又冰寒的目光,扭头望过来,他混沌的眼中异彩瞬发,张嘴想喊她,然而一个音也发不出。于是他缓缓挪步走近，尽管他刻意掩饰，还是能看出步履的深浅。

老叶苍老了许多，岁月在他脸上留下了陌生的沟壑山川，舒知秋只看了一眼，便别开了头，她侧肩绕过老叶径直向母亲的墓走去。

母亲的墓碑刚被擦拭过，没有一点灰尘，墓前那株蓝色的绣球花犹带水珠，阳光下泛着钻石似的光泽刺进她的眼里。她想起上次来看望母亲时碑前的那束花，嗤鼻冷哼一声，迟来的深情一文不值，只是装模作样。

舒知秋望着舒月容的微笑，心口钝痛着想起，母亲最后那两年，已经很少笑了，虽不至于愁容满面，但她的脸上鲜有表情出现，她是麻木的、呆滞的，她只是在等待命运的镰刀真的落下来。唯独的一次微笑，是弥留之际舒月容望着医院白晃晃的灯管，轻轻唤了声："学军啊。"

母亲的眼睛里闪烁着星辰，神态间仿若刚出阁的少女，几分娇羞几分幸福。

舒知秋大为不解，为母亲不值，她甚至在那时候连母亲一起憎恨起来：那样一个人渣负心汉、懦弱杀人犯，值得你这样留恋等待吗？可怜之人必有可恨之处，是她有意无意地断送了自己和女儿的人生。

如今舒知秋盯着母亲的照片，满是心酸地抚过母亲的唇角，轻叹着想：到底还是被你等到了。如果你尚在人间该多好。

"秋秋，这些年，你过得好吗？"老叶站在她的侧后方，颤颤地问。

好老套无趣的开场白,他也只能说出这些话来了,舒知秋心想。

"好与不好,与你又有什么关系呢。"舒知秋说。

"你听爸爸解释……"老叶赶紧说。

舒知秋回眸狠狠打断道:"我没有爸爸,我爸早死了。请你马上离开!请你以后不要再出现在我的眼前,你给我带来了很大的困扰!"

舒知秋觉得男人这种生物着实可笑,无论是做父亲还是做丈夫,无论到底犯了多大的罪恶多深的背叛,他们都会为自己找理由,把自己做的一切包装成合理的委屈甚至是其他人乃至这个世界逼着他们如是做的。令人作呕。

"秋秋,我不奢求你的原谅,我从詹律师那里得知你们母女俩过得很难,受了很多苦……"

舒知秋再次打断了他的话。

"叶学军,别说这种假惺惺的话了。我不是舒月容,我不信你那些鬼话。"她抱臂冷笑,眉尾如刚落过雨的愁云,点点水汽。

"是,我知道,我只是想尽可能地补偿你们,为你们做些什么。"老叶无措又拘谨地搓着双手,头垂得低低的,

舒知秋站起身,扬声质问:"你能做什么?你除了杀人、除了当逃犯还会做什么?我和妈妈被上门讨债的欺侮的时候你在哪儿?妈妈撞破脑袋差点溺死在澡池的时候你在哪儿?妈妈在医院

痛苦化疗的时候你在哪儿？妈妈临终前喊你名字的时候你在哪儿？妈妈下葬的时候你又在哪儿？"

舒知秋的几个追问连捅着老叶的胸口。

她缓了口气继续说着："怎么，以为我过上好日子了，你这会儿出现了，来捡现成享福了？很抱歉，让你失望了。我也没过上什么好日子，我也只是个上位的贱人小三罢了，孩子生下来到现在，那个大我十九岁的丈夫还未出现看过我们母女俩一眼，我还要去处理小三。我没妈，也没爸，我是个孤儿，我还是那个贱命。"

舒知秋说完，不自觉红了眼眶。她心中憋闷了许久的情绪，都在此时宣泄出来。老叶面色惨白，他被舒知秋的话连连击退，连呼吸都忘记了。

他慌慌忙忙从外套的内袋里翻找出钱包。那是个皮质的、老旧的钱包，边角已经摩挲得泛白，缝线稀疏错落，格外笨拙简陋。

一些恍如隔世的片段突兀地闯入舒知秋的脑袋里。

那是叶知秋十五岁时的手工作品，她在学校门口买了手工DIY的材料，用了好几个午休时间，躲在学校的天台上，晒着太阳听着歌看着说明书一针一线缝制着。皮质厚又硬，她几次戳破了手指，到底还是赶在老叶四十五岁生日前完成了，她兴致勃勃送给了老叶做礼物。

"爸爸，祝你将来赚大钱哦。把这个钱包塞满！然后给我买好多好多礼物！哈哈哈哈！"那个扎着两个麻花辫的小姑娘脆生生地说着,然后搂住了老叶的脖子咯咯笑起来。

笑声飘到远处,飘到那时还不知晓的未来。

老叶从钱包里取出一张银行卡,递到舒知秋面前,他的手枯槁干瘪,和残留的记忆中的大不相同。

"秋秋,社区帮我找到了一份工作,在电影院里做保洁,包吃住,有社保。我平时没什么花销,这张工资卡给你和宝宝用。工资不多,但每月五号都会发钱。密码是你的生日。"老叶说。

舒知秋眼眶蓄满了泪水,终是颤颤抖落。她还是嫌恶地别开头,冷冷地说:"离我远点,不要再出现在我的眼前。"

她不忍再看母亲的遗像,决绝地大步离开了。

老叶伫在原地,他的脑袋沉沉坠下,背脊古怪地凸耸着,如枯木上残留的那片已然焦卷的黄叶,只要风一吹,或许不需要风吹,它很快就会死于深秋。

卢安娜的另一面

每次舒知秋从墓园坐上车,都会戴上墨镜遮住自己红肿的眼睛。司机小金这次也习以为常,他没多问,只是目光在舒知秋身上多停了一会儿。她今日穿着件深紫色的高领连衣裙,穿了件宽松的灰色针织长外套,黑色的发随意绾着,碎发用一弯月似的发夹别在耳后,整个人温柔又低调,眉宇间淡如水的忧悒更添了些颜色。她很美，哪怕刚刚生完孩子还在月子里，没有人能无视她不经意释放的魅力。

于是小金更不理解冯先生，家里有这么年轻漂亮的太太，为什么还……

他重重踩了一脚油门，上了高架桥。

时至晚秋，白昼变短，天色已经昏暗下来，高架桥前方红日低垂在天空的边缘，车子像是在追着它。

舒知秋忽然开口："小金，你帮我找找月子会所附近有没有什么……安静点的小餐吧，我暂时不想回去。"

小金下意识透过后视镜望了她一眼，她墨镜后的眼睛似乎在与他对视。小金飞快掉开眼，连声应好，不多时便从分岔口下了高架桥。经过几个拥堵街区的弯弯绕绕，他把车停了下来。

"这一条街有不少店，您可以看看。我把车停到前面的停车场，等您给我信息。"小金说。

"没事，你先回去好了。我晚些自己回去就行，下周冯季尧不是要回来了嘛，在这之前你把车送去保养清理一下吧。"舒知秋提醒了一声。

小金解释："太太，月初车刚送去保养过。"

"车里香粉味太重，你不觉得吗？"舒知秋本来已经推开车门迈步出去了，顿了顿说，"老冯回来前，再清洁处理一遍吧。"

她下了车，沿街望过去，花花绿绿闪烁着霓虹灯的招牌，她缓缓走着，最后停在了一家叫"Utopia"的小酒吧门口。

Utopia，乌托邦，即为理想的美好世界。

店门很小，舒知秋穿过狭长的甬道，斑驳墙面上挂着些画风嘈杂的海报。沿着逼仄的楼梯上了二楼，空间也不大，临窗的几张桌椅和吧台一排的高脚凳，目测只有三十席左右。吧台后正在调酒的年轻男子见了她，热情地打招呼请她坐下，很快端上了小食和酒水单，眨着眼睛小声说："美女点单，酒水半价哦。"

舒知秋随意点了杯招牌，叫银河。而后她把自己藏在逐渐热闹的空间里，试图用周遭凌乱的声音把自己脑海中不受控制的回忆淹没。并没有多大的效果，画面中那个苍白的男人还是蹒跚走来，轻声喊着："秋秋。"

酒保小哥很快调好酒递了过来，又送了一盘切好的水果，语气轻快："这杯酒很配你今天穿的裙子哦。"

暗紫色的酒液轻轻搅动时，银色的星辰漩涡翻涌起来，舒知秋皱了皱眉，还是举杯饮了一口。口感润滑，带着些酒精特有的灼烧感顺着喉咙滑入肚子，她变得柔软和轻盈，终于慢慢把脑袋里的东西摇晃着赶了出去。

"美女一个人喝酒？"有人凑过来搭话。

舒知秋循声侧眸，一个四十岁出头的男人自顾自坐在了她边上的高脚椅，肢体张开朝向她，眼睛也黏在她身上没有收回来的打算，舒知秋没说话，那男人继续说："你很漂亮，又带着一种特别的忧郁的气质，可以请问……"

他还没说完搭讪的话术，就被一腔清冷的声音打断了："不好意思，可以让让吗？"

那声音有些熟悉。

男人侧开身，舒知秋看见了卢安娜。

她一面把包挂在男人占着的座椅靠背上，一面与舒知秋说："我下班有事耽误了，你等很久了吧。"

舒知秋热络地笑着："没事，我也刚来一会儿。"

男人见她们是结伴的，忽觉没趣，意兴阑珊地讪讪离开了。

舒知秋小声道谢："谢谢。"

卢安娜顺势坐了下来，解开了外套的扣子，呈松散状靠坐着。小哥见她，眼睛眯成一条缝，用老熟人的语气说："我说这位下凡似的美女怎么会光临我这种小破店，原来是大律师的朋友。失敬失敬。"

卢安娜脸上浮动着笑意，言简意赅地介绍道："杜六一，这儿的老板。"轮到介绍舒知秋，她顿了顿，介绍道："这位是……我邻居。"

杜六一又与舒知秋眼神问候了一下，冲着卢安娜就聊起来了："大律师，真的很久很久没有看到你啦，有一年了吧？还以为你出国定居了呢。你存在我这的酒，我都犯愁该怎么处置。"

他说着，指了指身后的酒柜。

"实在太忙了，又抽空生了个孩子。"卢安娜如是说。她的语调舒展跳动，眉眼里也浮动着快意和轻松。

杜六一眉毛一挑，毫不掩饰自己受到的惊吓，也不遮拦：

"我天，你竟然也会生孩子也愿意生孩子？我还以为你这样的人类已经飞升成战斗圣佛了，早不需要人间的习性了。得，今天大律师和这位仙女邻居的所有酒水我都请了，权当给孩子的小红包，十八年后把孩子带来，终身 VIP 卡。"

看他敢这么跟冷面女王胡扯的程度便知道，他与卢安娜的确关系很好。

"少说那些废话，一杯'教父'。"卢安娜点了杯酒，她看了眼舒知秋面前的鸡尾酒，歪头问，"奶粉？"

舒知秋点了点头。

这是新妈妈们之间的暗号，卢安娜了然，对杜老板补充道："两杯。"

"怎么不点'今夜不回家'了？"杜六一揶揄，"很久没有看大律师叉着腰红着脸骂客户了，甚是想念。"

他的话是奔着舒知秋说的，更像是爆料。

"我再点一杯'Louis'tongue'杜老板的舌头泡酒。"卢安娜翻了个白眼。

舒知秋全部看在眼里，足够愣怔到说不出话了，这与她所见过的那个冷面冷语的卢安娜大相径庭。她潜意识里在犹疑自己是不是在做梦，她只是不久前受了刺激，如今仍睡在回程的车里。

卢安娜看出她的错愕，收敛了神色，恢复以往在月子会所里碰见时的模样。

"没想到在这里遇见你，我们的确很有缘分。"卢安娜的视线在她红肿未消的眼睛多停留了两秒,"这个酒吧我算是熟客了,这里的老板虽然嘴贫,酒却调得极好,完全不亚于某些高档酒吧里声名在外拿奖到手软的大师们。若你喜欢这一口,这里倒是可以常来。"

舒知秋点头,她与卢安娜一直彼此刻意保持着交集。大多也是为了葛云佳的事情在微信群里交换过信息,去机场接她的时候照了个面。这会儿并肩而坐,外人看起来像好友相约,舒知秋有些不自在,她心里揣着老叶的事情,心不在焉地喝着酒。

不多时杜老板推过来两杯酒,卢安娜顺势递给了她一杯,说道:"尝尝看,不少人喝不惯这个。"

竖棱威士忌酒杯里,砌得溜圆的通透冰球浸在酒液里,舒知秋端起来抿了口,浓郁的烟熏味中夹杂着些许生姜的味道,的确有些古怪,但很快与酒的辛味在唇齿混合成奇妙的感觉。它激烈中卷着冰的寒,滑入喉中落进胃里,像雪夜炭火燃尽后那些余温。

舒知秋又喝了一口,忍不住看向卢安娜,她发觉这酒有些像卢安娜,冷冽、激烈、后劲,余味里细品,却能体会到无须多言的温柔和温暖。

"很好喝。谢谢推荐。"舒知秋夸赞道。

卢安娜眨眨眼:"若是会所的人知道我们在这饮酒,估计要摇头跳脚。"

说罢,她与舒知秋碰杯,相视一笑中,她们心照不宣的一同拥有了这个秘密。之后,两人沉默着各自饮着酒,也再无什么话题。

舒知秋三杯下肚,她撑着发烫的脸颊看了眼窗外,酒吧的粉色霓虹灯闪烁着,搅进这浓郁又黏稠的夜色,显得暧昧颓废。

卢安娜轻拍她的肩,问:"走吗?"

卢安娜也喝了不少,不过脸色清冷如常,眸光依然犀利,着实看不出酒量的深浅。舒知秋点头,就势扶着她的胳膊站起来,两人前后缓步下了狭窄的楼梯,走到了街上。

深秋的夜风罩在脸上,方才微醺的毛孔如数收紧,舒知秋一下子清醒了不少,她把外套裹紧了些。

"走走吧,一两公里,回去也差不多酒气散了。"卢安娜如是说。

她们依旧默契地没有聊天,兀自消解着自己的心事,直到一同进了会所大门,一同进了电梯,最后在走廊的两扇门前停了下来。

真如一对邻居。

"谢谢。"舒知秋看着卢安娜。

"谢谢。"卢安娜回首看着舒知秋。

她们异口同声地说完,彼此交换了眼神,各自开门回了房间。一切尽在不言中,这是一场意外又难得的陪伴。

舒知秋想,或许她们可以成为很好的朋友,她又在想,到底是什么样的烦心事,能让卢安娜也如此落寞。

婚姻真是奇怪的一道门

卢安娜的医嘱上明确说了，不可饮酒。

她又看了眼病历本里问诊记录，心想，管它呢，接着把病历本扔回了床头柜的抽屉里。

月嫂抱着孩子在婴儿室里洗澡，进入深秋以后温度陡然降下来，月嫂提前把热水花洒打开来，直到热气占满整个房间，她这才把宝宝抱进去，梁博文开着摄像头紧跟了进去。

卢安娜倒了杯热水在餐桌边坐下，梁博文的笔记本放在一边，她有心看了眼正在编辑的文档，虽然掩去了姓名，但还是能很快看出他写的案例原型，是葛云佳。

他的论述分析一贯的冷峻犀利，卢安娜曾经十分欣赏他的一针见血，此刻却不禁皱起了眉头，有种奇怪的、矛盾的感情在心口翻滚，她一时说不上来那是什么。

于是她试着远观一番，傍晚几杯酒下肚的时光里，她终于承认，她和梁博文的确存在问题，它像是一团雾气，不知从哪生出的，也不知何时会消散，她察觉不出到底哪里有恙，只是心知肚明，有地方不对。

相比同处一室，她更倾向于独自在外逗留。或许梁博文也是如此感觉，所以总是各种理由借口住在学校。

不得不说，在梁博文一同搬进来住的这一个多礼拜的时光里，近两百个小时的相处，是他们结婚以后少有的连贯的体验。它比预想中还要再平静一点，大部分时候他们还是各忙各的，各自对着电脑或看书，更像是共用一个办公室的模样；它比预想中还要再简单一点，孩子喂奶换尿布洗澡哄睡的日常由月嫂一手照料，三餐直接送到餐桌上，吃完有人收走，家政部早晚两次打扫卫生换洗被褥衣物，完全不用操心。梁博文在月子会所，安逸得如同度假，他又是谦润亲和的教授模样，上上下下都很喜欢他，各种大小优待也是常理中的。他说，满月里的孩子也没什么难带的嘛，舆论把这件每个人都会经历的事情给妖魔化了。

卢安娜只是摇头笑笑，没有多说。

到底还是个天真又自以为是的男人，她这么想着。

月子会所从某种程度上来说，是个乌托邦。娃有人带，饭有人做，屋子有人收，无聊有活动消解，身体有专项康复，它已经把那些一地鸡毛的琐碎和无法避免的矛盾争吵都尽可能地屏蔽掉了。

但是出了月子会所后呢？

卓芳出所之后，没少在她们那个微信群吐槽自己高龄天天熬着不睡觉又是喂奶又是带崽，还要分点心力和老公、婆婆斗智斗勇，该来的矛盾还是来了，气得奶量骤减，一把一把地掉头发。鸡毛总归会落得一地，只是早晚问题。

卢安娜只是看看，并不在群里说话。

这也的确给她一些启发去想象等到他们一家出了月子会所之后的光景，她忍不住去细想，那时的梁博文，是什么样的，自己又会是什么样的，她脑补了一些非常符合人物性格逻辑的画面，已经开始预料之中的失望了。

她回忆某次为一位客户打离婚官司的情形，那是位在公共领域颇有名气的女士，乃至一切的咨询与进展须签署保密协议。众人眼里，她宣扬女权并坚定贯彻，她是女性自由独立的标杆和偶像，在婚姻里她占有绝对的主导权和话语权。她到底还是离婚了，以一种神情憔悴落寞的失意姿态。

她与卢安娜苦笑说：我老公一直不理解我为什么想离婚，说我们日子过得好好的，绑定在一起的大女人小男人形象也很成功，为什么要坚持离婚。我只是想顺从内心真实的感受，我的确是个独立的女性，但是也有脆弱的时候，有想短暂依靠别人休息的时候。一直喊着独立喊着坚强久了，连我都忘了其实自己还是缺乏安全感，接受并渴望得到关心。而他也相信我的"人设"，以为我真的雌雄同体，再不需要在意我作为女性的任何情感需求了。

她们毫无悬念地打赢了那场官司，最后一次握手时，卢安娜看着她飘浮着稀疏笑容的脸，她的眼神似喜似悲，她说："婚姻真是奇怪的一道门，它让脆弱的人变坚强，让坚强的人变脆弱。"

如今她也终于体会到了这句话。

她与梁博文，他们这样散漫着各自生活的名义夫妻，真的能够长久地、稳定地作为孩子的父亲母亲生活吗？他们的夫妻关系能作为亲子关系的依靠托底吗？甚至……他们真的彼此相爱吗？卢安娜给出的猜想有些消极。

这个孩子的出现，让卢安娜重新感悟到关于婚姻、关于夫妻的真谛，她发现，她曾经走偏了。

她似乎慢慢体会到那团雾气是什么了，那是未来的阴影。

门铃响了一声，也就只响了一声。

卢安娜开了门，梁博文的妈妈笑眼如月地在门口候着，探了个头小声问："宝宝在睡觉吗？"

"在里间洗澡。"卢安娜补充个句，"博文也在里面陪着。"

"咦？这倒难得？"梁母表示诧异，她一边换鞋一边关切地问："安娜你去医院看得怎么样，身体好些了吗？"

卢安娜去医院的事情并未与梁母说过，梁博文也不是多嘴的人，对梁母的关心，她略感意外。

梁母随即解释道："科主任是我的老同学的夫人，我们今天恰巧碰到她说起你在他们那就诊，让我叮嘱你多休息呢。我这才知道你身体不舒服。"

"不是什么大问题，您放心。"卢安娜说道。

梁母夹着包往沙发一坐，语重心长地劝："本来你要孩子的年纪已经大了，生养孩子比小年轻们辛苦许多，更要好好坐月子养身体才是。这个恶露不尽，还是你太劳累了，月子坐着，你还是跑去工作，太不注意休息了，子宫恢复不好，落了病根，以后要吃苦头的。明儿我去多买些阿胶、燕窝给你补补，可不能马虎。"

第 7 章 一地鸡毛捡起来，可以做鸡毛掸子　　231

卢安娜安静地听她说完，安静地点头，她心想还好自己酒意散得快，不然这通苦口婆心还没有尽头。

梁母也感觉自己话说得多了有点规训的意思，遂换了话题，从包里掏出一沓文件，她表情带着些得意与期待，像是分享着什么宝贝。

"安娜你看看这个合同，没什么问题你就签个字。"梁母说着，把文件递到了卢安娜跟前。

她顺势翻看，眼皮轻抬，连带着眉峰耸动。这是份购房合同，的确是个宝贝。

梁母在边上解释："这个楼盘是博文跟我敲定的。他说他问了懂行的朋友，说这套行情最好潜力最大，以后无论是自己住还是投资都很好。我今天就联系了售楼处，等明天我和你公公把剩下的办了。"

"妈，你来了。"说话的工夫梁博文走了出来，顺带着轻掩住了房门，"小家伙睡着了，洗澡的时候就困累得不行，衣服还没穿完就睡着了。"

梁母连忙招呼他坐下来，卢安娜把手里的合同递给了他。

梁博文接着宝贝似的仔细看着，嘴角忍不住咧到耳根，直说："好事成双，谢谢妈。"

"这个可不是给你的，是我和你爸不谋而合商量之后准备送给安娜的。各种相关手续我和你爸都会操作好的，你要是喜欢这套房，就好好对你老婆让她分你一间屋。"梁母正色说。

梁博文下意识看了眼卢安娜，笑说："得，这是您亲闺女。"

梁母没理会他的揶揄，继续看着卢安娜认真说道："这个是我们老两口的一点心意，希望你别推托，放心收下。"

卢安娜和梁母长久地对视，她恭顺回答："我和博文，谢谢妈。"

等卢安娜填好了信息签订了署名，梁母这才展颜，小心把合同收好，又说："其实今天来还有个事儿要和你们俩说。你爸本来是想等安娜坐完月子，喊上你弟弟一起吃个饭，那个时候再说。不过计划提前了，想着还是早点和你们通个气得好。总比从旁人那听说要好。"

梁母铺垫了一大堆，卢安娜隐约觉得事件慎重。

"我们决定去新西兰定居。"梁母说。

卢安娜和梁博文都怔愣了片刻，他们彼此交换了一下眼神，梁博文问起来："怎么一直没有听你们说起过这个事儿。什么时候去？"

"你姑姑在那边帮忙置办房子的事情，约莫年底圣诞前就能装修好了。我和你爸准备等安安百天宴后，过了年就去。"

"怎么这么突然。"梁博文又问。

"也不算突然，你爸一直很喜欢那边的气候环境，还有他爱的鸟儿。那里医疗环境福利也都好，挺适合养老。我们一直想去的，这两年终于开始落实了。只是手续比想象中办得要顺利些，原本想怎么着也得明年夏天才能动身，过年再说也不急。"

梁博文似乎还没接受这个消息，他叹气："我还以为你们老两口会留下来帮安娜带孩子，享受一下子孙绕膝的天伦之乐。"

梁母笑了："带孩子太熬人了，我们两个老东西都要七十岁了，浑身大大小小的毛病，巧不巧没几年活头了。辛苦操劳了一辈子，该享享福了。你们若有心，以后带安安来新西兰看我们，让他爷爷带他去钓鱼。"

她又想到什么，拿手里的长款钱包轻敲梁博文的脑袋，说："还有，什么叫帮安娜带孩子，不是你的儿子啊。尤其安娜现在身体虚弱，又还带着病，最需要休养，你多操点心，让安娜省点心。哎，做女人难，做妈妈更难，做事业家庭兼顾的妈妈难上加难。"

梁母末了一句喟叹，尾音钻进卢安娜的领口，她脖颈泛起痒意，下意识缩了缩肩膀。

"妈你放心，有什么事能难倒我们卢律师。"梁博文以一种自豪骄傲的姿态说着，卢安娜垂眸勾唇，像是在笑，却很稀疏模糊。

梁博文很快又与梁母闲聊到其他事上了。

卢安娜局外人一样看着他们笑谈，像是在看一场电影，画面里人前成熟稳重的梁教授，在母亲跟前依旧还像个孩子可以贫几句嘴，母慈子孝好不温馨。

她恍然明白了梁母不惜成本不遗余力的用心。

夜里，月嫂抱着嘤咛的遇安喝夜奶，卢安娜披衣起身跟在她身边继续学习如何冲泡奶粉、如何排尽空气、怎样的喂养姿势可以预防胃胀气。梁博文此刻正戴着眼罩塞着耳塞沉沉睡着，她回身望了眼紧闭的卧房门。

早些时候梁博文在朋友圈里发的小作文,详细写了如何给新生儿洗澡,生命如何之脆弱娇嫩又神奇奥妙,继而附着遇安趴在抚触台哈欠欲睡的可爱模样。

婚姻真是奇怪的一道门。卢安娜又想起了这句话。

第8章 是谁在水晶球里梦着

林冉的回神

林冉动过三次离婚的念头，虽然他们结婚也不过两三年光景。

第一次是结婚后的第一个春节，钟明辉想带林冉回老家过年，林冉想照例留在林老师戴老师身边。其实她更多是嫌弃乡下阴冷，吃住不惯，也预料那些亲戚方言俚语的聊天，她听不懂只能陪着笑，又无趣又尴尬，但这个心思不能明说，顾左言他中心思想就是不想去。

两人吵了一架后，大年三十还去了林老师戴老师的住处。然而初一下午，钟明辉便说买好了汽车票，还是要回一趟家。林冉不愿意去，钟明辉也只买了一张，他独自去了，直到大年初六才回来。回来自然又是一场大战，林冉气得当即拿出了结婚证说明天一早民政局开门就去离婚。

第二次是林冉发现钟明辉做了开货车的小舅舅的担保人。面对林冉的追问，他只说是给亲友长辈走个场的事。她惊疑又震怒，一场天雷没勾得住地火，只有寸草不生的荒原以"你随便炸，哪里也烧不着"的姿态回应她，继而又是动了离婚的念头。

第三次是今天。

她忘记前两次那想离婚的熊熊火焰是何时熄灭的又是如何熄灭的，但这一次，确实天雷地火勾得燎原之势，并没有救火的意思。

自林冉和钟母的嘴仗之后，钟明辉冷落了一天，第三天傍晚下了班还是独自过来了。他终究不是那种会放下妻女任性赌气的性子，来之前专程买了些林冉喜欢吃的零食。他一言不发地进门，一言不发地把东西放在餐桌上，一言不发地站在沙发边看林冉喂奶。

他不说话，林冉也不说话。

两个人看到彼此都松了口气，但又继续绷着劲。

幼崽敏锐，喝完奶的晚晚感受到氛围的僵持，不安地哭闹起来，赵阿姨将她抱回房哄睡去了，留着他们俩待在客厅。

林冉将哺乳服系上整理好，瞟了眼餐桌上的零食，嘴角轻轻扯动，末了鼻子冷哼一声，嘴硬地说："小恩小惠。"

钟明辉仿若未闻，脱掉了浅蓝色的外套，在她侧边的单人沙发坐下，解释说："这两天我比较忙，开了好几个研讨会还有公开课，还被学校推去教育局做了个演讲，就之前救了落水儿童的事情。所以这两天没有与你发消息，希望你不要会错意，不是故意不回你信息。"

林冉看着他，点头说着："我理解，钟老师桃李满天下、蜡炬成灰，'玫瑰骑士'心怀大爱、文武双全，这个世界没有您啊，它就不转了。我们母女俩算什么……"

"你有完没完？"钟明辉皱着眉头打断了她的胡言乱语，"林冉，你能不能讲话不要这么阴阳怪气，我忍你不是一天两天了。"

林冉没料到他反应激烈，反问道："你忍我不是一天两天了？我怎么需要你忍了？"

"你确定要我说吗？"钟明辉直直看着她，他的眼睛藏在镜片后，凌然、陌生，有一股情绪压在他平静的眸光之下。

林冉顿了顿，心知钟明辉这一次是真的很生气，自己最好不要再硬碰硬，服个软撒个娇便过去了。然而这个阶段的女人，自带一股委屈和脆弱，她想到自己刚忍着乳头皲裂的痛楚喂饱了孩子，如今孩子爸没有一点安慰的话，反而气势汹汹地要来讨架，刚想软下去的心思马上又硬起来了。

"你倒是说说看，我且听着。"林冉瞪圆眼睛，开启了作战模式。

钟明辉说："很多事情很多时候，想做什么就要做，想说什么就要说，但凡别人有点违逆你的意思，你就作天作地又是甩脸色又是阴阳怪气，让谁都不好过。我知道，咱们的生长环境和家庭条件不一样，消费观念也不一样，我一直感谢你愿意和我一起生活，也力所能及给你最好的，只要我有我能，二话不说我一定给。但林冉，日子不是这么过的，日子还是要量力一些，多未雨绸缪一些。就拿坐月子这个事来说，我一直觉得在家坐月子挺好，请个好的月嫂价格不过月子会所的五分之一，你若是不喜欢我妈照顾你坐月子，我日夜陪着你照顾你也一样。但这些方案，提都不能提，提就是我的各种不是。"

他顿了顿，继续说："你又一直说请育婴师，我一说反对意见，你就拿各种说法压我。我只说了，月子会所不是我们这个阶段、这个能力的普通工薪阶层住的，原本就不是我们量力的范围里的东西，你在这里结识的那些朋友都是不需要去考虑生计花销的有钱人，她们把你的眼界和心气养高了，觉得一个月薪一万的住家保姆也是我们负担得起的，我提醒一声换来的都是'我不爱你、我想让你做家庭主妇、我不心疼你'。"

说到了这个话题，林冉忽然有了反驳的欲望，她开口说着："请育婴师的事情，不需要你多考虑，你那点白纸黑字的死工资的确也考虑不了什么。我爸妈已经说了，如果我要请阿姨，他们会给经济支持的。这个事情不用拿到这里来讨论。"

林冉话音刚落，钟明辉又一番的控诉立马跟上："林冉，你又来了，你不要总是一副高高在上傲气凌人的模样数落攻击别人，你那些底气，是自己的吗？你能不能硬气点，不要总是一有事情就找你爸妈给你支援给你救济。"

"好奇怪，我找我爸妈怎么也不行。"林冉抱臂冷笑，"你靠不上你爹妈那是你的问题，怎么还眼红别人家来了。"

钟明辉深吸口气，又缓慢吐出，他说："林老师戴老师实在是太娇惯你了，他们教育了那么多好学生，教育孩子却不行。我原以为你结了婚做了妻子、有了孩子做了妈妈，脾性会改变一些，看来是我想多了。"

"说什么呢？咱俩吵归吵，林老师戴老师也是你能说的？"林冉这下也恼了。

"抱歉，我的确不该说你父母的不是，我道歉。那请你对我爸妈也放尊重点。"最后几个字，钟明辉一字一顿咬得紧紧，似乎隐忍了许多激烈的情绪。

林冉忍不住望向他的脸，灯下他的神情没有半点暖，他的眸子幽深如潭，潭中有漩涡，要将她吸进去、溺进去。她似乎从来没有见过这个模样的钟明辉，林冉没来由地感到一阵惧怕，也明白自己那点不明说的心思早被看穿，自觉理亏心虚，遂闭上了嘴。

"你这个任性骄纵的脾气，真的很让人痛苦。我以为我可以一直忍让迁就你，但如今我真的累了，有点不耐烦了。林冉，如果你一直这样，咱们走不长。"钟明辉悠长地叹息道。

林冉诧异地盯着他，下意识重复着他说的话："累了？不耐烦了？走不长？你这话什么意思？"

"字面意思。"钟明辉不痛不痒地敷衍，他别开眼望向晚晚的房门，恢复了进门时一言不发的木讷模样。

林冉愣愣地呆坐着，她还没有消化完钟明辉说的话。她原以为这次会像之前大大小小的争吵那样，到底还是由她冷言冷语、阴阳怪气再撒点邪火，他叹气揉额还是温声软语哄劝着服个软，明天一觉醒来，又是期期艾艾、如胶似漆的甜蜜眷侣。

明明窗户都关严实了，一阵初冬的夜风还是刮向了林冉的背脊，她感到寒冷，浑身打了个战，连牙根都哆嗦了下。

这一颤让她想起来前两次吵到离婚的大火是如何熄灭的了。不管是过年独自回老家还是给舅舅做担保，那时林冉都觉得，无非是钟明辉那个多事的妈怂恿作祟，她内心将矛盾与怨怼都转移到这个"恶婆婆"身上了，只觉钟明辉也是无辜又无奈的受害者。

如今，林冉看着钟明辉沉默且陌生的脸，忽然意识到自己大错特错了。夫妻关系永远在婆媳关系之前，那从来不是林冉和钟母的争端，她一直在为钟明辉找理由、找借口罢了！

这个男人，爱我疼我是真，忍我气我也不假，原来一切的琴瑟和鸣都依托于他的容忍程度和耐心值。但凡真如他所说，厌了累了，不愿意再忍了……

林冉想到这，又打了个冷战。

那种感觉，像她一直沉溺在钟明辉用温情爱意的一砖一瓦构建而成的梦幻城堡里，原来只是个被钟明辉端着的水晶球罢了，他只要一撒手，整个世界都应声碎裂。

房间内晚晚的哭声响起，林冉从打击的错愕里回过神，她不敢再跟钟明辉说一句话，匆匆进屋查看，她忍着泪抱着晚晚哄，不多时还是跟着她一起哭了一通。

回头看向客厅，沙发已是空荡荡。

林冉后知后觉地想起许多事。

她喜欢浪漫和仪式感,不管是生日还是恋爱结婚纪念日,她总是很早就开始计划安排。她心仪那些江边高档有格调的西餐厅抑或是一顿要吃掉半个月工资的米其林,她会提前一个月筹备当天的行头,在这之前象征性地节食减肥几天,认真地做头做指甲,甚至很早之前就把当天朋友圈要发的文案编辑在备忘录里,时时修改,直到那一天郑重地发出来。她是个热情洋溢到用力过度的浪漫主义者。

而钟明辉,相比之下,有够敷衍,有够木讷,林冉各种就差明说的暗示他也听不懂,他总是会在当天显得有些心不在焉又或者送些并不在林冉预期池里的东西。最初她总会因为这些小落差生气,但她不好意思明讲,她生着闷气变着法找钟明辉的不自在,总要吵上一架。几次之后钟明辉终于开窍了,他读懂了林冉的暗示,也的确会配合她的"bigday"模式,甚至还会主动复制粘贴林冉费劲才华编辑的文案和精心修图后的照片发到自己的朋友圈。林冉以为,他终于被自己"调教"好了。

这样的经历还有很多,大事件诸如旅行、筹备结婚、新家装修,包括月子会所,小事件如晚餐吃些什么、明天去不去看电影各种琐事,总是最终都依了她。那些胜利的片段,感到被偏爱宠爱的瞬间,在这样的幡然回味下,林冉忽然很难断定,他是真心的,还是依他说的"是在忍耐",真真假假,所有确信的、认定的都变得可疑起来。

你以为的岁月静好，原来是有人在负重前行啊。

林冉想到这句话，落在他们身上竟也格外贴合。她顿感荒谬可笑，天将明的屋子里，冷蓝的天光混杂着银白的月色漏进来，她干笑了几声，喉咙里的声音像踩断的枯枝，忽得戛然而止，变成低低的呜咽。

就这样又透过这扇沉闷的窗子看了场日出。

林冉体会到为什么旁人常说，产后这个阶段非常考验夫妻关系，对她而言，或许是当角色身份转变、注意重心偏移，那些遮在亲密关系的甜蜜假象被掀开了，它真实着，赤裸着，同时也千疮百孔着。

谁不是呢，婚姻里总是一面撕扯着一面补着洞，一个声音这样说。

我会改变吗？他会改变吗？真的要这样走下去吗，这样真的能走得远吗？又一个声音在不断质问着，却得不到心安的回答。

一叶知秋

阳光刺眼的时候，晚晚又吃了一顿奶，赵阿姨把她带去洗澡。卓芳发消息说要来月子会所看看她们，说得知葛云佳出逃归来，总要见见她"教训教训"她，也听说林冉自从婆婆返场后心情一直不好，多少也想规劝宽心两句。其实卓芳更想给自己放个风，出了月子会所，她在家里的日子枯燥又憋闷，好不容易趁着产后复查的外出机会多溜达一两个小时。

林冉皮囊是疲累的，精神却格外亢奋。她给戴老师发了信息，托她来帮着赵阿姨一同照看一下宝宝，披上薄棉的坎肩就下了楼。葛云佳已经在大堂的咖啡厅等着了，卢安娜坐在她的对面，她们正聊着什么，卢安娜又是严肃认真的模样，葛云佳低眉顺眼地听着，频频点头，像极了班主任在给落后生课外补习的场景。

事实上，的确也是一场法盲集训课。

葛云佳瞥见林冉，终于得了救星，站起身几步迎上来亲亲热热地挽着她的胳膊亲亲热热地喊着"林姐姐"。

林冉与卢安娜眼神问好了之后，也入了座。她与卢安娜几面之缘，这次倒是第一次像朋友似的面对面坐着，林冉为自己乌青的眼圈和憔悴狼狈的面容感到懊悔，不过幸好，月子里的女人总有可以不修边幅的理由。在座的三个人，各自兜着自家难念的经，谁的状态也不比谁的好。就连卢安娜也是如此，大概是今日她没有化妆，气色看起来也暗淡无光了不少，林冉与她挨得近，细看之下，她眼角的皱纹以及散落在颧骨上的浅色雀斑也无处匿藏。

很快第四个神色惨淡的女人也到了。

卓芳背着包气喘吁吁地挨着林冉坐下来，她如今出门也是全套装备的"背奶妈妈"，又大又深的包里装着吸奶器、奶瓶、蓝冰、冰袋还有各种消毒清洁用物，如同一个移动的储奶站。卓芳刚从大堂隔壁专门给哺乳妈妈们设立的吸奶单间出来，她的包更沉重了。

卓芳大声打着招呼，抓着葛云佳的手左看右看，嗔怪道："你这个小姑娘，可真是让人担心死。我回家前看你还好好的，怎么我前脚走你后脚就跑了，想一出是一出。还好没出啥大事。以后可不能这样，俩孩子的妈可要成熟稳重一点。"

"哎呀，我回来这两天被教训得够惨了。刚才安娜姐还在念叨我，卓姐姐放过我吧。不过话说，青岛真好玩啊，我看了大海还看了日出，还艳遇了呢。"葛云佳打着马哈，做了一阵鬼脸。

卓芳扑哧笑出声，嘲笑道："你可拉倒吧。你这是怎么气死张帆怎么说。对了，张帆怎么样了，你们是不是又吵架了。"

葛云佳收敛了玩笑，回答说："我以为张帆会超级生气，然而没有，他只是还是不咋搭理我，倒是对儿子们上心照顾了不少，我怀疑他要跟我争抚养权，所以这不是在请教卢姐姐。"

卓芳指尖戳着她的眉心，继续叹气："你就不能盼着点人好。或许是张帆适应了爸爸的角色，想好好过日子，只是小年轻脸皮薄嘴巴硬，你这次又的确太出格了，不能这么快给你好脸色。"

卓芳又指了指林冉，说："这个你要请教林冉，你看他们夫妻俩多好多恩爱，钟老师真的是又顾家又正义，打着灯笼都难找这样的好男人。你问问人家是怎么调教出来的，学两招驭夫之术。"

林冉和钟明辉的争吵都发生在卓芳出会所后，卓芳不知者无罪，但林冉有点尴尬，自己听了这些话，如同被嘲讽了一遍，脸

第 8 章 是谁在水晶球里梦着　245

上火烧火燎的,只想找个缝钻进去。

"我们……"林冉咳嗽一声,"还是卢律师和梁教授这样旗鼓相当强强联合的夫妻惹人羡慕。"

顾着面子,她也不愿意自揭老底诉苦,于是将这"帽子"转移给了卢安娜。

"对啊,我加了梁教授的微信。他的朋友圈全是宝宝,真的是个超级细心有爱的好爸爸。而且你们知道吗,梁教授和安娜姐家的宝宝的名字真的太浪漫了。安娜姐我可以说吗?"她征询地问卢安娜,事实上也没管卢安娜点头或摇头,她接住了自己的包袱揭开谜底,"叫梁遇安,'梁教授遇见安娜姐'的梁遇安,'良缘'的liangyuan,我的天呀,有文化的人就是不一样,表白都这么热烈又含蓄。张帆要是有梁教授一半,我就要笑疯了。"

说完,卓芳与林冉皆发出混杂着了然与羡慕的长长感叹。

卢安娜也未反驳,勾唇淡淡一笑,那笑意一瞬飞掠,只留下僵硬的弧度。她抬腕看了眼时间,说:"我晚点有个朋友要来,就先走了,你们慢聊。"

她这话倒也不是推托,的确有个朋友今日要来。

林冉对卢安娜的离场有些惋惜,她原本想借着卢安娜与葛云佳的对谈,了解一些或许能启发自己的信息,这下又要另找机会。卓芳抓紧了她归家倒计时的时间,切入正题开始大聊回到家之后的鸡飞狗跳:豪豪肺炎刚好又开始闹湿疹,发得身上没一处好皮,天天来往各大医院的皮肤科;女儿的班主任打电话来说女儿的成绩断崖式下滑，嘱咐家长需要多关注孩子的学业，并且留意孩子是不是有早恋倾向；好巧不巧，婆婆摔了一跤左臂骨折，家务和带娃都无法指望分担一些。一句话，月子里原来是产后最轻松的阶段，出了月子，所有的磨难才刚刚开始，姐妹们做好心理准备。

"我老公天天顾着饭店，闲的时间不多，我让他妈去店里看看，他回来帮忙带孩子，结果说是搭把手吧全是帮倒忙，还不如不帮，累得我连骂的力气都没有。"卓芳压低了声音，"我今天去产后复查，我的盆底肌恢复得太差了，做测试别说八十分正常了，离六十分合格还差二十分。我问医生我现在打喷嚏就漏尿这可咋办，她让我早点做些修复练习，不然以后会越来越严重，说是会随时随地忍不住漏尿。关键我没有时间啊，真愁人。"

"盆底肌是啥。"葛云佳问。

"就是那里面的肌肉啊。"卓芳支吾地回答，不知是有些含蓄还是她也说不出具体的所以然。大概是后者。

"啊？"葛云佳果然没听明白。

林冉咂着嘴，接着话茬儿："反正就是产后修复的凯格尔运动，得多做做，还有一些产后四十二天后的锻炼操，跟着多做做准没错。"

卓芳连连点头："对对对，你们真的要多上心，多练练，多做做，我有个妈妈育儿群里有推荐什么'阴道哑铃'，我就算了，一把年纪了，你们还年轻，总归有好处，万一以后还打算生二胎三胎的，更要注意。"

第 8 章 是谁在水晶球里梦着　　247

"这些又是啥……"葛云佳听着一堆学术用词,更是云里雾里。

"你天天抱着个手机聊天,搜搜不就完事了。"林冉清了清嗓子,端起水杯心不在焉抿了口,似乎不准备继续延伸这个话题了。

"说起来,知秋美女呢。"卓芳问道。

"舒姐姐没空,她老公回来啦!"葛云佳眨眨眼睛,脸上洋溢着几分小灵通的扬扬自得。

她们三人继续闲散聊着天,默契共享着暂离苦恼的片刻时光,她们偶尔笑着揶揄,只是笑容难免显得虚浮,心不在焉地飘荡,进不到眼里。

舒知秋化了淡妆,细长的蛾眉像新生的柳叶,两颊淡淡的红晕如春睡的霞光,她穿着墨绿的睡袍,倚在沙发上斜眼望着冯季尧。

那个身材宽厚的男人小心翼翼地把熟睡的圆圆搂在怀里,目光在她的脸上仔仔细细地巡游描摹,他应该是在笑,脸上的纹路都挤在一处,下巴堆叠了两三层。他有些黑了,鬓角新生出的几点星白有些显眼,舒知秋恍然,他已经到了这个年纪了。

月嫂在边上笑:"您都抱着孩子看了半个多小时啦,给我吧,放在小床里让她好好睡。现在不兴抱睡,正是养习惯的阶段呢。要是习惯抱着睡,那以后可辛苦了。"

"我的女儿,我要抱她到我走不动道的那天。"虽然这样说着,冯季尧还是恋恋不舍把圆圆交给月嫂,由她推着小车到窗边晒太阳去了。他坐下来伸展着略显僵硬的四肢，感叹道："真是太可爱、太漂亮了，我从未见过这样天使的孩子，像极了妈妈。"

这话夸了两个人。

舒知秋低头饮着花茶，没吭声。

冯季尧坐近了些，牵起她的手，粗糙的指腹摩挲着她暖玉似的手背。他原本尖长的脸，多年的酒肉浸染日渐圆润松弛，细长的眼睛依旧有神，其中有睿智精明还有看不出初衷的笑意。

冯季尧将她上下打量着，继续温声说，"我怎么感觉你好像又瘦了些。没休息好吗？还是补得不够。前几天寄的血燕窝你有吃吗？这会儿叫阿姨炖给你吃。还有那谁……一时名字倒是想不起来了，他送的海参，个头很大，我喊小金去拿过来。"

"不用，补太多也不好的。"舒知秋回应清清淡淡的，顺势将手抽了出来，肩头一侧，把身子歪到了一边。

冯季尧看了眼玲姨，玲姨眼观鼻鼻观心离开了客厅。

"这段时间，实在是辛苦你了。我都知道的，为表歉意，等你出了月子我陪你去逛街可好，之前你不是说想换块手表？我们正好可以去看看。"他如是哄劝着。

舒知秋依旧没说话，只是撇着饱满小巧的唇，眸光流转了一圈，在他抓住的瞬间又飘到了其他地方，她的睫毛轻微抖动，日光落在她白瓷似的肌肤上像镀了一层光晕，好似圣母玛利亚般柔美圣洁，冯季尧光这么看着，就醉了。

他心潮迭起，又凑近了些，想去吻她。

第 8 章 是谁在水晶球里梦着

舒知秋预感到了，又躲远了些。

他大概是想到了什么，微微叹气，抓住她的手放在自己腿上拍了拍："我知道我不在家这段时间的确冷落了你，尤其还是你最需要照顾的时候。我诚挚地跟你道歉，你想要什么、做什么，或者想我为你做些什么，我都二话不说满足你，只要你高兴就行，成不成？"

舒知秋睨他："什么都行？"

冯季尧顿了顿，好像被她这么一反问给唬住了，怕她狮子大开口说些不切实际的要求，他说道："你先说说看嘛。"

"我也没什么缺的，就是想你能多些时间陪陪我和女儿。我总是一个人在家，怪闷的。哪像你一个人在外面，又自由又精彩。"舒知秋娇嗔中带着深意。

他哈哈大笑着轻拧她坚挺的鼻头，说道："原来在这闹别扭呢，果然还是孩子气。你可冤枉我了，我也没什么自由，天天开会听报告又忙又枯燥，那些人都是怎么教都教不会的蠢蛋，虽然有些酒会和应酬，但没有你脑补得那么精彩。"

她心不在焉地听着，并不打算提起自己与那个女孩儿的会谈，见面敲打已是下策，若还摊上明面更是蠢钝。

冯季尧笑意散去，薄唇抿成线，忽而正色郑重凝视着她，然后说道："小秋，我真的很感谢你为我生下了我人生中的第一个孩子，我会将她视若珍宝宠爱着，给她最好的环境、最好的教育，你则是这珍宝的母亲，你在我心中的地位与她一样重要。我想你心里有数，只管陪伴孩子成长，其他的莫须有的不必操心。以后，咱们再多生几个孩子，热热闹闹的一大家子，你想躲清净都难。"

舒知秋挑拣着听，她虽然知道这话不能尽信，但也算是个表态，点头应着，柔软着倚靠住他的肩算作回应。她知道冯季尧话已经说到这里，不会再往下说，也不会再提起了，他把明里暗里的话都放在了那，以后如何拿捏、如何权衡，都是她的事了。

冯季尧见舒知秋服软，顺势撩起一绺她耳边垂下的发，在几根手指间把玩着："以后你带着女儿出行多，我打算再配部大些宽敞些的车子和司机给你，怎么样？"

舒知秋的思绪飘出了窗子。冯季尧说这些话时，那股子真诚劲儿像极了他们刚结识时与她表白的模样，又或之后与她承诺马上便会解决掉那名存实亡的婚姻的模样。她还记得他的话总是伴随着昂贵的珠宝和银行的副卡，大概在冯季尧看来，与她的关系中，这才是最直白稳固的表达方式。

他总解释说：我并非拿钱砸你、物化你，而是我在生意场上闯荡这么久，对我来说，我有多看重你、喜欢你，我就有多愿意为你花钱。

舒知秋却联想到他签合同的模样，她更会将这理解为合同中的"定金"，定下未来的长期战略合作关系，买断未来获利的可能性，买个安心。他是商人，他才不做亏本买卖。

沉默了半天，舒知秋幽幽开口："我还想开间花店，临街的有大大落地窗的那种。"

白月光与白米粒

对面的卢安娜有访客光临。与其说是她的访客，不如说是梁博文的。她提前离开月子姐妹们的聊天，上楼回了房间。访客已经到了，玄关处放着精致好看的新生儿礼物。访客应该已经来了有一阵子，餐桌上的手冲咖啡壶里，咖啡只剩下一点。那是梁博文特意从家里拿过来的。

卧室门半掩，隐约看见月嫂正守着酣睡的宝宝打瞌睡。梁博文和那个人站在客厅外的露台上谈天，玻璃门关得严实，他们的笑声显得模糊遥远，但梁博文脸上的笑容却真切难得。

卢安娜站在原地，默默望着他们。

那个女人身材高瘦五官秀丽，她看起来并不像是与梁博文同岁的模样。她穿着修身的黑色高领露肩连衣裙，酒红色的披肩宽松随意地挽在手肘处，黑色红色间露出的肌肤更显得如雪白皙。她脸上没有粉饰太多，蓬松的浅棕色鬈发垂搭至肩，聊天时她无意识地抬手将碎发绕到耳后，手放下后，唇边绽放温婉一笑，有种不自知的美。

卢安娜不由得看向梁博文，不知聊到了什么，那女人只是简单说了一句，他便哈哈大笑起来。

梁博文平时总是平静到寡淡的学院派老学究模样，也只有和她在一道的时候，整个人鲜活起来，犹如少年。

卢安娜和梁博文刚认识的时候，便听说了这个女人。他们从十八岁相识，从同班同学到同门师兄妹，同窗了近十年，至今已相识二十余年。

她曾有过一段短暂的跨国婚姻，三年前她孤身从波士顿回来，留在国内发展，开了一间自己的涉外律师事务所，虽然团队不大没有太响亮的名气，但客户资源稳定且不断，这其中梁博文也帮了不少忙。

卢安娜与梁博文结婚前夕，他带着卢安娜与她见过一次面。

梁博文喊她小孟，她喊梁博文蚊子。小孟说，他年轻的时候，就像个蚊子一样，一直在耳边嗡嗡嗡说个不停，烦得很。

他们时常见面，在家里抑或是在外面的餐厅，梁博文有什么事总会喊上小孟，小孟若得了什么好的礼物也会带来分享，她总说自己孤家寡人一个，好吃好玩的东西吃不掉用不完也是浪费。

卢安娜挺喜欢听小孟用揶揄戏谑的语气掀着梁博文的黑历史，她为此感到新奇，她暗想原来梁博文曾也是那样平常又吵闹的男孩。每当小孟聊起他们曾经的糗事或疯事时，梁博文总是用无奈又纵容的眼神看着她。卢安娜从未见过他这样的眼神，她为此感到一阵无法明言的慌乱与寂寥。

就像现在，他们只隔着透明的玻璃门而已，她依然感觉自己是个局外人。

小孟先看到了卢安娜，她端着咖啡杯笑盈盈地推开门，几步过来与卢安娜轻轻地拥抱，连声恭喜着："恭喜安娜当妈妈，真是辛苦了。"

卢安娜寒暄后解释："我刚才和几个认识的宝妈们聊了会儿，耽误了些时间。"

"我正听蚊子在讲你们这里住着的一个大学生妈妈呢。"小孟眼睛转了圈，又说，"还有冯总的老婆也住在这里，上次见到她还是他们结婚的时候，世界真的是个小小的圈。"

卢安娜只是笑着，没有接茬。

房间里传来遇安的咿呀声，大概是一觉醒了，梁博文听见声音便进房间去看，很快抱着遇安出来了。

小孟连忙凑过去看，她压着嗓子奶声奶气地打招呼，伸出手指去摸遇安正张牙舞爪的小手。婴孩本能的条件反射，遇安牢牢抓住了她的指尖，又引得她一阵惊喜地感叹："呀，你看，你们家小乖乖喜欢我呢。"

"那必须的，以后要认你做干妈的。"梁博文应着。

他们两人对视笑了起来，一片温馨。

卢安娜漠然得如局外人一样看着他们笑谈，如在看一场电影，他们在屏幕里，只是一场事不关己的电影画面罢了。说来，这样的恍惚并非第一次。

见月嫂给遇安冲奶粉，小孟随口问了句："宝宝喝奶粉呀，安娜不母乳喂养吗？母乳更有营养呢。"

"她没奶。"还不等卢安娜回答，梁博文便抢先轻描淡写地说了。

他们并没有展开这个话题，随即聊到了其他的育儿上，谁也没有注意到卢安娜默默变了脸色。

她脸上的阴云终究很快散去，卢安娜并不是林冉那种会在小事和小情绪上钻牛角尖、脑补大戏追溯往昔的人。等遇安喝完奶，小孟陪在边上又看了一阵，感叹着幼崽可爱，自己已然错失了。

看了眼表，她说一会儿还有个客户要见，依依不舍地准备离开了。

梁博文起身送她，走前，她又主动抱了抱卢安娜，提醒她记得放在玄关的礼物："这是给宝宝买的小衣服，我专门定做的，希望你和宝宝都能喜欢哦。"

她道了谢，目送小孟与梁博文开门离开，他们的笑谈仍在走廊上回荡。

卢安娜顺势把礼物搬到了沙发上，月嫂抱着遇安凑过来看礼物包装上亮闪闪的灯串。她拆开包装，蓝色的柔软纱纸里整齐叠着几件质地柔软的浅蓝、深蓝、条纹蓝的包屁衣，袖口均有刺绣的名字。礼盒的下层还塞着一个厚厚的红包，红包的封口处是小孟手写的祝福词。

月嫂夸赞："光看这红包厚度就知道不老少钱了。卢律师和梁教授的朋友真阔气。"

卢安娜捏着红包，指甲的前端逐渐泛白，她沉默地盯着红包上的字看了半天，从错愕到恍惚，从狐疑到确认。

祝宝宝平安健康，快乐自由。袁梦阿姨。

原来不是小孟而是小梦，原来她姓袁。遇安的yu'an，到底是袁梦的yuan，还是良缘的yuan。

卢安娜回过神，小腹闷痛，无声地笑起来。

睡前卢安娜在浴室里擦洗，她低头看了眼月经垫，依然是淋漓的黏稠的红色，深红中混杂着血块，满满当当地占满她的视线。她产后近一个月，按理恶露早该排尽，最起码颜色已经浅淡许多或黄色近透明。之前一段时间她腹痛频繁出入医院，B超检查后医生告知她子宫中仍有不小的血块，约了几天后的复查，若还有残留，为防止宫内感染等并发症，还是得安排一次清宫术。

梁博文没有询问这件事的后续发展，大概是忘记了。

她擦洗好，从热气蒸腾的浴室里走出来，梁博文已经换好了睡衣半躺在被子里，刷着手机，时而发笑。

卢安娜听了阵门外的声音，安静并无异样，这才钻进被子里。

"我明天上午要去医院复诊。"卢安娜说。

梁博文依旧看着手机，应声回答："好的。"

她想说些什么，还是忍住了，沉默了一会儿，并没有其他对话，话题到此便结束了。

梁博文看完了手机，侧身伸手关了床头灯，正准备戴好眼罩道晚安睡觉，却听卢安娜幽幽开口问道："我一直有个疑惑，想问你。可能只会问这一次。"

她的声音从深夜的某处传过来，安静又冷凝，心事重重的。

梁博文扭头望她，等着她的问题。

卢安娜吸了口气，像是鼓足了勇气，问道："这么多年，你没有想过与小梦表白吗？"

她神情认真，并非是疑问句。

梁博文一愣，下意识看向卢安娜。银白的月光穿过窗户，照亮了她一半的身体轮廓，勾勒出她清冷面庞的一侧。一片寂静里，只有客厅小厨房的冰箱发出嗡嗡声，以及远处街道隐约可闻的车流声。

他的思绪一下子飞向深广的夜空，又因为重力摔回来。

他张口想解释些什么，但她沉静的眼神，已然洞穿了他，他是赤裸的。

"我不敢。"梁博文说着，偏过头望向窗外渺茫的夜色，皎洁的月光落在窗台上，恍惚落了一层薄雪，他继续说，"或许曾有机会，但是我没抓住，我们很早就错过了彼此。我们太了解彼此了，但更了解自己，所以只有维持现状才不会失去。"

卢安娜像睡在梦里，他的话时而遥远时而贴近。

她想笑，但脸是麻的，嘴角扯出一个比哭还难看的弧度。

她不知道该谢谢梁文博意外的坦诚，还是该咒骂他近乎无情的残忍。他显然已经忘了，这个提问与等待回答的人，是他的妻子。

卢安娜没再说话，翻过身睡下。柔软的床垫没有一点深浅的波动，她知道他仍保持那个看向窗外的姿势，他的影子映在她眼前洁白光滑的落地衣柜柜门上，陷在一团月色里。

她知道梁博文此刻在想些什么，那是他从年少至今小半辈子的梦，太珍贵也太易碎，以至于他连触碰都不敢。

卢安娜累了，她闭上了眼皮，很快睡去。

这一觉昏天黑地，醒来时日光大亮，身边空荡荡的，整个房间也空荡荡的，只有她一个人，阳光照进房间里每一处角落，所有的阴影都无处可匿，卢安娜回想起昨夜睡前和梁博文的对谈，竟已有些模糊，大有清梦无痕的意味。

她听见管家推着餐车经过时杯碟轻微碰撞发出的声响，这才起身洗漱去了餐厅，梁博文正在冲咖啡，见她走来，温润地笑着问睡得还好吗，而后把咖啡杯推给了她。

他介绍着这次新买的豆子，品评着恰到好处的酸度，嗡嗡得像个蚊子。

月嫂把睡饱心情格外好的遇安抱来给她看，他睁圆了眼睛咿咿呀呀地似在打招呼。遇安新换了件小衣服，浅蓝色的，袖口绣着"遇安"。

这些都是真真切切的。

艳阳天里，卢安娜不动声色地打了个冷战。

意外的求婚

钟明辉每天清晨上班前与傍晚下班后，还是会来月子会所看林冉和晚晚，但不再过夜了。林冉绷着劲，钟明辉这次也沉住气，除了交流些关于晚晚的日常，其余的话题不再说了，没有给她台阶下的意思。

直到葛云佳的月子快坐完要出所了，她邀请林冉带着老公一起参加儿子们的满月派对，老地方老布景，水果都是一样的。

在旁人眼里，葛云佳坐了个"废月子"。依旧是快餐冷饮的外卖喊着，一点也不忌口，从不老老实实把自己裹严实，甚至跑去海边吹了一夜的海风。她住在月子会所里这一个月，似乎没几天消停日子，贡献了上上下下茶余饭后的谈资，她大概是月子会所最不想提起的客户了。

葛云佳还邀请了卢安娜夫妇、舒知秋和卓芳一起参加满月派对。舒知秋忽然身体不舒服，据说发起了高烧，医疗部的医生一早就去查房问诊了，这会儿吃了药正在房间休息。出了月子的卓芳辛苦异常，没有会所里一条龙的包办照顾，亲力亲为中精力受限太多，各种鸡毛蒜皮的小事也如四处点火般逐渐燎了原，焦头烂额的她实在是有心无力，群里三番解释，说以后再约。

临近傍晚的满月派对，林冉与钟明辉保持着前后一个身位的距离到场时，卢安娜与梁博文已经来了。葛云佳抱着哥哥，梁博文抱着弟弟，正一边打量对比，一边饶有兴致说着什么，卢安娜在附近坐着，神色清冷，思绪明显并不在这里。

张帆的妈妈坐在附近冷餐长桌的尾端，正听边上一位头发花白的老太说着话，那老太与葛云佳有说不上来的两三分相像，林冉猜应该是葛云佳的奶奶。葛云佳当时出走，他们猜测她会不会回了老家，便给家里打了电话，大概就此惊动了奶奶，这下她终于代表葛云佳的娘家现身了。

葛云佳从青岛回来后，似乎改了不少性子，不会再在群里跳着脚事无巨细地吐槽张帆和他妈妈了，也不主动播报进展了，她沉默了许多，老老实实地待在房间里，吃饭睡觉，喂奶逗娃，甚至喊同学把专业书寄了过来，偶尔临窗就着好天气看起来。

到底在青岛经历了什么，就这样变了性子？旁人摸不着头脑，也不敢贸贸然，间歇试探下她也是乖顺自省的模样。葛云佳离奇地忽然间就长大了。但大多人还是不信的，猜想她是不是憋着什么大招，一直惴惴不安地等着另一只鞋落地。

林冉走过去和葛云佳打招呼，她与梁博文之前也见过一次，混个脸熟，这会儿凑在一起聊几句也不算尴尬。

她把钟明辉拉过来介绍："这是我老公，钟明辉，钟老师。"

葛云佳开心问好："你好呀，谢谢你来。一直听林姐姐夸她的好老公，藏着掖着的，这次是终于见到了。"

说罢，她盯着钟明辉清俊的脸仔细瞧，神色间带着些犹疑，喃喃自语着:"好像在哪里见过……"

林冉并未在意,问她:"张帆呢?怎么不见他。"

葛云佳耸肩,垂头逗弄着孩子,一脸无所谓地回答:"说是临时有事耽误了,出发晚了,这会儿还在路上。随他啦。"

林冉还想问些什么,但是钟明辉和梁博文都在边上听着,女生的私房话多少有些不合适,她闭了嘴,转头和钟明辉挨着卢安娜入了座。

葛云佳同梁博文继续介绍:"梁教授,你不知道,林冉姐姐的老公,他救了两个落水的孩子,之前还上过电视呢,'玫瑰骑士'就是他。"

于是她又盯着钟明辉看了一阵,终于想起在何时何地见过他了,那还是她刚住进月子会所不久,在大堂的咖啡厅听见这个男人和母亲的对话,遥记当时还默默腹诽来着。思及此,葛云佳不知是唏嘘还是生气,脸涨得通红,表情变得尴尬慌张,还好怀里的幼崽识时务地哭闹了起来,给她打了掩护。

月嫂把孩子们从她和梁博文怀里接过放回婴儿车里,和葛云佳一起到隔壁间小小的哺乳室喂奶去了。

梁博文揉着酸胀的胳膊坐回卢安娜身边,卢安娜今日并未化妆,她素净的一张脸,总觉得气色差了一些,气场截然矮了大半,俨然泯泯众生中不足为道的一人罢了。林冉与她互相问了好,又与钟明辉互相介绍了一番。还没寒暄几句,张帆风风火火地跑了进来,他直奔管家低声说了几句,管家连连点头就离开了。张帆又小步跑到张母和葛云佳奶奶边上，他俯身在奶奶耳边说着什么，奶奶愣了愣，再对上他眼睛的时候，喜笑颜开地笑起来。

他脱掉了时下最流行的牛仔夹克，里面是件与外套并不搭配的粉色衬衫。而后，张帆看向了林冉与卢安娜，他走过来，选定了林冉，格外认真地说："姐姐，麻烦你个事儿。晚点帮我和葛云佳录个像，谢谢你。"

林冉不假思索地说："好的。"

很快，管家推着小推车进来了，房间里的人见了，发出此起彼伏的惊呼声。

那是一束需要用"硕大"来形容的玫瑰花，林冉从来没有见过这么壮观的花束，它像一棵百年大树的横截面，得两个人合抱才行，丛丛的玫瑰就是这大树层叠的年轮，它们聚拢在黑纱的包裹中，星星似的灯光穿梭在艳红色的花蕊里，静静地等待着被赋予某种意义送给一个人。

房间里的灯一截一截地暗了，红色的斜阳漏了几缕进来，恰巧照在布景上，昏暗中林冉与卢安娜对望一眼，她们明白了张帆正在策划的大事件，林冉从兜里掏出手机，解了锁端放在桌上，心系任务时刻准备着。她想，卓芳应该会很后悔今天自己没有来现场。

一切准备妥当，就等女主角进场了。

葛云佳喂好奶，身体空乏困顿地回来，和月嫂孩子们站在门口，就觉得气氛诡谲，很快她看到了花瓣路尽头的张帆和他身边那如山的玫瑰花。葛云佳脚底发麻，停在了原地，她狐疑地盯着张帆，不敢走进来。

当初张帆在学校里跟她表白时，就是这个阵仗。其实张帆原计划是点两排蜡烛的，但是月子会所禁止烛火，于是那个计划搁浅了。

管家不知从哪里变出了一袭白色头纱，也不由葛云佳挣扎，很快给她戴上，头纱里藏着的发夹戳在她的头皮，她有些吃痛，低低嘶了声，但除了她自己，没有人听到。管家拉着葛云佳站到了布景前的斜阳里，猩红的光刺进葛云佳的眼里，她一时迷了眼，再睁眼时，灯光亮起，张帆已经单膝跪在了她跟前。

葛云佳心口漏了一拍，怔怔望着他。

"跪早啦跪早啦，先起来讲话……"张帆妈妈在边上小声提醒。

张帆匆匆忙忙站起来，耳根已经红透了。

"葛云佳，我先向你郑重地道歉。之前发生了一些不开心的事情，让你感到伤心难过，是我不好，我没有坦诚地与你沟通商量，也不该任性在这种时候跟你吵架。你虽然表面开朗，但是我知道你其实很脆弱，很缺乏安全感，很需要我，但是我……一直在让你受委屈，我知道你承受了很多、付出了很多，我明明心里都清楚，但是这个时候我没有做好，甚至可以说，我弄砸了。我真的很抱歉，不知道该怎么面对你，不知道该怎么解决眼下的一堆问题。"张帆紧紧地盯着葛云佳的眼睛，她浅褐色的瞳孔里映着他忐忑的脸。

他开腔时还有些紧张,声音里藏着不动声色的颤抖,说到后来,逐渐打开了话匣子:"葛云佳,我真的很喜欢你,从看到你的第一眼开始就很喜欢你。我现在还很稚嫩不成熟、还是狗脾气,但我会努力改正,努力学习工作,做一个好爸爸,为你和我们的孩子们创造更好的未来。所以,请你再相信我一次,给我一个机会,我们继续一起慢慢长大。我选择今天跟你讲这些话,就是想在亲友面前,给你一个郑重的、大丈夫的承诺。葛云佳,我早该向你求婚的。"

张帆单膝跪下,欲从兜里掏出戒指盒,左边口袋掏了空,他慌忙掏右口袋。

林冉端着手机录像,因为偷笑手轻抖了几下。她看着屏幕里小男生可爱的青涩,眼眶发酸,忍不住吸了吸鼻子。

林冉偷眼看了张帆妈妈那边,张帆妈妈早就掏出纸巾一手撑起眼镜框一手抹着眼泪。林冉又看向身边的卢安娜,她面色沉静,思绪似乎依旧不在这里。

张帆手忙脚乱地把戒指盒打开,并不是预想的鸽子蛋大的钻戒,而是一个分外朴素的铂金戒圈。

张帆解释道:"这是我这个学期开始每天中午在学校的超市做兼职赚的钱,买的一对戒指。玫瑰花我没钱买了……找的我妈……"

"嘘!"张帆妈妈低低打断他没必要的碎语。

"我现在的能力有限,等我工作了,我给你补上大大的钻石!"张帆沉声大喊,"葛云佳,请你嫁给我!等毕业我们就去领证!"

他这一嗓子,把两个孩子吓了一跳,纷纷嗷嗷号哭起来。明明是孩子们的满月派对,主角却被爹妈抢了去,这哭得惨烈,像是表述不满。月嫂们赶紧抱着孩子们跑出了房间。

林冉端着手机,单手偷偷抹着眼角的几滴泪。

她看着手上今日特意戴着的钻戒,触景生情,想到了钟明辉与她求婚时,同样的朴素真诚,同样的许诺誓言,格外动唏嘘,下意识看向钟明辉,他感受到了林冉的目光,轻轻捏了捏她的腿。这是他们大仗之后的第一次良性互动。

林冉注意到,连卢安娜的目光都柔软了。

他们都屏息等待着葛云佳的"我愿意",这大概就是参加求婚或婚礼的体感,人们总会把那对新人展现的爱情模样糅杂进与自己有关的憧憬和畅享,它变得更加动人鲜活。

葛云佳盯着那枚戒指,它在残留的斜阳里泛着光,它光洁且神圣,葛云佳很喜欢它,心想这比由张帆妈妈出资的几克拉的钻戒都要珍贵。

葛云佳的眼泪簌簌落下,这一刻,她等了许久许久,然而这一刻真的到来的时候,忽然变得如此不真实。

葛云佳缓缓举起手,张帆的唇角也缓缓扬起。

她看着张帆认真的眉眼,孩子们的啼哭声越来越远,不知哪里传来了海浪飞溅礁石的声响,夕阳的光像是对岸的灯塔照来……

"我不能要。"葛云佳放下了手。

第 9 章 恨是因为爱

姜还是老的辣

参加完葛云佳并不太成功的满月派对之后,林冉和钟明辉匆匆出了门,林老师与戴老师请他们在月子会所边上的餐厅吃饭,他们还请了钟母,原本钟母是不愿意来的,林老师措辞极为客气恳切,钟母被戴了高帽子,碍着面子还是来了。

这是间人均不低的本帮菜餐厅,入口处是富丽堂皇的旋转楼梯和晶莹剔透的水晶吊灯,大理石的瓷砖地面映照着影影绰绰的人来人往,前台接待穿着讲究精致的制服,温声细语地领着他们穿过雕梁画栋到了包间,包间不大,摆着六席的小圆桌与一张双人的皮质沙发。

林老师戴老师已经到了,戴老师正与钟母一同看着菜单,林老师坐在沙发上与钟明辉说着话,钟明辉双手放在膝盖上,低垂着头,一副正受训诫的样子。林冉幸灾乐祸地倚着门观赏了一会儿,终于被戴老师发现,扬手招呼让她进来。

林冉在她们对面坐下,喊了声"妈",钟母没吭声,别过了脸。

林老师与钟明辉入了座,凉菜很快上了桌,随着杯子碰撞,氛围渐渐松快了些。林冉心里惦记着晚晚,总不放心将她一个人留在月子会所,现在网上总是流传着月嫂保姆虐待婴幼儿的事件,短短半小时,她已经脑补了很多可怕的画面,而这里除了她之外,似乎大家都在专心吃饭,从当下菜肴的烧法聊到气候变化与新闻联播。他们是晚晚的父亲、外公、外婆、奶奶,但林冉忽然意识到,他们终究与"孩子的母亲"是不同的。

林冉在月子姐妹花的群里发了"江湖救急",希望谁有空能去她那儿照看一会儿。

"林冉,明辉,我有些话要跟你们说。"林老师喝了两口黄酒,脸颊泛红,他放下筷子开口说。餐食过半,他终于切入了这场鸿门宴的正题。

戴老师和钟明辉也跟着放下了筷子,林冉没理会,自顾自喝着海参小米粥。

"小年轻吵架很正常,再恩爱的夫妻都会有矛盾,我们作为长辈作为外人,不好说太多。但是这次我听说你们把明辉妈妈也牵连进来,实在不应该。吵架再怎么凶,也就是你们两个人的事情,明辉妈妈把身体不好的明辉爸爸一个人放在家里大老远来看望你们照顾你们,很不容易,付出了很多。林冉,虽然我已经替你给明辉妈妈道过歉了,是我们教女无方,这里你也要郑重地给明辉妈妈道歉。"林老师慢条斯理地讲着,他仍带着班主任的威严和气场。

林冉在他的注视下,卸了劲儿,她放下筷子,深深地吸气长长地吐出,看向面无表情的钟母,说道:"妈,对不起,前些日子我说话过分了,请你原谅。"

钟母眼观鼻鼻观心,顿了许久,淡淡地说:"你没错,是我的错,我就不该……"

她还没说完,戴老师就举起杯子抢断了她的话,笑说:"好啦,林冉道歉啦,明辉妈妈也不要自责啦,这事儿就过去了,谁提谁小家子气哦。这后面几天呀,明辉妈妈你就安心住在我们家,我和老林闲来没事,陪你多逛逛玩玩。我们知道你还是不放心明辉爸爸,到时候我们陪你一同回家看望一下亲家,正好把晚晚的喜蛋什么的都送到亲友们手上。"

戴老师与郁气未疏话又堵住的钟母碰了杯,再放下时顺着林老师的话茬继续说:"你们小两口也是,好的时候黏在一起像一个人似的,吵起架来,天崩地裂的。冉冉我早跟你说过你要好好沉淀沉淀你的脾气,你现在当妈了,该成熟懂事些了。"

林冉知道戴老师是把话说给钟明辉母子听的,多少还是有些委屈,忍不住想回两句:"我哪有不成熟不懂事。"

"我是你妈,我还不知道你。"戴老师眼睛瞪得溜圆,转而看向钟明辉,"还有,明辉,你也做得不好。林冉不懂事,你也跟着不懂事,她就算任性了些,你们什么时候吵架不好,非要在她坐月子的时候吗？她十月怀胎孕吐了三四个月，还得去医院打营养针你也不是不知道，生孩子你也在边上陪产，她哭啊号啊从鬼门关走一趟你都看在眼里，生完孩子没日没夜地喂奶也没有好好休息，身体最虚弱、情绪最起伏的时候，你非要这个时候跟她一般见识。女人的月子仇，是可以记恨一辈子的，你要真想舒舒坦坦过到老，这个时候就谨慎点吃亏点。我当年坐月子的时候，我婆婆有顿饭给我端了冷水剩饭，过了三十年了，到现在我还记着呢。"

"咳咳。"林老师咳嗽两声，"哎呀，说这些有的没的干吗。"

戴老师瞪了眼林老师让他别打岔，接着说："明辉，你向来知进退识大局，我和你丈人把你当我们儿子疼，但前提还是因为，你对我们姑娘好，你懂吗？你要是有什么不满什么不忿，你就直接找我，或者找你丈人说，我们帮你出头教训你老婆。如今有了孩子，你们小夫妻生活不容易，花销啊精力啊肯定都吃力，你们有任何问题，别顾忌别担心，就直接跟我们说，我们总归能帮衬一些分担一些。冉冉是我们的宝贝，晚晚是我们两家人的宝贝，都不能委屈了。"

戴老师不愧是教语文的，话里几番意思，各打五十大板，但明里暗里都说到了。

林冉扯了扯嘴角，再抬头看向戴老师时，眼眶又开始发酸，生完孩子后她总是忍不住要哭。

"妈，是我做得不好。我道歉，对不起，以后不会了。"钟明辉看着林冉，试探地轻轻抓起她的手，"我们好好过日子。"

林冉温顺柔软地由他握着手，眼泪里混杂着这几天的难过委屈尽数落下。

钟明辉赶忙抽纸帮她抹眼泪。

林老师这才笑出声："就是嘛，这样多好呀。好啦好啦，这个石斑鱼赶紧吃，明辉妈妈，你多吃点，这个很好吃……"

从餐厅出来，林老师为那二两小酒喜气洋洋，戴老师挽着钟母，听她咂嘴一顿晚饭怎么能吃个三千多块钱，戴老师话术满满："平时我们哪舍得，明辉妈妈来了，别说三千块，六千块我们也要吃的呀。"

钟母眉开眼笑，临别前主动拍了拍林冉的手，道了句："冉冉辛苦了，要注意身体好好休息。"

场面很是温馨和睦。林冉虽然心里还是别扭，但知道只能到这里了。

他们脚步匆匆往月子会所走，一前一后进电梯回房，门刚打开，林冉呆愣在原地。

葛云佳、舒知秋和卢安娜都在，她们三个围着晚晚的婴儿车或坐或立，也未交谈，只是这么彼此共享着空间与时光。

她们见林冉回来，纷纷看过来，那三道目光热烈、温柔又沉静，像冬日的暖阳照落身上，林冉又要忍不住哭了。

"谢谢大家。"林冉鼻音浓重，"我没想到你们都来了。知秋，你身体好些了吗，还发烧吗？"

"我已经没事了,谢谢关心。正好闲着发闷,就下来看看,没想到都在这碰上了。"舒知秋柔柔一笑。

她伸出修长的手指了指葛云佳:"这个小姑娘明天中午就要出所了,我们还说,晚点和她安娜姐带她去个好地方当作欢送会,林冉你要不要一起去。"

"这……"林冉有些犹豫,她其实更多是没反应过来。

"哎呀,一起去嘛!"葛云佳走上前一把搂住林冉的胳膊,"你老公不是也回来了吗,让他照看着晚晚不就行了。他闲着也是闲着。舒姐姐的老公看着孩子,梁教授也看着孩子,张帆也看着孩子。看孩子的事情交给男人们,我们坐月子的女人就要happy!"

葛云佳说话时,没好气地瞪着钟明辉。

钟明辉有些莫名其妙,回想着彼此的寥寥照面,似乎没有得罪过她的地方。

林冉扑哧一笑,点头应了。

妈妈们的乌托邦

乌托邦的粉色霓虹灯亮了起来,老旧的灯管里电流声轻微地嗡鸣,她们一行四人在两张小方桌拼接的角落坐下。杜六一过来招呼,他与卢安娜熟络地聊天,目光从舒知秋身上绕到了林冉和葛云佳。

"四位仙女下凡辛苦了,喝点什么?"杜六一问,视线忍不住又落回到舒知秋的脸上。

"我要一杯教父。"卢安娜说完,看向其他几人。

"我也要一杯教父。"舒知秋跟着说。

林冉把酒水单翻来覆去看了几回,说:"橙汁吧,谢谢。"

"我要龙舌兰日出。"葛云佳想了想,又问,"这个有酒精吗?我回去还要喂奶,不能喝酒哎。"

杜六一愣了愣,下意识将葛云佳上下打量了一番,笑说:"这小妹妹真幽默,哈哈哈哈。"

他的笑声在几人平静的注视下显得格外尴尬。

"难道不是玩笑话啊。"杜六一喃喃自语,给葛云佳介绍了一圈无酒精的鸡尾酒。葛云佳随便点了一个杯子漂亮颜色好看的,又点了一盘披萨和烤鸡翅。

葛云佳解释,母乳喂养两个儿子实在太损耗了,一天八顿还是会饿。

几个小时前那场惊喜求婚变意外尴尬的满月派对,对葛云佳并没有什么影响,至少看起来,她专心地吃着消夜,抓起刚烤好的披萨嗷呜咬下一大块,铁盘刚出烤箱不久,她被烫了嘴,悻悻把披萨放回碟里,喝了口饮料。

葛云佳瞅着身边三位姐姐,各自都是阴云笼罩着,话题寥寥,各想心事。

第 9 章 恨是因为爱

卢安娜的思绪依旧飘荡着,她第一杯酒很快喝完,请杜六一拿出存酒,又倒了一杯。林冉虽不爱喝酒,但还是唏嘘羡慕不用母乳喂养的卢安娜那份自由与潇洒,她因为晚晚体质敏感,饮食诸多顾忌,那些鱼虾、牛羊肉碰不得,只有眼馋的份儿。

舒知秋看出葛云佳的无趣,与她干杯,莞尔笑道:"总感觉,小云佳潇洒一圈回来,长大了不少。不如趁着这个机会,与我们说说你精彩疯狂的旅行。"

舒知秋的睫毛闪动,像蝶翼欲飞。

葛云佳沉默了一会儿,回答:"我和妈妈打了电话,在海边,灯塔下。我五六年没有喊过'妈妈',有点别扭。"

闻言,林冉和卢安娜都放下心事,认真侧目倾听。

"我们聊了好久好久,她说她现在过得很好,有一个温柔细心还小她六岁的老公,她自己开了间瑜伽馆。我告诉她,她当外婆了。她没生气,只说会尽快计划行程,回来看看亲亲他们。"葛云佳放下叉子,纸巾抿了抿嘴,望着天花板长舒一口气,像是在整理情绪。

她接着说:"我一直气她怨恨她,我跟她划清界限,冷漠地视而不见,就是我得意的报复方式。但这次我们聊了好久好久,聊天的时候我就看着那灯塔的光一轮一轮地照着,她一边哭一边跟我道歉,我也一边哭一边跟她道歉,那画面挺滑稽的。当了妈妈之后,我忽然醒过来了,我终于承认,我就是想妈妈了,很多很多的时刻,我就是希望她能在我的身边而已。人生那么长呢,我要放过妈妈,也要放过自己。"

舒知秋听着葛云佳的话,某处心弦拨动,她别开眼望向窗外。

葛云佳继续幽幽说道:"我知道她很爱我,但我更知道,她早前的人生充满了无奈和被动。她没有什么选择权,所以一步步到了今天这样,女儿不理解甚至怨恨。我呢,不想成为她那样的人。"

"所以,你拒绝了张帆的求婚?"卢安娜问她。

"是,我并不是不喜欢张帆,我很喜欢他,也真的很希望和他永远生活在一起。但……我现在悟了,我可以选择和他结婚,而不是,我为了生计、为了孩子或者总归为了些什么,只能和他结婚。故事的结尾,不应该是他终于愿意娶我,然后就欢喜大圆满了。现在只是个开场才对,我承认之前我走了许多错路弯路,但妈妈说得对,我还来得及,我想再努力努力,等以后,我再选择和张帆结婚。"葛云佳表情严肃认真,她又重重强调了一遍,"这和他现在和我结婚,完全两种意义哦!"

她说完,把头一歪,展露出大大的微笑,一脸"快夸我"的表情。

林冉扑哧笑出声,连忙拊掌认同:"云佳说得对!云佳真棒!"

卢安娜端起酒杯,轻轻与她碰杯,淡淡说:"敬葛云佳。"

葛云佳眉开眼笑着把杯里的酒喝完了,她把卢安娜、林冉、

第 9 章 恨是因为爱　275

舒知秋都仔仔细细瞧了一遍，感叹道："之前因为张帆要出国的事情吵啊闹啊，我现在想明白了，他爱去就去，我没啥可担心顾忌的了，其实他妈妈说得没错，我们不可能时时刻刻绑在一起，我不能做他的绊脚石，不然以后一起喝西北风啊。我妈妈说得也没错，她说放风筝要先松线，风筝才能飞得高。以前是我想不通，我害怕，把张帆当作这辈子唯一的救命稻草，所以没有一点安全感，生怕他跑了没了，我只能在水里漂着上不了岸。现在我想了想，我才是我自己的灯塔。人生那么长那么多可能性，我没什么好怕的。"

葛云佳说的话，几个人未必能明白。但值得欣慰的是，她自己的确想明白了。

"我在这月子会所住了一个月，最大的收获就是认识了姐姐们，还有卓芳姐姐。"葛云佳分了点林冉的橙汁，坐直了身体端起杯子，认认真真地说，"敬几位姐姐，谢谢你们对我的照顾，我都记在心里。我希望我以后也能成为像你们这样美好的女人。"

清脆的碰撞里酒液摇晃着轻响，和着她们细碎的笑声，此时不需再用言语表达。

杜六一端着一盘约莫六寸的巧克力蛋糕走来，躬身送上，说："几位美女，送一份蛋糕给你们尝尝。"

葛云佳负责接过，也不客气，又问杜六一："谢谢老板，请问有蜡烛吗？我要许愿！"

杜六一挑眉，柜台后翻找一阵，还真被他找出来几根彩色的蜡烛，连带着他的打火机一并送来。

葛云佳兴致勃勃插上蜡烛，一根根点燃。

她的眼睛清澈透亮，浅褐色的瞳仁里烛火摇曳，整个世界都在发光。葛云佳自己都差点忘了，她原本是那样漂亮玲珑的女孩。

葛云佳双手合十，虔诚地闭上眼睛："我许愿，我能顺顺利利回学校念书，能长长久久地在妈妈身边，我的孩子们快快乐乐。"

她眼含热泪吹熄了蜡烛，光影在舒知秋脸上摇晃，一同坠进暗处。

夜里两点，林冉喂好奶，钟明辉与赵阿姨抱着晚晚去换尿布，她一个人坐在床上。晚晚喝奶时总爱衔扯着乳头，于是她乳头皲裂的伤口一直没有痊愈，这会儿刺痛的后劲还没消散，把她的睡意赶去了大半，林冉想起了什么，打开了手机。

之前张帆拜托林冉拍摄的视频还在手机里，因为意外的收场，这段视频变得鸡肋又晦气。林冉本打算清理，她指尖在删除键前顿了顿，点击了播放。

张帆紧张又冗长的演讲，葛云佳屡屡欲言又止的纠结，直到大家已经做好了欢呼的准备，她甚至听见自己在吸气蓄力的声音，葛云佳拒绝后满场诡异的安静。林冉的脚趾抓地，心想这段视频实在应该销毁。

视频的最后，镜头从卢安娜的身上掠过，林冉浅粉色的月子裤满屏罩下。林冉把视频后退了几秒，重新看着卢安娜的脸。

她正襟危坐，似笑非笑，沉凉的视线穿过周遭的人与物，就这样静静看着葛云佳。目光很短，她什么也没说，但林冉感受到了，那是一种赞许与欣慰。

老叶的新工作

这栋商场建于千禧年，一共有八层楼，地铁站出来只须走几分钟便到了，地理位置好、体量大，曾也是人头攒动的繁华购物中心。这几年周围建起来了许多新商场，装修新潮前卫，功能更多、驻户更齐全，配套设施充满了人文关怀的细节，当然还有充足的停车位和充电桩。那栋老商场被这些后起之秀包围住，有种英雄迟暮的冷清与无奈。

商场八楼有间电影院，一样的迟暮年纪。

电影院门庭冷清，放映的场次不多，观影的人则更少，一场电影只有四五个人也是常有的事。它在这个商场里的地位，两个字解释，就是"得有"。

营收不景气，收入也不多，员工陆续走了。检票口和卖爆米花的地方是同一个年轻人负责，也是这里唯一一个年轻人了。打扫的老人家头发已经花白，佝偻着背，宽大的制服下裤腿显得空荡。人声寂寥的候场厅里，他一手提桶一手举着拖把四处清扫。他走路很慢，但有心人还是能看出他步履的深浅。他弯身捡拾长凳下废弃的票根，起身有些吃力，手默默撑在椅子上，又险些手滑，颤颤巍巍才站起来。

詹律师在谈话中，有意无意地说起老叶前几天发生的事。影院的最后一场，来了一对醉酒的情侣，电影看了一半两个人发生了冲突，酒气醺醺的男人拽着女孩的头发就把她拖了出来拳打脚踢，老叶冲上前挡住了男人的拳头，拉扯间被撞翻在地，胳膊受了伤。公司陪老叶去医院拍了片，打算联系他的家属，被老叶拦住了，便通知了作为联系人的詹律师。

舒知秋从暗处的柱子后缓缓走了出来，也未出声，在不远不近的地方静默地立着，等着他发现自己。

老叶原本以为是等着电影开场的客人，瞥一眼只觉那身影纤细窈窕，很难忽视，下意识又看了一眼。

她米色的羊绒长款外套熨帖柔软，她的表情藏在同色的贝雷帽下，有些模糊。那双眼睛，像极了舒月容，又多了几分坚毅与冷漠。

"秋秋！"老叶惊喜地叫出声，他不动声色把左臂往身后藏了藏，"你怎么来了？你身体好些了吗？"

他说完，意识到自己多嘴，又变回手足无措的样子。

舒知秋心里笑，真是装可怜第一名。

"叶先生，请问你有时间吗？我有事需要和你聊聊。"舒知秋说。

"有的有的，你等我几分钟，马上午休了，我跟经理说一声提前一会儿休息。"老叶连忙点头,扔下拖把就转身往休息室走,他高低着走几步回头看她一眼,努力挤着笑,生怕她会趁他不注意离开似的。

他们在商场二楼的咖啡店坐下,大大的落地窗可以看到川流不息的街道,街边的梧桐树长势很好,枯黄的枝杈伸展到窗前,舒知秋忍不住遐想,等到春夏时,枝叶繁茂,绿荫丛丛应该很好看。

小小的方木桌对面,老叶双手放在膝盖上规矩坐着,他直勾勾盯着垂头翻看菜单的舒知秋,看着她秀丽的眉、浓密的睫毛。恍然间,看到她抬起头,仍是那十几岁尚且青涩稚嫩的脸,额头还有茸茸的碎发,眉毛也没那么精细规整,眉梢杂乱,脸颊泛着几颗无伤大雅的青春痘,她的眼睛亮晶晶的,满心满眼地冲他咧嘴微笑,她的笑容纯粹又快乐,对未来的横祸没有丝毫警惕。

老叶心口大痛。

舒知秋问他喝些什么,他紧闭着嘴,无法回应。

她也没再理会他,叫来服务员自顾自点单,要了一杯黑咖啡一杯热牛奶。

舒知秋从包里拿出一个塑料防尘袋,递给了老叶。

"这是我母亲的遗物,是她的账本,记录着这些年为她丈夫还的债,一笔笔一桩桩都在里面了。现在算是物归原主吧。"她声音僵硬,像第一次在镜头前表演的演员木讷地背着台词。

老叶接过来,打开袋子,取出那本因为翻阅频繁,纸张蓬松的旧本子。他小心翻开来看，那字迹秀丽熟悉，详细记着每一笔还债的日期金额以及收款人姓名，偶尔会被水点浸染，墨色旋转散开，卷起细微的皱褶。从几百块到上万块，从本金到利息，她一笔笔打上了红色的勾。

老叶放下本子，双手捂住脸，双肩无法克制地颤抖起来。大片的日光被枯枝割裂，砸落在他身上。

舒知秋浅啄着咖啡，浑不在意他的情绪起伏。

"我会都还给你的。"老叶缓了半天，吐出这句话来。

"不用。"舒知秋目光停留在他身上，"你根本还不起。"

妈妈是被那些债务给熬死的。舒知秋忍住了这句话。

"其实我本可以委托詹律师帮我跑一趟，但有些话，我想当面与你说。"舒知秋垂下头，又思忖了许久，久到老叶那口不敢喘的气一直憋着，就快窒息。

"你的老婆是我见过的最善良的人，她任劳任怨为你还债，拖垮了身子也从没有半句怨怪。她大概也是这个世界上唯一理解你的人，她始终劝解她女儿，说你是个本性老实质朴的好人，只是兔子急了也咬人，为大家讨公道失了分寸，你是因为自知犯了大错，无颜面对妻女才音讯全无的，她竟心疼你有家不能回的可怜。无论你做了什么，她总是会帮你找借口。叶学军，你这辈子最大的福气，大概就是能被这样的女人深爱着。"舒知秋盯着咖啡杯沿，上面沾着些口红的痕迹，颜色深浓，像极了十月末的枫叶。

"而你呢，这些年法律制裁也制裁了，牢饭也吃了，也体会到阴阳两隔妻离子散的恶果,这是你应得的代价。到这里,你也不欠谁了。"舒知秋的目光又移回他苍黄的脸上,"我想告诉你的是,我虽然不会原谅你,但我释然了,长路漫漫,我不想再背负太多沉重的阴霾了,我决定放过自己,也放过你。我们都把心结放下,各自好好生活。"

老叶听罢,像溺在水底的人终于浮出水面,他大口喘着气感受着新生,呜咽声在喘息的间歇从喉咙深处逃出来。

舒知秋端起杯子,仰头将杯底冷透的咖啡喝尽,谁也没注意到她眼角滑落的泪。

"话说完了,我走了。叶学军,自己保重。"舒知秋手机付好账,站起身拎着包就走。

"秋秋。"老叶喊住了她,几步追了上来,他从左口袋里掏出一把东西不由分说塞进了她敞开的包里,他含含糊糊地解释,"你小时候最喜欢吃这个糖,那时候爸……我没本事,这点都没法满足你。现在……你拿着吧,詹律师说你低血糖,你备在身边。"

他说完,深一脚浅一脚地疾步离开了,生怕她追上来把东西还给她。

回程的车里,舒知秋从包里拿出老叶强塞的糖果。

十来年了,大白兔奶糖还是差不多的包装,白底蓝纹,中间绘着可爱的白兔。

她想起小时候,这样的奶糖属于紧俏硬通货,只有过节过年去镇上才能买到,哪个同学要是有这么几颗糖,带到班里来都能风光好几天。有一年过年，老叶从镇上要完工钱回来，给她带了三颗。她一颗给了妈妈，一颗藏在铅笔盒的下层想着哪次考试得了第一名再奖励自己。剩下的一颗她慢腾腾含化，糖纸也舍不得丢弃，平整夹在了字典里。

舒知秋慢腾腾剥开了一颗糖，丢进嘴里。

早已不是记忆中奶香四散的口味了。

她试着将奶糖的包装纸抚平，那些褶皱痕迹怎么也无法抚平，这便是人间世事。

她拨通了詹律师的电话，那边倒是很快就接起了，像是一直在等着。

"詹律，谢谢你一直为我和叶学军做中间人，我明白你的用心良苦，真的谢谢你，然而我可能要让你和妈妈失望了，以后，我不会再见他了。"舒知秋顿了顿，"最后再麻烦您一次，如果可以，请您陪同他去医院复诊吧，他向来逞强，只会说'没事'。医药费我这边出，请你不要让他知道……"

她挂了电话，瞥见街边的建筑，连忙喊司机靠边停车。

冯季尧说到做到，有极强的执行力，前几天刚哄劝她的几句话，如今句句落实，给她换了新车以及专门的司机。司机是年纪五十岁左右的大叔，姓张，本地人。张师傅身材发福，梳着背头，说话时显露出浓厚的沪普口音。他原先开了二十余年的出租车，对整个城市的纵横脉络烂熟于心，如今年纪大了，精力跟不上日夜翻班地出车，经朋友引荐索性做起私家司机。

张师傅听了舒知秋的吩咐,打了转向灯寻了街边的公交车站台停下,他透过后视镜看她,舒知秋已经解开安全带准备下车了。

"舒小姐去哪?"张师傅问,虽然交代了要喊她"冯太太",但张师傅总觉得别扭,这样的称呼又老土又敷衍。

小姑娘没有自己的名字呀,什么年代了还要从夫姓哦,帮帮忙又不是老港片。张师傅这么吐槽着。

第一次见面自我介绍,张师傅问她贵姓。

她说姓舒,他便喊她舒小姐,而后她唇角荡开几分弧线。

"我去买束花,一会儿就回来。"舒知秋说道。

那家花店店面不大,临街的窗边,高大的玻璃花桶整整齐齐地摆着,暖色的灯光聚焦落下,枝繁叶茂,色彩缤纷,格外温馨好看。花店老板是个年纪不大的女生,看见舒知秋进来,几步迎了上来,笑问她想买什么花。老板又看了看她,歪头笑问:"你之前是不是来过,我总觉得你眼熟。"

舒知秋点头,说要一束送给女生朋友的花,要有粉色荔枝与海洋之歌,她又选了淡紫色的翠珠作为点缀。

"美女总是让人印象深刻。"女孩笑着回答。

她很麻利地包好花束,很满意地兀自观赏一番,说道:"美女的眼光也格外好,收到这束花的朋友一定很高兴。"

舒知秋留了配送地址,扫码付款后走出花店,张师傅就站在门口候着。她有点诧异,张师傅解释道:"舒小姐,你刚生完小孩,身体虚弱的呀。我不放心你,就跟牢着你,以防万一,你母要见怪。"

舒知秋没说话，径直坐回了车里。

张师傅也很快坐进驾驶室，他兀自嘟囔着什么俚语，大概是关于路况的评价，更像是隐晦的谩骂。

张师傅相比之前年轻的小金，聒噪浅陋了些，但舒知秋并不反感。她在暗处，从后视镜默默看着张师傅，恍惚觉得他的眉眼与尚且壮年的老叶有几分相像。

卢安娜决定离婚之前

葛云佳出所后，林冉越发感到坐月子的寂寥。钟明辉下班回来后，她找了要做产后理疗的空当去了五楼。是玲姨开了门，一脸歉然说舒知秋中午就出了门，现在还未回来。

林冉扑了个空，杵在走廊里叹气：舒知秋坐个月子，一半的时间都在外出。要是她自己，半天都舍不得出去，那是白花花浪费的钱啊。

钟明辉说得没错，月子会所的那些女人，和他们到底是不一样的。她在月子会所的这段时光，是将所有的支出都折合成每日支出，精打细算在每一个服务项目上，她恨不得把每顿月子餐都折合成市价来算性价比，来说服自己花重金坐月子，是划算的值得的。而那些女人，诸如舒知秋这样的阔太太，诸如卢安娜那样的女强人，这里只不过是一个地方罢了。

林冉想起她跟钟明辉新婚度蜜月的时候，林老师戴老师为他们的蜜月赞助了一万块，于是他们在三亚的海边住了一个礼拜的五星酒店。那几天大概是他们整个蜜月旅行最辛苦的几天，林冉这样爱睡懒觉的人，每天也要八点钟爬起去餐厅认认真真吃两个小时的自助早餐，不管是行政酒廊的免费酒水还是健身房泳池SPA按摩，她都坚持每天打卡，行程比跟团旅游还累人，以将五星酒店的住宿费最大化利用。她始终记得，那年的某天上午，她硬撑着吃掉第三盘早餐的时候，瞥见临海滩的露台上，有个男人独自坐着翻看报纸，桌上只有一杯柠檬水，他时而抬头望眼大海，惬意悠然。

如今，她又强烈感受到了这种差别。

林冉在走廊站着，电梯门开，卢安娜正好回来了，她一如初见时正装打扮，踩着高跟鞋，见了林冉，主动打起招呼。

"舒知秋不在？"卢安娜刷卡开门的工夫扭身探问，"要不，进来坐会儿？"

餐桌上整齐摆着几盒精致的礼盒，卢安娜放下公文包睇了眼，都是诸如阿胶燕窝一类的补品，猜想梁母应该来过，大概前后脚地错过了。

林冉跟在后面进来，环顾了一圈，房间里静悄悄的。

"梁教授不在？"她问。

"他这几天学校里有讲座，就不过来了。"卢安娜给林冉倒了水,"我去换身衣服,你稍坐会儿。"

林冉端着杯四顾着,卢安娜的房间楼层高,越过了街边的梧桐与民宅,视野舒展宽阔,此时近黄昏,可以望见红日坠进城市的边缘。

卢安娜很快换好月子服出来了,她轻手轻脚掩上了门。

"宝宝睡了?"林冉问,这句话在月子会所里属于"吃了吗"这样明知故问的寒暄。

卢安娜在她侧边的沙发坐下,问:"离你出月子会所还要多久?"

"还有五六天吧,日子真是一眨眼。你呢?"林冉说。

"我还要一个月多些。"卢安娜顿了顿,"知秋似乎也只有一个多礼拜了。等你们陆续出所了,在这里'坐牢'的日子渐渐有些寂寞。"

原来卢安娜是住两个月的贵客。

"知秋是住六周吗,我记得她与卓芳日子比较近,只晚个几天。奇怪,按理前段日子不是她家圆圆满月,怎么不见她办派对。"林冉说完,叹了口气,识趣闭了嘴。舒知秋没有家人,没有公婆,彼时老公也出差未归,若是办派对,又够冷清凄凉,倒不如不办。

"听说他们会在 J 酒店办白大宴,梁博文已经收到了她先生的邀请。"卢安娜回答。

这便是林冉的局限性了,月子会所这样千人一面流水线作业出来的小场面对冯季尧夫妇来说实属上不了台面。她吐了吐舌头，赧然化解自己的尴尬："肯定很豪华。"

卢安娜笑而不语，闲聊告一段落，她犹豫着切入了正题，缓缓说："其实……我有些问题想请教你。"

林冉有些诧异，见卢安娜表情凝重忧悒，登时肃然，坐直了身子将水杯放回茶几，做好倾听的准备。她收势迅猛，不巧碰翻了水杯，泼洒在旁边的一沓文件上。

林冉慌忙捞起，一张张检查有没有湿透，她翻了几张手势微顿，有片刻的呆愣，又很快反应过来赶紧递给已经起身的卢安娜，镇定地说："实在不好意思，把你的工作资料都弄湿了。"

"不妨事，再打印就好。"卢安娜接过来，就这样湿漉漉地收进了放在沙发角的包里。

林冉心口突突跳着，她窥见了些不算小的事，这会儿故作镇定。兜里的电话忽然响了，她心跳直接漏了一拍，赶紧接通，晚晚的哭声中夹杂着钟明辉的声音，他说晚晚醒了，哭得哄不住，大概是饿了，请她尽快回来喂奶。

房间里也传来遇安的哭声，可能是听见电话铃声吵醒了。林冉与卢安娜无言对视，目光碰撞，默契的无奈。

"下次找个时间再聊吧。"卢安娜耸肩。

林冉匆匆下楼回了房间，钟明辉正抱着哭得脸涨红的晚晚。

赵阿姨去员工食堂吃饭，这会儿并不在房间，只有钟明辉一个新手奶爸应付着嗷嗷待哺的婴儿，场面实在窘迫，看他着急的模样,恨不得自己喂了。

林冉从门口就开始宽衣解带,一副奔赴战场的女战士架势,晚晚的脸颊埋进她的胸口,哭声戛然而止,钟明辉和她都松了口气。

钟明辉倒了杯水,插上吸管,递到她嘴边。

"你这是去哪了。"钟明辉心细,察觉出她的心绪难平。

林冉摇了摇头,满脸的不可置信:"不得了,明辉你猜我刚才在五楼卢律师的房间里看到了什么?卢律师和梁教授的离婚协议,他们要离婚!"

梁博文按照约定在月子会所睡的最后一晚,卢安娜动了离婚的念头。

梁博文照例早早睡了,他在卢安娜脸颊蜻蜓点水地浅啄一口,柔声说了晚安,眼罩与耳塞都装备好,很快就睡着了。

卢安娜毫无睡意,她靠坐在床头翻看着刚收到的行业月刊。

这个夜晚原本可以这样平稳地度过。

梁博文放在他那侧床头柜的手机振动了几下,她下意识望向亮起的屏幕,零点十八分的时间,弹跳出几条信息,来自"meng",这是梁博文给袁梦的备注。

没有等到主人的查阅,屏幕不久后熄灭。

卢安娜手里正在读的文章,在眼前飘浮,再读不进去。

这是卢安娜唯一一次对梁博文的手机产生好奇。她经手过许多因"手机"作为导火索的离婚官司。

饶是如此,她还是忍不住看向他的手机,它就静静躺在那,幽黑的屏幕像深渊,她在凝望它,它亦在凝望着她。

她还是拿了起来,顺势在窗边的沙发坐下。月光照进来,如一层薄霜,竟有些寒意。梁博文的手机密码是坦诚的,常规的六个一,她断断续续地敲着,似乎在叩击摩斯密码。

袁梦发来的信息只是一首歌的转发,附文:写个案的时候可以听,旋律节奏很不错。

它很稀松平常,也不需要得到回复,只是一个朋友深夜的分享罢了。但是那种即使得不到回复也没关系的自在适然,让她很难释怀。

卢安娜往上翻了翻,这一看,便是一个多小时。

他们每一天都有对话,有时的确有事商谈,有时只是诸如今天这样推首歌转篇帖子;有时聊得频繁,你来我往话赶话着聊,有时间隔几个小时才回复,但总归会回复。在他们的聊天记录里,他有着意外的分享欲,那些值得说或者不值得说的,那些细微的心情与随感,都在这个小小的对话窗口里了。

卢安娜发现了不少梁博文从来不会与她说起的事。

去年初他去英国公办,袁梦发给他一张清单,请他帮忙买。她问他,你搞得清我要买的是什么吗?那样一个不屑研究女生保湿水精华露的人,他回说,搞不清也得要搞清,哪能给你买错。他从英国回来,飞机还在滑翔,他便给她发了定位报平安,约了见面的时间将买好的东西给她带去。

又是学校答辩季又是系列讲座的时候，梁博文忙得与卢安娜一个礼拜都没有联系，他们俩依然，每天都会互相推首歌开个玩笑，甚至专门去某间餐厅打卡吃过一顿晚饭。

也是去年，梁博文遭遇过一场小车祸，疲劳驾驶引发的追尾，他等交警的空当给袁梦发了信息，说起现场的情况，倒是袁梦问他有没有和卢安娜联系，他这才说：你提醒我了，我得给安娜报个平安。

卢安娜怀孕初期孕吐严重，产检出胎象不稳，梁博文陪她去医院打保胎针的时候，袁梦问他在干吗，能不能帮个忙看篇翻译，他很快应答，你的事必须立刻马上。说来奇怪，卢安娜清晰记得那时的画面，她脚步虚软着从诊室出来，梁博文坐在走廊的椅子上，认真看着手机，浑然未觉她在面前，需要丈夫搀扶一把。

孩子出生那晚，梁博文从学校赶来，他说研讨会太久耽误了些时间，然而那天，袁梦发信息感谢他专程来她公司出面处理了一桩棘手的纠纷。

诸如此类，卢安娜不想再将时间线一一对应了。

他们偶尔会谈及她，梁博文都是夸赞，没有半句埋怨的坏话，袁梦也都是感叹他有福气，要他好好珍惜，并无僭越与值得玩味的深意。

卢安娜读完那些平平淡淡、清清白白的对话，想哭又哭不出来，想笑也笑不出来。原来他想要分享想要倾诉的第一个人很多时间并不是她。

第9章 恨是因为爱　291

她认识的梁博文，是儒雅沉稳的教授，是团温柔的棉花，然而在这个对话框里，他可以永远是十八岁那个喜怒于形的少年，他是烈烈的火焰。其实卢安娜从认识袁梦的时候，她便默认这些不同，她理解，并且尊重。

然而真正击溃她的，并不在他们的聊天记录里，而是在梁博文的收藏里。那里有一段他们两个人的对话，袁梦讲起以后想去青岛的海边定居，他说，我们可以做邻居，接着你一言我一句圆满了生活畅想。他说，有山有海有酒有肉有钱有梦，人生足矣。

她又在聊天记录里找了一会儿，这段对话的确没有，大概是被删掉了。为什么？心虚吗？她抬头望着浑然未觉仍在酣睡的梁博文，她想起前夜他的那句"我不敢"，只觉得这男人可笑又可怜。他当自己是住在林徽因隔壁的金岳霖吗？

卢安娜心口空荡着一大块，她靠在沙发上，想了很久，终于想明白了那空地是什么。她以为他们是夫妻，到底是有爱情的，她为此放手一搏。然而梁博文的未来畅想里，有山有海有酒有肉有钱有梦，唯独没有她。

凌晨三点，月光皎洁，照在她身上灼热滚烫。

卢安娜小腹绞痛，她觉察一股热流从双腿间涌出。

恋人在前，父母在后

葛云佳在群里发了一张照片，那束粉紫相间的花娇俏漂亮，葛云佳捧在怀里对镜自拍，手机后的半张脸笑意盈盈，眉弯如月。她看起来状态很好。

葛云佳@舒知秋，谢谢她送来的花，她说起自己的现状，她现在住在张帆家，睡在张帆的房间里。张帆妈妈请的月嫂和阿姨无缝衔接上岗了，两张婴儿床摆在张帆妈妈的房间里，月嫂铺张小床和他妈妈一起睡，方便夜里一起照顾孩子，张帆爸爸则被赶到书房睡沙发床。白天张帆父母上班去，葛云佳与月嫂搭把手照顾孩子，她目前仍像在月子会所时一样，该吃该睡，按时喂奶，还算安逸。

虽然葛云佳拒绝了张帆的求婚，但张帆心里有数，他们终究还是会结婚，只是早晚问题，那两个血脉相连的孩子早就是他们彼此的誓言承诺了。张帆周末回来，张妈妈也会开明地把他们"赶出去"约会放松，葛云佳算着张帆出国的日子，到底还是年轻小情侣，月子期间闹得沸沸扬扬，这会儿又甜甜蜜蜜、你侬我侬了。

心情舒畅，奶水量也蹭蹭往上涨，之前忧心喂不饱两个孩子，只能混合喂养，这下喂了两个还有富足，她甚至有了闲心看着网上的教程买模具做起各种形状颜色的母乳皂。

葛云佳被月子放大的敏感焦虑,到了这时候,船到桥头自然直了。

林冉只有羡慕的份儿。

无论是有钱的舒知秋,有能力的卢安娜,有未来无限可能的葛云佳,还是都熬过来了的卓芳,相比而言,她实在平凡了许多。

三十岁的林冉,没有二十岁的憧憬,没有四十岁的通透,未来如火烧的眉毛,让她坐立难安。她掰着指头数着即将出所的日子,即便她知道,她的父母和丈夫会帮她摆平许多烦恼,她仍然忍不住反复地忧心和张皇。

同事转播的最新消息里,形势不大乐观。林冉的职位新招了个小姑娘,那姑娘像几年前的林冉似的,满腔的热情,心甘情愿地无薪加班,老板画的大饼也甘之如饴。老板很喜欢那新来的小朋友,她听话又便宜,而且在她的人生规划中,结婚生子遥远又不切实际。

林冉的危机感雷霆战鼓般敲响了。

她终于体会到自己焦虑的是什么了,或许育儿只占一半,甚至因为家人们的支持,它只占三四成,余下的,是一种停滞感。明明应该奋起跳跃的阶段,身边的人都开始撑起跳杆,义无反顾地将身体弹射出去,而她却停了下来。她仰头看着横亘的那道杆,重返起点、重新蓄力冲刺已有诸多不甘,唯有踌躇兴叹。

这种感觉,只有自己能够体会。林冉与旁人说起,得到的劝解总是不咸不淡的"想太多""现在家庭美满不是挺好,如果真的工作没发展,不如退居二线相夫教子",就连戴老师,也只是说"你得到了这样可爱的女儿,还有什么不满足呢?"。

这不是满不满足的事情。林冉心里回答。

她肯定爱孩子,这点毋庸置疑,晚晚的出生是她人生中最美丽幸福的事情。但是她依然想爱自己,为逐渐步入中年的已婚已育的职场女性而忧虑,为自己再去试想一些有的没的"如果"。

她不喜欢被叫作"宝妈""晚晚妈妈""孩子她妈",她有名字,她叫林冉,生了孩子以后,为什么大家逐渐忘记了这一点。

一个生命的诞生,真的是以一个生命的暗淡作为代价吗?千百年来亿万人生都是这样,那就是对的吗?连女人都理解不了女人。

这样的反复追问,没有答案,只有更沉重的无力。

戴老师林老师准备趁林冉还住在月子会所这几天,先陪钟母一同回老家,参加没有主角的满月酒。临走前,戴老师特意叮嘱钟明辉,多劝劝"想太多"的林冉。

生完孩子是这样的,过段时间忙起来了,她都没工夫愁这愁那了。戴老师的原话,被钟明辉一字不改地传给了林冉。她气得胸闷,一整天没有搭理戴老师,最后还是忍不住给戴老师发了晚晚最新出炉的吐奶小视频。想来,这话要是钟母说出口的,估摸着又是一场"月子仇"规格的婆媳口舌。

这天傍晚,电视台的记者发信息给林冉,预告今晚八点要播出之前采访的节目，提醒她记得收看。钟明辉傍晚参加完区里的教育研讨会回来，路过大堂，瞥见大屏幕上正播着那档节目，他那张憔悴的脸正好是个特写，泛青的胡楂儿以及三天没洗的油头，被电视屏幕放大到无处遁形。他和电视里的自己对视了一眼，落荒逃跑。

回到房间，林冉和赵阿姨并排坐在沙发上看电视，还是他的那张脸。晚晚正趴在赵阿姨肩头，她不紧不慢拍着奶嗝，晚晚眯着双眼，一脸享受。

林冉见钟明辉回来，连忙拉着他坐下来一起看。

钟明辉看着电视里自己的嘴巴一张一合，后脖子冒起一片鸡皮疙瘩，脚趾紧抠地面，如同受刑。

很快轮到林冉的部分了，她瞅了眼自己，连忙尖叫起来："怎么这么胖啊！我的双下巴太明显了！"

她持续尖叫着遁走回卧室，后悔刚才还在朋友圈里做了预告。留下看得津津有味的赵阿姨和沉默不语的钟明辉，晚晚恰到好处地打了个悠长的奶嗝。

深夜十一点，林冉又喂了一次奶。她环抱着孩子坐在床头，钟明辉站在床尾看。晚晚喝完奶顺势睡了，赵阿姨轻手轻脚把她抱走，钟明辉的目光仍黏在林冉身上。

林冉刚扣好胸前的纽扣，被他看得不好意思，嗔道："你在看什么。"

"看你的双下巴。"钟明辉不假思索地回答。

林冉听了，还没来得及发作，钟明辉又说："你怎么连双下巴都这么好看。"

她扑哧笑出声，嘲笑起来："你不适合讲这种土味情话。"

钟明辉仍然盯着她看，缓缓走近，在床边坐下。床头开着一盏壁灯，暖色的光线被灯罩边缘的波浪线收拢，投落下奇怪的光影。

钟明辉的脸在这样的光线下，仍然是二十来岁的清秀少年模样，他的眼神柔软认真。

"冉冉，你采访里说的那些话，真好。"钟明辉俯下身，在她干纹欲裂的嘴唇动情吻下。

那个吻柔软濡湿，缠绵留恋。他没说出口的话都在里面了，林冉懂了。她心弦拨动，身体深处升腾起一股酥痒，恍然像是回到了刚恋爱的时候。趁着兴致，他们浅尝辄止地腻歪了一会儿，钟明辉趴床睡下，他很快就睡着了。林冉算了算时间，下一场喂奶也就一个小时后，时间尴尬，睡也睡不了多久，她索性不睡了，就倚在床头刷着手机，不少亲友看了晚上的电视，专门发信息给她祝贺。

钟明辉也难得发了朋友圈，是一段节目的截屏，图里是林冉的特写，她说："其实他是个平凡人，但在我眼里，他镀着一层光。"

林冉想，他们之间最强力的羁绊，不是家庭，不是孩子，仍然是爱情啊。

第 10 章 是尾声也是开端

月子会所的最后一堂课

窗外下着大雨,活动室里的中央空调吹风口发出沉闷的气流声,除此之外,房间里再没有一点声音。

房间只开了一盏灯,大家在那团光圈的边缘围坐,有点像仿照西方的那种圆桌互助会。这是一节产后的心理疗愈课,这节课只有八个名额,报名的宝妈不少,但真正获得上课资格的,还是由月子会所里的管家月嫂提供的信息来决定先后,林冉能参加,或许并不算是好事,她们这八个同学,大概都是"她的确需要被疏导疗愈"的对象。舒知秋坐在林冉边上,卢安娜则坐在对面,她的出现让舒知秋感到有些意外,但林冉心里藏着她的秘密,只是默默唏嘘。

主持的是月子会所专门请来的专业心理咨询师,她年纪不大,不管是长相打扮还是言语举止,都温柔坚定,没有侵略性却有说服力。

各自做完简短的自我介绍，很快就到了"说出来"的倾诉苦水环节。

先发言的是一个刚进月子会所才几天的年轻姑娘，她说："当初怀孕的时候，所有人都很高兴，双方爸妈高兴，老公高兴，亲戚朋友高兴。我说孕吐好难受，他们说怀孕就是这样的。我说胸闷喘不上气了，心跳好快总觉得犯晕，他们说怀孕都是这样的。我说我水肿得好厉害，他们说怀孕要这样的。我说我睡觉不舒服，他们还是那句话，怀孕总是这样的。我说我长纹好丑啊，他们说怀孕嘛长纹正常，这是当妈妈的功勋章。反正，我的所有不舒服和难过，都变成了再正常不过的事情。甚至我说的多了，老公还会说我好矫情好娇气，这点苦痛都受不了，怎么当妈妈。我当时真的觉得这个男的，是我爱着的那个男人吗？"

"我是半路来坐月子的。"有个年纪与林冉相仿的短发女生跟着说，林冉对她有些印象，前两天在产康部打过照面。

她说："我生完孩子后，本来在家里坐了半个月的月子，真的要疯了。我是剖宫产，伤口家里人不会护理也就算了。真的是开始了古人式的坐月子：不能碰冷水、不能吹冷风、不能随意洗头洗澡、不能不穿袜子还有……不能用力抠鼻屎，各种禁忌，一说都是会落下月子病。真的是！半夜频繁起来，睡不好觉休息不好，也要爬起来母乳难道这种就不会落下病根吗？然后婆婆和妈妈还有各种连面都没见过几次的亲戚，一张嘴就是关心奶水够不够，甚至连公公也会这么问，真的很羞耻。他们站在房间不走要看哺乳的感觉也让人头皮发麻。说是坐月子，我发现我只是个喂奶机器，连个人都算不上。所以我连忙逃出来，花钱买个清净，我真怕那月子再坐下去，我要跳楼了。"

她的义愤填膺引发了强烈的共鸣，大家都纷纷点头称是。

"我也是，我也是。我生大宝的时候，经历和你一模一样，我不想顺产，我家里人说我就是怕疼。我不想喂母乳，他们又说我是懒。说大家都是这样过来的，怎么我就不行了。我不想辞职在家带孩子，他们说我不爱孩子。我就无语了，我怀胎十月生下来的孩子，我不爱，谁爱啊。他们就是站着说话不腰疼，我喂奶一年多，我老公夜里没有起来过一次，现在大宝三岁多了，我老公连她花生过敏都不知道。"

她们说完，眼神交换中，飞快建立了统一认知，确认了是自己人。预想这节课结束后，又一个"月子姐妹花"微信群即将上线。

林冉听了这么多吐槽，忽然觉得相比而言，自己那些郁结都不算什么。这大概就是圆桌会谈的一个优点，让大家都寻找到一种心理平衡。

主持老师见这破冰环节大家的势头高涨，逐渐要火烧燎原，赶紧开始了接下来的"问自己"环节。

循序渐进几个问题之后，她问："婚姻对你来说是什么？婚姻带给了你什么？如果有了答案，先放在心里。"

林冉垂着头，轻轻合上眼，她眼前是一片混沌的暖光。

而后，钟明辉的模样浮现出来。是当初刚认识的场景，觥筹交错的饭局上，他不卑不亢，不热络也不疏离，与她对视时，温润一笑，似乎什么都知道了。

她忍不住勾起唇角，像在笑。很快又想到那些大大小小的争吵，想到了没有边界感又小家子气的钟母，想到了以后难以避免的一地鸡毛。她的唇线耷拉了下来。

林冉相信她与钟明辉是彼此相爱的，他们的婚姻是因为爱情，而不是将就或是其他的。在这一点上，她自认不管是卓芳、葛云佳、舒知秋还是卢安娜，都比不上她。她一直为此沾沾自得。

公主与她的真命天子经历了许多磨难终于换上了华美的婚纱和挺拔的礼服，他们一同敲响了教堂的钟，在众人的鼓掌叫好声里转着圈拥抱着亲吻着，花瓣被抛撒，白鸽在飞扬，然后，童话故事结束了，婚姻开始了。

婚姻把林冉曾有的畅想与憧憬拉扯回了现实的尘世。原本想着一屋二人三餐四季，实则这小小的屋子不管你愿不愿意，硬生生挤下了两大家子的人。三餐，得有人做，菜要有人买，碗要有人洗。四季，得有钱花。若是到了一家三口，这三餐四季，又是另外的景象了。

婚姻对我来说是什么？林冉一遍一遍问自己。

它好像一面镜子。

它映照着是最真实的她，一个比她想象中要更为平庸的她，一个她自己都不曾了解的自己。没有旁人吹捧的光环，没有自我美化的滤镜，没有遮掩。镜子里，她或许是疲惫的、丑陋的、脆弱的、胆怯的、虚伪的，但的确是原原本本的自己。

它好易碎，需要时时刻刻捧在心上，一旦失手摔落，一定是四分五裂的结果，碎裂的渣滓哪怕再细小，也都能很轻易地划破皮肤。

婚姻带给了我什么？林冉又问自己，她终于有了答案。

以爱之名的捆绑与牵绊。

林冉并不满意这个答案，或者说，她并不希望是这个答案。

她听见有人在叹气，甚至有人在抽泣，于是她悄悄睁开眼，瞥着身侧的舒知秋与对面的卢安娜，发出声响的并不是她们，她们仍是平静不语的样子。

"接下来，你可以试着代入到你丈夫的角色环境，试着遐想一下婚姻对他来说是什么？婚姻带给了他什么？"

这个问题让林冉愣了愣，她眼前又浮现出钟明辉的脸。他们初次见面的时候，觥筹交错的饭局上，他眼里她是什么模样的，她是不是温柔安静的，偷偷地注视着自己，他温润一笑，她也跟着笑了，她在笑什么，他懂吗。

之前争吵中他说出了不少实话，她是刁蛮的任性的，她爱慕虚荣、眼高手低，她理所当然地啃老，她总是会想很多有的没的，她甚至和他的母亲闹出矛盾。他爱她吗？他像她爱他那样爱着吗？他一如既往地爱着她吗？

他也像林冉一样，是因为爱情才结婚的吗？

婚姻对他来说是什么？他辛苦工作回到家面对她，是什么样的心态？每次吵完架和好后，他都在想些什么？他对他们的婚姻，曾感到过厌倦或怨怼吗？他会像她一样，有过离婚的念头吗？

林冉不愿再想。

这是个并不值得且并不应该去深想的问题。

林冉看了一圈，各自都神色郁郁，眉眼并不舒展。

年轻的心理咨询师开始在圆圈内走动，她捧着一沓纸页，轻声喊着名字逐个发放，她缓缓介绍着："在你们来参加课程之前，我们已提前与各位宝妈的丈夫取得了联系，让他们也参与到了这场课程，这是他们提前写的一份问卷，里面有他们的答案。"

林冉拿到了她的，钟明辉熟悉的字迹撞进眼里。她下意识深吸口气，一字一句看了起来。

婚姻对我来说是什么？

是我第一次看到她就想到的事，它是我和她成为至亲的唯一办法。

婚姻带给了我什么？

我一直作为半个圆地生活着，曾经很茫然且不甘，觉得人生只是疲于奔命而已。婚姻是我另外半个圆，带给我了"丈夫""父亲"的角色，我的人生因此变得完整，所有的努力和付出都变得有意义。

你有什么心里话想告诉妻了的？

冉冉，我们相伴了许多年，什么德行什么缺点，早已藏掖不住。但是我知道，我们哪怕看透了彼此，我们仍然相爱。我永远是你和晚晚的玫瑰骑士。

林冉的视线被水汽洇住，模糊里她读到了最后，憋了许多的呼吸终于颤抖着吐出来。她又重新读了遍，眼泪纷然滴落，随即心里难以名状的石头也落了下来，不见踪影。

她不好意思地抹着眼泪，又看向舒知秋和卢安娜。舒知秋吸着鼻子，眼眶也是红红的，似是有些意外的动容，卢安娜还是沉默冷静的模样，她并没有在看手里的纸页，别过头望着昏暗处的窗，窗外雨幕重重，天地潮湿。

其实跳出这八个女人的圈来旁观，这样的调查问卷，并问不出多少真心的内容。那些能说出口的真心话，已有一半的含糊水分，能白纸黑字写下来的，更是寥寥。尤其在写调查问卷之前，负责交接的心理老师明里暗里提点过许多遍："此时正是您太太最需要认同理解与鼓励支持的时候，请您多多表达您的爱意，陪她们渡过这个有些脆弱的阶段。"

它其实更像是一场美丽的骗局、一剂甜蜜的麻醉。

然而，她们需要它。

课程结束后，林冉在回房间之前拐弯去了趟洗手间，她从隔间出来洗手，卢安娜正巧也在盥洗池边，从身后看去，她裤子上沾着点点猩红。林冉凑近，暗示道："卢律师，你晚点直接回房间吗？裤子得换洗一下。"

卢安娜扭身看了眼，只说："刚才的活动时间太长了。"

"你这是经期已经来了,还是……?"林冉问。

"恶露。"卢安娜言简意赅。

林冉微微诧异,默默算了算时间,她生产完也快一个月了,按理说恶露早该颜色变黄变淡到透明了,她这颜色还是肉眼可见的鲜红,总是不正常。

"啊,那你有去医院看看吗?还是得多注意休息,少饮酒……"林冉脱口而出的劝诫停下了,她意识到自己这些话语像极了平时围着她念经的那些人,这些事情,当事人能不知道吗。

"已经看过了,过段时间复诊看看,谢谢关心。"卢安娜勾唇淡淡一笑,"你现在有时间吗?我们走走?"

卢安娜绕到二楼的布草间,借了件宽大的浴袍遮住裤子,她们下楼到了大堂,这会儿大堂人来人往,咖啡厅也都坐满,大部分都是在丈夫搀扶陪同下的孕妇。

林冉想起今天好像是月子会所的参观日。

她们离开闹哄哄的大堂往小花园走,远远便看见凉亭里隐约有人坐着。林冉脚步放缓,定睛看了看,又笑起来,大步迎上去,熟络地唤着:"知秋。"

舒知秋倚靠在凉亭的石圆柱上,她抬眼见了来人,顺势掐灭了烟,挥手赶了赶周遭的烟雾。

"半个小时?"林冉眨了眨眼睛,在她对面坐了下来,卢安娜坐在另一侧,三人呈三角形坐着。

舒知秋笑着点头,这是她们心照不宣的秘密。四目相对时,舒知秋柳眉舒展,恍然回到刚认识的时候,也是在这个凉亭,她们的故事有了关联。

"有缘的人总是遇见。"卢安娜说。

舒知秋看了看她们,眸光流转,语气揶揄:"你们俩,什么时候这么要好,这是准备讲什么悄悄话?"

"哈哈哈。"林冉又想起在卢安娜房间窥见的秘密,干笑两声掩饰尴尬,圆场化解起来,"这不是我之前和钟明辉吵架闹别扭嘛,正好碰见卢律师,顺路散散步吐槽一下他。"

舒知秋侧过脑袋,好奇地问:"你们还没和好?"

"算和好了吧……"林冉犹疑着,陷入一阵自问,而后长长的叹气。

她抱臂往后一靠,慢腾腾地说:"说是和好,其实有点敷衍。很多问题其实也没有实质性解决,只是走到这一步吵也吵了闹也闹了,真的没有其他办法了,就只能走到这了,再往下,就不好看了,也回不了头了。我总觉得心里还是有个坑,坑里有颗雷,不知道什么时候又要爆炸。但是大家得走过去啊,于是就默许先给它铺上板子……哎,不想较真了,没那个心力,就这么着过日子吧。小云佳说得对,放过自己,放过别人。退一步,海阔天空。"

舒知秋默默地点头。

不管是当年的卓芳,还是如今的林冉与葛云佳,抑或是舒知秋,在亲密关系与婚姻家庭里,她们殊途同归地"退了一步",这样才能迎来眼下的"圆满"。大概对婚姻家庭中的女性,有一个思维定式便是"睁眼闭眼的大智慧""宽容忍让安稳过日子"才是正途,太过激进较真,哪怕只是坚守自己的底线,就变成了另一种不利形势与舆论风向。

卢安娜说:"我有件事,还未与你们说。我有与我丈夫离婚的想法,初拟的离婚协议已经给他了。"

她说完,林冉与舒知秋交换了眼神,谁也没接话。卢安娜继续说:"他感到诧异,他认为我们的婚姻非常圆满稳定,是一种强强联合的双赢。他不能理解,也无法接受。"

"你为什么想离婚?"林冉问她。

"我们对婚姻的预想不一样。对他来说,'丈夫'就像一种职称和头衔罢了,他给自己和父母一个交代,给我一个名分,仅此而已。"卢安娜回答,她的目光从远处灰蒙蒙的阴雨里游荡回来,落在林冉身上,继续说,"对我来说,我希望它有俗常的烟火气,其实我很羡慕你和你先生的相处模式。虽然普通平凡,但总有热烈而甜蜜,就算有矛盾不和,架能吵得起来,能有沟通与碰撞,对我来说,能为家长里短吵架烦恼,是很羡慕的事。"

林冉没有想到,平常如她,也有值得卢安娜这样的人羡慕的地方。她们像是个圆圈,望着别人,也在被别人望着。

卢安娜打开了话匣子:"我生活很寡淡,为数不多的乐趣之一,就是去洗浴中心泡澡,在那里,感觉与人群很近。我目前与我丈夫的婚姻,就像澡池里半温的水,不至于寒凉,也能将就,但是……没有下水的意义,也不必执着等它凉透。"

林冉一时说不上来那种感觉是什么,但她受到了很大的振奋。

"那梁博文不同意,之后你打算怎么办?"舒知秋问。

"我的立场和态度想法已经带到了,接下来,走流程吧,这一块我们算是棋逢对手,也挺有趣。小云佳说得对,放过自己,放过别人。"卢安娜将林冉之前说过的话复述了一遍。葛云佳大概没有想到,她的这句话给了三个姐姐各自的勇气与理由。

"敬小云佳。"舒知秋抬起手腕,假装端着酒杯。

林冉与卢安娜也配合着她的举动,三人凭空干杯,目光对视,愁云拨开,又笑了起来。

葛云佳似有感召地在群里发了信息,是一张在家里的照片。照片里,她一手抱着一个孩子坐在沙发的正中间,张帆坐在一侧,另一侧是位年纪约莫四十多岁的女人,她皮肤白皙神采奕然,长发披散在肩头,与葛云佳一样眯眼笑着,眉眼有五六分相似。卓芳抱着豪豪,和女儿一起立在沙发后,俨然一屋子娘家人的感觉。

林冉回来后将这张照片看了许久,她仔仔细细看过每个人的脸,心想:真好。

新手妈妈毕业

晚晚满月在即,林冉看着她肉嘟嘟的小脸和毛茸茸的黑发,恍然想到她刚出生时红彤彤、光溜溜的样子。只是过了一个月,她已经有了这样大的变化。

林冉试图去回想生产时的疼痛,很离奇的如数遗忘了,她只记得晚晚泛着光环的脸颊以及仍与她短暂连接的脐带。这到底是身体的自我保护机制,还是母性的自我麻痹意识,林冉想不清楚,不过也不再重要了。

从晚晚出生开始,她便成了时间的量尺,往后的时光,晚晚会像树苗一样真切地成长,每月每年都留下树轮似的印记。

大概是参加了好几场月子会所的满月派对,轮到林冉了,她反而失去了兴趣。林老师戴老师刚刚从钟明辉老家赶回来,在家里忙活着打扫收拾、采买食材,为林冉出月子回家做准备。钟明辉听着林冉的意思,午休时下班后去跑办百天宴的场地。

大家都忙忙碌碌的,林冉索性不办满月派对了。

她和管家一商量,把置办的规格都折了现,蛋糕换成了有效期一年的蛋糕券,水果也不用切丁做造型了,直接把果篮提到房间里,剩余的一些布置把费用 合计,折合成了一两次产后恢复的项目。林冉为此暗暗得意。

终于到了出所这一天,林老师戴老师一早就到了,戴老师特意给林冉带了一套红色的新衣,管家也送来母婴礼包,大家都喜气洋洋的。

这样的气氛里,林冉数日的焦虑不安也被冲散了,她预知即将面对许多挑战,以及卓芳说起的出了月子才真正面临的一地鸡毛。

"不就是,关关难过关关过。来吧,我准备好接招了。"林冉这么想着。

钟明辉抱着晚晚,林老师戴老师提着各种行李,管家和月嫂陪同着一道去大门口等专车送回家。舒知秋和卢安娜已经在大堂等着她了,林冉见了她们,眼眶泛红,迎上前一把抱住:"能认识你们,真好。咱们一定要常联系。"

舒知秋笑盈盈拍着她的肩:"来日方长,我们可以一道去喝酒,或者一起去泡澡。刚才卓芳还在群里建议,等明年这个时候,孩子们都一岁多了,咱们聚个会,带她去只听说没去过的'乌托邦'看看。"

"一定!"林冉点头。

说话的工夫,月子会所的专车已经停在门口,林冉被家人围绕着登上了车。她们俩跟在后面,停在门口的台阶上望着。

舒知秋想起什么,与卢安娜说:"卢律师,我还有个事儿想请你帮忙。我最近正在看商铺,许多转手合同实在搞不清楚,詹律出差去了外地,所以我想请您帮我看看,按您的咨询费,不用给我友情价。"

卢安娜不假思索回答:"没问题,你准备开个什么店?"

"我想开个花店,花店门口栽满绣球花。不过看中的店面还挺富余,或许还能开一小间咖啡店。"舒知秋笑着,"店名我已经想好了,叫'花想容'。"

"好名字。不过,怎么忽然想到了开店,阔太太也想体验一下生活吗?"卢安娜的语气里多少带着些揶揄。

舒知秋也不恼,她将耳边碎发拨到耳后,不紧不慢地回答:"当了妈妈以后,我反而找到了自己,想多为自己考虑考虑。男人的'我养你',不知道哪一年就会变成'都是我在养你'。"

卢安娜下意识侧头仔细打量舒知秋,彼时阳光明媚温暖,透过梧桐树叶罅隙漏下,大小的光斑错落在她姣好的面容上,她的眼神温柔又坚定。卢安娜微微张嘴,还想说些什么,大概是些鼓励赞赏的话,但她还是沉默了,只是轻声笑起来,主动揽住了舒知秋的肩膀,轻轻捏了捏。舒知秋也笑起来,顺势歪头倚着她算作回应。

林冉的车启动了,她按下车窗,迎着阳光,又唤了声:"知秋!安娜!咱们来日再见!"

她们在午后的艳阳天里挥手再见,面上带着难以掩饰的迷茫、焦虑与期待。那些温柔、明艳、娇俏、坚强的女孩啊,一夜之间变成了妈妈。又这样,开始了各自迥然不同的新人生,是喜是悲,冷暖自知,然而她们必须完美、终将坚强、没有退路。

一年后的故事

一年后。

十月的远郊秋叶渐染，天空蔚蓝澄澈，半抹游云都没有。舒知秋捧着一束由蕾丝带包扎的粉紫渐变的绣球花，往舒月容的墓走去。有个人正半跪在阶前擦着墓碑，舒知秋脚步放缓，她迟疑了几秒钟，还是走了过去。石阶上摆了一束和她手里几乎一样的花，舒知秋没说话，安静地望着他。

他还是那件老旧的夹克，头发更花白了些，不过这一年的自由与安逸，神采倒恢复了不少光泽。

"秋秋。"老叶对上舒知秋的目光，又惊又喜地唤了声，随即蹒跚着侧过身子给她让出空间来。

舒知秋俯身放下花束，那两束花并排立着，微风卷起，娇小的花瓣颤动，像是母亲在轻轻抚摸。

"妈妈，小时候你常唱给我听的儿歌，我现在也会唱给圆圆听，她很喜欢。我们现在过得很安稳，冯季尧很疼爱他的女儿，他推了很多应酬和酒局，只要不忙就在家陪着孩子。我自己的小生意也渐渐有了些起色，一切都很好。妈妈请放心，我在好好地认真生活，我会好好照顾自己和女儿。"舒知秋慢慢说着，她拿出手机翻出相册，举到舒月容的照片面前，继续说，"前段时间圆圆过周岁生日宴,她抓周抓了一支笔。说不定未来会变成一个拿笔杆子的大作家。"

她不禁侧眸看向边上的老叶,他站在原地,脖子不动声色地往前伸着,总想从手机屏幕里窥见些什么。

舒知秋并没有待太久,那些收拾打扫都已经有人做过了,她看了眼手表,起身准备离开。老叶又喊了一声她的名字,他似乎想说些什么,舒知秋恍若未闻,迈开了步子。老叶跟了上来,他也不再喊她,只是默默跟着,拐弯时舒知秋余光瞥见逐渐拉远的老叶,她叹了口气,悄悄放慢了脚步。来往路人寂寥,长长的甬道只有他们前后行走着,像是护送前行。

舒知秋忽然想到了上小学的冬天,天亮得很晚,出门了还是天地漆黑一片,乡下灯光俱暗,满是泥路,偶尔还要路过田里的几座矮坟,伴随着狗叫声,格外可怖。她心里害怕,但又逞强从不哭诉,老叶到底看出她的胆战,每天提前一两个小时去工地,与她前后脚着出门,慢悠悠地跟在她身后,直到镇上逐渐热闹的街道,他便拐进某个早餐摊消失不见。

如今那脚步声变了,一重一轻,似乎在告诉她,往事不可追。舒知秋稳住心绪,沉默地走出了园子。

舒知秋转身淡淡看着刻意压低了喘息声的老叶,音线平静:"你怎么回去?"

"我去等公交车。秋秋,你呢,要不要我打车送你回城里。"老叶关切地问。

舒知秋指了指停在正大门侧边的车道上的车，张师傅正在驾驶室里假寐。

老叶了然。

舒知秋忍住了不必要的邀请，又上下将他打量一遍，说："那我走了，你保重。"

张师傅启动了车子，嗡鸣声惊醒了舒知秋，她绕到车门边，手上一滑竟没有拉开车门，索性在原地站定，兀自呢喃着摇头，而后抬头望向老叶，喊道："老叶！"

"哎！"老叶连忙应声，几步下了台阶往这边走，他也不敢走近，堪堪在车尾两米处停了下来。

"你什么时候有空，可以去福康路街角的'花想容'花店坐坐，我若在，给你看看圆圆的照片。"舒知秋说完，径直钻进了车里。

张师傅随即启动了车子离开，她忍不住回头透过后车窗看，老叶仍然站在原地，他终于意会了舒知秋的话，双手捂住整张脸，两肩颤抖，他嘴角咧起将两颊的纹路都挤在了一处，不知在哭还是在笑。

"去'乌托邦'。"舒知秋戴上了墨镜。

临近傍晚，粉色的霓虹灯亮起，夜色晕染的旖旎黏稠。

舒知秋扶着逼仄的通道走上陡峭的楼梯，还未露头就已听见卓芳爽朗的笑声。卓芳和林冉已经到了，她们在靠窗的长桌对面坐着热烈地聊天，看样子已经聊了不少。

林冉很快就看到了舒知秋,她撑直了身子挥手打招呼,热情地喊着:"知秋知秋!"

林冉比以前丰腴了些,她的头发已经留长过肩,烫了波浪卷,梳着减龄的空气刘海,整个人多了几分柔美的韵味,林冉称为"妈味"。为了今天的见面,林冉出门前是特意打扮过的,她昨天专门去商场转了圈想买一套新衣服,毕竟常穿的衣服上多少总是沾着些洗不掉的污渍,奈何转了一圈,自己什么也没看中,倒是给晚晚又买了几件小衣服。

"你们在聊什么?"舒知秋倚着她坐下来。

"正在说脱发的事情呢。"卓芳率先回答,她撸起前额的碎发给舒知秋看,"你看看我,这一年这发际线上移的,跟清朝人一样。冉冉年纪轻还好,还长了不少碎发,我这掉了就直接不长了。我好愁,还在考虑要不要植发。哎呀,我就说喂奶伤身,太内耗了,全是妈妈的精血,你看我们这些妈妈,虚得头发都长不出。"

卓芳的变化并不大,她还是一张话痨的嘴和一颗自来熟的心,唯一察觉的但不能明说的,是她鬓角隐约有了几根白发,她的皮肤似乎更为松弛了些,也说不清到底是岁月还是抚育幼崽带来的痕迹。卓芳也打量着舒知秋,话语里藏不住的艳羡:"知秋,你真的像女明星一样漂亮有气质,越活越年轻,别说孩子妈了,说还在念书我都相信。"

舒知秋笑起来:"其实我这段时间是在念书。我在念在职研究生,学行政管理。"

"不愧是老板娘,有格局。姐妹的好日子在后头呢。"卓芳竖起大拇指。

她们交换着彼此孩子的照片,畅聊着妈妈经,这一年的"妈妈",有太多的苦乐与故事,但凡有一个出口,便是泄洪般的情绪,你一言我一语,格外热烈。相对来说,还是林冉与卓芳是输出主力军,虽有共鸣,但人类的悲欢并不相通,舒知秋在许多亲历亲为的话题里显然失去不少真实细节,她选择缄默。做妈妈也是有难度系数的,舒知秋这样家中有管家、月嫂、司机、保洁一众帮手的妈妈是"简单模式";林冉这般有老人帮扶,老公也是积极参与,事业家庭两边劳碌兼顾的是"正常模式";而卓芳这样"一把年纪"本该熬出头了又要一面焦虑陪考一面哺育幼崽的便是"困难模式"了。

好在如卓芳所言,她这一年学习实践着很多科学育儿的方法,省心省力了很多,且在循序渐进抑或是喋喋不休的熏陶下,老公也终于加入了二宝的育儿里,现在也渐渐成了会换尿布、洗屁股、会解冻存奶、会哄睡的合格爸爸了。卓芳解放了不少碎片时间,这才得空偶尔出来散散心和朋友小聚一场。

杜老板把烤好的披萨刚端上桌,葛云佳风风火火地出现了。

虽然她隔三岔五会在"月子姐妹花"群里喊着减肥,但这次见面,发现她果然只是空喊口号,葛云佳仍然是加大版的她,她说自己的确瘦了七斤半,奈何视觉效果并不显著。

暑假后她重回了学校,张帆成了她的学长,于是他们顺理成章谈起了跨年级的恋爱,一口一个"学长""学妹"不亦乐乎。张帆妈妈提前退了休,和留下的一个育儿嫂一起在家带孙子们,周末时间小情侣从学校一起回来,接手为"周末父母"。

"我忽然理解了冉冉姐以前一直念叨的不要跟婆婆住一起。"葛云佳愁眉苦脸地说,"张帆他妈不愧是老师出身,那个说教的功夫已经刻在骨子里了,天天教育我,而且还尽是一些废话教育,我感觉自己是上幼儿园的小朋友,她天天语重心长地教我一些白痴常识。什么'佳佳啊,下雨天出门要带伞。''佳佳啊,洗了手要用毛巾擦'。我服了,我又不是白痴,这些我能不知道?我天天如履薄冰、如芒刺背、如坐针毡,日子不好过啊!我跟张帆吐槽过好多次,他就那一句屁话'可那是我妈啊,你就听着忍忍吧'。冉冉姐,你教教我,该怎么办!"

林冉哑然失笑,她的日子平凡普通,却也难能可贵,鸡毛难免会有,但总能自顾自地收拾妥当,这就足够了。被葛云佳这么一问,她想起钟母来,大概是月子期间两个人闹得有些难看,林冉多少记下了些所谓的"月子仇",钟母则觉得这个城里的儿媳妇事多又作,惹不起还躲不起,她们往来并不频繁,除必要无法回避的场合,沟通均由"新闻发言人"钟明辉代为转达,钟父身体恢复了很多,几次来看孩子,林老师戴老师也心领神会地一同出现,将接待交流转移到他们那去。她深刻体会到"没有沟通,就没有矛盾"的经验,能维持着"平衡",是她最庆幸满足的事情。

"你们毕业了就尽早搬出去住吧,到时候孩子们也大一些,轻松不少。哪怕劳烦张帆父母平时多来照看几次,也比日夜相对着好。"林冉怕自己的话语有教唆的嫌疑,略显虚伪地补了句,"老人家住在你们家里,也不自在的呀,他们日夜带娃还是太辛苦了。"

葛云佳眨着眼睛,狡黠一笑:"说到这个,其实我和张帆计划着毕业了一起去法国留学继续深造。年初张帆不是交换去了一段时间吗,相当于踩了点。他回来以后干劲十足,真的非常努力在学习。我和妈妈说过我和张帆的想法,她全力支持我,说到时候可以把孩子们也带过去,她可以帮我们一家四口找合适的房子住,和我们一起陪伴孩子们长大。如果那个时候,张帆还要求婚的话,我会嫁给他的!嗯……如果他不求婚,我就跟他求婚!"

葛云佳说得眉飞色舞,她眼睛里闪着光彩,如当年也是在这里的夜晚那耀眼的烛火。谁人见了,都会跟着欣然雀跃,那是二十岁出头的年华特有的感染力。

"云佳,你是不知道我们有多羡慕你,又年轻又有冲劲,早早生了孩子,孩子们长大了你仍然年轻着,真好。刚才你还没来的时候哦,你冉冉姐还偷偷跟我说羡慕你有一对孩子热热闹闹的。我看啊,你冉冉姐是动了生二胎的念头,你看她和钟老师那么恩爱甜蜜,说不定过一两年,晚晚就要当姐姐了。"卓芳语气揶揄,冲林冉一顿挤眉弄眼。

葛云佳与舒知秋听了都跟着起哄。

林冉面颊绯红,也不推诿,颇有些默认的意思。

窗外夜色深浓，林冉看了眼时间，转移话题催着葛云佳在群里给卢安娜发信息："你快问问卢大律师到底忙好了没有，什么时候到。我们的酒都快喝干啦。"

话音刚落，便被卢安娜接住了。

"久等了。"清冷平静的声音响起，四个女人循声望去皆是欢呼与掌声，压轴的人物出场了，五朵金花至此终于圆满重聚。

正在调酒的杜老板听见热闹，抬眼瞅了眼，很快拎着卢安娜的存酒晃悠悠走过来。

卢安娜还是熟悉又老套的干练小西装打扮，她踩着尖细的高跟鞋，步伐稳健悠然，红唇似火，化着精致的妆容，再不见月子会所时偶见的黯淡与憔悴。

"刚刚从法院出来，让你们久等了，今天这顿我请了。"卢安娜勾起唇角。

葛云佳听见卢安娜包场的消息，赶紧唤了杜六一，又点了不少烤物。趁葛云佳点单的工夫，卢安娜细细打量过每个人的脸，最后停留在了舒知秋的身上，舒知秋也不怯，笑盈盈地回望她。

她们从月子会所告别过后就再也未见面，或许是因为留了心，卢安娜还是听闻了不少舒知秋的故事，她正在尝试摆脱"冯太太"的光环庇护，有名有姓地生活着。她很棒，卢安娜一直没有机会郑重告诉她。

"遇安呢？自己在家吗？还是请人来照看着？"林冉问她。

"孩子爷爷奶奶从国外回来一段时间，今天早上便接去他们那住几天，他们在一起，我也放心。"卢安娜说。

听闻卢安娜与梁博文春节过后就已按协议分居了，她把梁母送她的豪宅完璧归赵，只要了孩子。梁博文依旧非常不理解，他迷茫着，甚至恼怒着，他总觉得是被卢安娜算计，向他骗了一颗精子罢了。但这些已然不重要了，卢安娜也懒得解释，她工作时，有时会将孩子送去全职在家带着三个孩子的姐姐家，有时直接带着去事务所。那段时间，"知名女律师带娃出庭"的新闻火了，太多的非议与猜测，梁教授终于坐不住了，他们吵闹过几次都是不欢而散，连袁梦也试着上门劝说，然而屡屡被拒之门外。

"我正好要请知秋帮个忙，如果有合适的育儿嫂，推荐给我。"卢安娜瞅着舒知秋，"虽然和孩子时时刻刻在一起很开心，但我还是有些怀念偶尔去洗浴中心泡澡的时光。"

舒知秋笑着："没问题，一定找一个贴心地道的阿姨给遇安。"

"烁烁。"卢安娜回答。

在众人发问之前，卢安娜继续解释："卢烁，我儿子的新名字。我希望他热烈、闪亮、有烟火气。"

卓芳想说些什么，话语犹豫间，终究淹没在了大家对新名字的称赞声里。

这会儿杜老板调好了酒，稳稳托着酒盘过来，一杯杯地端到面前，那些高矮不一、颜色各异的酒杯摆满了并不宽敞的木桌。林冉看着看着，忽然扑哧笑出声："你们看看这些酒，像不像我们五个人。"

"有的清雅，有的浓烈，有的酸甜……"卓芳心领神会，接着林冉的话说。

"有的高，有的矮，有的瘦，有的胖。哎？不对啊，冉冉姐你是不是在含沙射影我呢。"葛云佳噘着嘴假装生气，没绷住几秒便破功了。

"虽然都有同一个'角色'，但又都是不同的我们。"舒知秋端起她的圆杯，侧头望向卢安娜，把包袱继续抛给了她。

卢安娜笑痕渐深，她也端起自己的高脚杯，朗声说道："敬生而不同的我们，敬各自美丽的我们，敬会变得更好的我们。"

"敬我们。"众人将杯子围拢在一起，像一颗星，像一团火，像一朵花。

酒液摇晃，杯壁碰撞，她们笑着，高喊着"干杯"，所有未来的故事，都在手中。

图书在版编目（CIP）数据

人生新章：当五个女孩成为妈妈 / 姚佳黛著.
北京：北京联合出版公司, 2025.1. -- ISBN 978-7
-5596-8012-9

Ⅰ. I247.5

中国国家版本馆CIP数据核字第2024XX2766号

人生新章：当五个女孩成为妈妈

作　　者：姚佳黛
出 品 人：赵红仕
策划监制：王晨曦
责任编辑：李艳芬
特约编辑：李　晴
美术编辑：陈雪莲
营销支持：沈贤亭
封面绘图：刘溪溪

北京联合出版公司出版
（北京市西城区德外大街83号楼9层　100088）
北京联合天畅文化传播公司发行
上海盛通时代印刷有限公司印刷　新华书店经销
字数202千字　787毫米×1092毫米　1/32　10.25印张
2025年1月第1版　2025年1月第1次印刷
ISBN 978-7-5596-8012-9
定价：59.00元

版权所有，侵权必究
未经书面许可，不得以任何方式转载、复制、翻印本书部分或全部内容。
本书若有质量问题，请与本公司图书销售中心联系调换。
电话：(010) 64258472-800